LES NAUFRAGÉS DU JASON

2ᵉ SÉRIE IN-4°

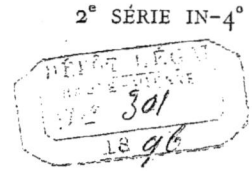

Les naufragés du Jason.

Les Naufragés du Jason

PAR

Ch. de la Pasquerie

———

Vingt-six gravures

———

LIMOGES

EUGÈNE ARDANT & Cⁱᵉ

ÉDITEURS

La barque le *Saint-Jean*.

LES NAUFRAGÉS DU JASON

CHAPITRE PREMIER

— Hé! les gars! Pour une belle pêche, c'est une belle pêche aujourd'hui, dit, avec un gros rire, le patron Lozaréhmeur.

— Tout le monde aura une part *soignée*, répondit l'un des hommes de la barque, — Pierre Kervarec, un robuste et solide gaillard, — tout en comptant les maquereaux qu'un mousse rangeait méthodiquement dans de grands paniers placés sous les bancs.

— Quatre-vingt-deux, quatre-vingt-trois, quatre-vingt-quatre douzaines : les premiers de la saison, et des beaux! Demain, à Brest, nous en trouverons facilement un bon prix.

Silencieux, les autres pêcheurs assis sur les bancs ou à l'arrière regardaient Kervarec et le mousse Yvon Carfor compter et ranger leur pêche.

Les beaux poissons rayés, à peine démaillés du lourd filet de traîne, n'avaient rien perdu des belles couleurs de leurs flancs, roses et nacrés. Quelques-uns, très vivants encore, sautaient au fond de la barque, les yeux effarés. Poussant de grands coups de queue, tandis que d'autres agonisaient, la bouche ouverte, le corps haletant dans les spasmes de la mort.

Le temps était beau; une de ces belles fin de journée du milieu de mars. Du côté de la terre, le ciel se violaçait; à la limite de l'horizon, le soleil sombrait dans un nuage d'or rouge; et la brume commençait à monter.

La mer, sans être très forte, était un peu houleuse; et la barque tantôt plongeait entre deux lames, tantôt s'élevait sur les crêtes mouvantes des grandes ondulations de l'Océan. Des bandes de *gaudes* filaient dans le creux des vagues, mouillant à peine leurs ailes courtes dans l'eau verte, s'élevant parfois dans un petit vol saccadé pour suivre quelque banc de *sprats* ou de mulets.

Dans le ciel, qui devenait, de minute en minute, d'une couleur plus sombre, de grandes mouettes blanches passaient, ramant l'air silencieusement, en route vers la terre ou les falaises rocheuses des îles. A l'arrière du bateau et semblant l'accompagner, une troupe de gros marsouins s'ébattaient, piquant le nez

dans la vague et culbutant leurs dos grisâtres armés
d'un aileron noir.

Au loin, vers l'est, quelques terres en vue, des îles :
Ouessant comme une haute montagne toute crénelée
de rochers, avec ses falaises noires trouées de cavernes ; Bassec et Balassec grands écueils dormant au
ras des flots, et tranchant à peine sur le ciel ; une
ligne grisâtre, légèrement estompée, à moitié noyée
dans la masse mouvante de la mer ; puis la côte du
Finistère...

Ils étaient huit à bord : Le patron Jean Lozaréhmeur, vieux pêcheur au visage tanné, haché de mille
rides, avec des petits yeux gris embusqués sous une
paupière mi-close par l'incessant examen de la mer ;
Pierre Kervarec le plus fort de l'équipage ; Léost
François, Clet Pernès, Michel le Gall, Yves Perch'irin
et Goulven Moallic, tous de Tréboul, c'est-à-dire
robustes, habitués au danger, ayant servi à l'Etat,
aimant leur métier avec le fanatisme du pêcheur
breton, aussi à l'aise sur cette petite barque que le
laboureur dans son champ ; enfin, de braves gens con-
fiants en Dieu et sûrs de leur sang-froid.

Le plus jeune, Yvon Carfor, était un garçon de
quatorze à quinze ans, assez grand pour son âge, les
membres solides, sachant déjà hâler une senne, réparer un tramail et plier un filet. Depuis quatre ans,
il faisait partie de l'équipage du *Saint-Jean*. Son
patron, le vieux Lozaréhmeur était un peu son oncle ;
et les autres tous plus ou moins ses parents à un
degré quelconque.

Ce soir-là, Yvon commençait sa quatrième *saison
de maquereau* et songeait, en bon petit garçon, bien

sage, à la joie de sa vieille grand'mère, lorsqu'il lui rapporterait le lendemain, les trois ou quatre pièces de cent sous de sa pêche.

La nuit tomba complètement; nuit brumeuse et pleine de dangers, dans ces parages semés d'écueils. Quelques phares, Saint-Mathieu, Kernorvant, le Stiff, jetaient une pâle lueur sur les flots devenus à peu près noirs; la barque, son mât de misaine très incliné sur le grand mât, à la façon de celles de Douarnenez, l'étrave très relevée, l'arrière un peu bas, fendait l'eau avec rapidité.

Déjà, on se rapprochait d'Ouessant. Pour éviter la *Jument*, Lozaréhmeur obliqua au sud-ouest de quelques degrés, et la barque obéit à son coup de barre et inclina ses deux grandes voiles rouges gonflées par une forte brise de nord.

— M'est avis, garçons, qu'il faudrait diminuer de toile, car la brume s'épaissit, et bientôt, avec ce vent, nous serons dans l'*Iroise* et dans les *Pierres-Noires*.

Moallic et Kervarec prirent un ris dans la grande voile; Léost et Pernès serrèrent la misaine, et la vitesse diminua un peu.

— Si l'on faisait la soupe, patron? demanda Kervarec.

— Oui, il est l'heure. Yvon, allume le feu.

Les pêcheurs bretons, dans leurs expéditions en mer, ont recours à un moyen fort primitif pour faire la cuisine. Leurs barques ne sont pas pontées. Il est donc inutile d'y chercher une cuisine avec fourneau comme celles des grands chalutiers ou bateaux à harengs de Boulogne et de Dieppe. Une grosse pierre plate sur laquelle est calé un vieux chaudron sert de cuisine. On allume du feu dans le chaudron; on pose dessus une marmite avec de l'eau douce, du sel, du poivre, des oignons et du poisson; et, le tout mijotte une heure, plus ou moins bien selon l'état de la mer et la solidité de l'appareil. Quelquefois, un paquet de mer arrive, éteint le feu, et c'est à recommencer; mais en général, si le temps est beau, cela va tout seul. Quand la *cotriade* est à point, chacun se taille une large tranche de pain noir et, avec une cuiller à pot, pêche à même la part qu'il désire pour son écuelle. Par là-dessus, on donne une bonne accolade au baril d'eau douce, ou à la bouteille de tafia, si la pêche a été bonne; et tous s'endorment, la conscience et l'estomac satisfaits.

Sur cette mer, aux tons glauques, éclairée de lueurs rougeâtres, par le feu de cette primitive cuisine, ces hommes, — coiffés de leurs petits bérets bleus et engoncés dans les lourds *surois* huilés, les jambes perdues dans les grosses bottes à semelles de bois, — formaient un tableau étrange.

Ils mangeaient lentement, avec de rares paroles, en gens absorbés par une occupation à la fois agréable et nécessaire. Le petit Yvon, une moitié de maquereau dans son écuelle, enfonçait ses dents blanches dans la lourde pâte grise de seigle, avec l'appétit féroce de ses quinze ans, développé par l'air vivifiant de la mer.

Après cela, les fumeurs bourrèrent leurs pipes. Ceux qui avaient sommeil se roulèrent dans un caban de toile à voile rousse, pelotonnés sous les bancs dans des poses originales.

Seuls, le patron et Yvon restèrent éveillés.

— Allume le fanal, Yvon, on ne sait où l'on est avec cette damnée brume.

Yvon alluma une grosse lanterne à parois de corne, et la suspendit au grelin de l'avant.

La mer devint plus dure, le vent parcourant un quart de cercle, souffla de l'est et la barque s'écarta un peu de la route ordinairement suivie.   .   .   .   .   .

Tous dormaient à bord, dans le grand silence de la mer, balancés par le tangage du bateau, bercés par le clapotis monotone des vagues contre les parois de chêne. Lozaréhmeur lui-même, sentait sa tête s'appesantir et ses yeux si clairvoyants se troublaient devant l'attaque d'un sommeil impérieux. Le petit Yvon seul veillait. Il pensait à faire une surprise à sa grand'mère, la vieille Soizic de Tréboul-Goz, qui l'avait élevé lorsque sa mère mourut en le mettant au monde. N'ayant jamais connu son père, le grand Clet Carfor, mort en mer, dans les parages de l'île de Sein, un mois avant sa naissance, il reportait sur la bonne vieille toute l'affection dont il était capable.

Yvon Carfor était déjà solide pour son âge. Sur la côte bretonne, les enfants s'élèvent tout seuls, et la nature opère dans leurs rangs une sélection parfaite ; sans cesse trottant dès leur plus jeune âge par les grèves et les falaises, mouillés par la pluie et les embruns, se livrant à des jeux qui effrayeraient les mères des villes, les plus faibles succombent vite à ce régime. Les autres, — ceux qui restent, — grandissent robustes, courageux, adroits. A dix ou onze ans, ils s'embarquent avec leur père et leurs frères aînés et deviennent comme eux des gens alertes, vigoureux, trempés au plus rude des métiers : celui de la mer. Les tempêtes, le choc des vagues, un naufrage ne les épouvantent point; et après tout, pourquoi tant se chagriner? Dieu ne veille-t-il pas sur eux? la mer immense, n'est-elle pas la grande nourricière de tout ce pauvre monde?

Yvon avait la tête ronde du Breton, des yeux de cette couleur d'aigue-marine qui est celle de l'Océan, un front bombé, bas et têtu, recouvert d'une forêt de cheveux bruns; de belles dents blanches dans une bouche un peu grande, et les joues hâlées du hâle sain de la mer.

Au moral, c'était un garçon naïf, tendre, aimant sa grand'mère de toute l'affection qu'il aurait eu pour sa mère ; dur déjà au travail et peinant autant qu'un homme. Il savait tout juste lire et écrire; avec un peu de catéchisme, quelques notions d'une géographie particulière aux matelots, des récits de veillées, de vieilles légendes qu'on se répète fidèlement de génération en génération, c'était toute sa science. Mais pour tout ce qui concernait son métier, comme de semer la *rogue* sur les vagues pour attirer la sardine, de plier proprement un filet ou de déhaler un grelin, il était de première force. Il connaissait tous les poissons, les coquillages, les varechs de la côte, savait déjà distinguer les phares par la couleur de leurs feux et la durée de leurs éclats, ne se trompait pas aux signes du temps, au vol des oiseaux, au mouvement de la mer. Bref, il promettait de faire un fier matelot et un fin pêcheur.

Que pourrait-on acheter, se demandait-il, pour cette

pauvre grand'mère, si vieille maintenant, à moitié infirme et bien misérable ? car l'été on la trouvait trop maladroite pour travailler aux sardineries; et l'hiver, ses yeux devenaient troubles au labeur de l'aiguille.

Il l'avait entendu dernièrement se plaindre du froid. A Brest, il trouverait dans les magasins de la rue de Siam un bon châle de laine, un beau châle noir comme il en avait vu aux vieilles de Crozon; avec vingt francs, on fait bien des choses.

Il en était là de ses projets, lorsque jetant par hasard le regard sur la mer, il aperçut une masse noire géante, monstrueuse, avec deux gros yeux lumineux, l'un vert et l'autre rouge, qui s'avançait rapidement sur le *Saint-Jean.*

Une seconde, il la regarda effaré, doutant s'il était éveillé; puis il sursauta, et d'une voix pleine de terreur, il cria :

— Patron ! patron ! un navire par le travers qui vient sur nous !

Tous s'éveillèrent; Lozaréhmeur donna un violent coup de barre; Moallic et le Gall saisirent des avirons, voulant s'en servir pour s'écarter du navire. Trop tard !...

Une lueur éclatante passa devant leurs yeux éblouis; ils eurent la vision d'un homme se penchant par-dessus bord et leur criant quelque chose. Un rugissement de sirène à vapeur, déchira l'air ; mais à quoi bon ?

Un choc, un écrasement. Le bordage éclata d'un bruit sec ; la barque soulevée s'abattit, chavirée; les voiles claquèrent contre les mâts; deux ou trois cris, un grand bouillonnement dans la mer; puis, plus rien!...

Yvon, précipité comme ses compagnons dans la mer, revint une seconde après sur l'eau. Embarrassés dans ses lourds vêtements de nuit, les pieds alourdis par ses sabots, il essaya vainement de nager; il voulut crier au secours. Une vague déferla sur lui emplissant d'eau sa bouche. Il coula à moitié une seconde fois, la tête assourdie par un choc comme un fort coup de poing. Avec le désespoir du noyé prêt à disparaître, il lutta, remonta à la surface, et ayant heureusement perdu ses sabots, il put essayer de nager. Il nageait ordinairement fort bien. Mais ce soir-là, l'émotion, sa grosse blouse de toile à voile, et surtout le coup reçu à la tête, paralysèrent tous ses mouvements. Les tempes battantes, les yeux pleins d'eau de mer, roulé par les vagues, il se sentit perdu.

Tout à coup, un objet passa à portée de sa main, il ne savait quoi, mais il le saisit et s'y cramponna. C'était rond, dur et léger à la fois; c'était une grande bouée.

Avec joie, il s'attacha à cette bouée. Sans doute, du pont du vapeur abordeur, on l'avait jetée au hasard, et on allait venir le chercher. C'était peut-être elle qui en tombant avait failli l'assommer.

Une demi-heure s'écoula dans une grande anxiété: plus fort, sûr de ne pas couler, le bras passé autour de l'engin protecteur, il regarda autour de lui. Dans un flottement de vagues, un tas de choses amalgamées passa: c'était la voile du bateau et les filets.

Il appela par leurs noms, les hommes du *Saint-Jean*.

Il crut entendre une voix étrangère, lointaine qui répondait. Ce n'était pas celle du patron ni d'aucun de ses hommes.

Il cria plus fort; la voix répondit encore plus proche; et quelques minutes après, il perçut le bruit de plusieurs avirons frappant contre les tollets de fer. Une baleinière blanche arrivait, à force de rames, dans sa direction. Il était temps. Le pauvre enfant, à moitié paralysé par la terreur, glacé par l'eau froide, menacé d'être emporté de son refuge, était à bout de forces.

— Tenez bon, cria une voix; on vient à votre secours.

Quelques secondes après, un bras robuste l'enlevait de la bouée et le déposait évanoui au fond du canot.

— Go on, prononça en anglais, un grand gaillard qui tenait la barre, et la baleinière repartit comme une flèche dans la direction du steamer, guidée par les appels réitérés de la sirène.

C'était un beau vapeur en fer.

CHAPITRE II

Trois jours auparavant, le steamer la *Concordia* quittait les docks de Liverpool, faisant route pour le Brésil. C'était un beau vapeur en fer, taillé pour la course et capable de donner des vitesses énormes à cette époque-là.

Le capitaine, — un Anglais pur-sang, — Williams Brown était un fin marin, connaissant à fond les grandes routes de la mer, très apprécié des armateurs, mais doué de peu de scrupules. Pour gagner quelques milles, il aurait foncé, hélice battant à toute vitesse, dans une flotille de pêcheurs. Quelquefois, sur les côtes de France (une ou deux fois seulement), il avait eu la mauvaise chance d'aborder un malheureux caboteur, ou quelque chétive barque de pêche. C'est à peine si les passagers endormis dans leurs cabines, étaient réveillés par une légère secousse. Deux secondes et c'était fait. Quelques loustics de la bordée de quart, appuyés aux bastingages regardaient *Jean-Crapaud* buvant un coup à la grande tasse. Lui, Master Brown, flegmatique, se contentait de faire jeter une ou deux bouées par acquit de conscience, et *Go ahead Times is Money*, la *Concordia* s'éloignait sans perdre de temps à ramasser les *Frenchmen* assez maladroits pour barrer la route à un steamer de *Her Gracious Majesty*.

Pour ce voyage, les passagers à destination de Bastia, de Pernambuco, de Rio-de-Janeiro, n'étaient pas nombreux. Au Brésil, la fièvre jaune faisait rage en ce moment et les émigrants n'étaient point encore en masse aussi considérable que de nos jours. Presque tous étaient Anglais, Américains ou Allemands. Cependant, on remarquait parmi eux un homme d'une quarantaine d'années, un Français, Stanislas Belon.

De moyenne taille, d'apparence assez frêle, son air grave, la distinction de ses traits, la correction de sa tenue le distinguaient beaucoup des autres passagers, presque tous marchands aventuriers ou émigrants.

Originaire de la Touraine, Belon après d'excellentes études au lycée Louis le Grand, maître à sa majorité d'une très belle fortune, s'était trouvé assez embarrassé, — non de chercher une position, il n'en avait pas besoin pour vivre, — mais de se créer des occupations sérieuses.

D'abord pour passer le temps, il voulut prendre ses grades en droit; mais après une année de fréquentation avec Justinien et le Code civil, il trouva cette science abominablement ennuyeuse. Il chercha donc autre chose.

Dès l'enfance, il avait manifesté un penchant très vif pour l'histoire naturelle. Souvent, bravant les défenses de son tuteur (il était orphelin), il s'abandonnait aux délices de longues courses dans les bois ou les champs, à la recherche d'un nid d'oiseau rare ou d'un insecte curieux.

Il revenait les vêtements en lambeaux, les mains déchirées par les épines, mais triomphant s'il rapportait des œufs de huppe ou de martin-pêcheur, ou quelque mousse ou une fougère nouvelle.

D'abord, ce ne fut qu'un simple passe-temps des vacances. Plus tard, au sortir du collège, il étudia sur place la nature, passant des heures entières au pied d'un chêne à voir un rapace construire son nid, ou penché sur une fourmilière à guetter les allées et venues de la laborieuse république.

Abandonnant à tout jamais, l'étude du droit, il se monta une bibliothèque d'ouvrages scientifiques, partageant son année en deux vies différentes. L'hiver, à Paris, dans son petit appartement de la rue Buffon, près le Jardin-des-Plantes, suivant des cours, des conférences, parcourant les musées et les collections. Le printemps et l'été, ainsi qu'une partie de l'automne, dans sa chère Touraine; et là, durant tous les beaux jours, il parcourait les campagnes, amassant des documents pour une ornithologie et une entomologie du centre de la France.

Les jours de pluie, il classait ses collections, écrivait quelques pages de son grand ouvrage; et pour se délasser, passait quelques heures dans une immense

serre attenante à son salon, où il avait fait installer
une superbe volière avec jets d'eau, rocailles, bosquets et pelouses en miniature.

Là, il s'absorbait dans la contemplation de ses
petits pensionnaires ailés, oiseaux de France et des
tropiques, aimait à les voir nicher, élever leurs cou-
vées, prenait grand intérêt à leurs petites querelles et
batailles; et, en un mot, s'amusait comme un roi.

Au physique, Stanislas Belon était petit, mince,
blond, le nez un peu long et pointu, les yeux gris,
perçants et fouilleurs, le front haut et intelligent.

A le voir, toujours calme, parlant d'une voix sans
inflexions, un peu monotone, on l'aurait cru timide
et sans énergie; mais si cette timidité existait quel
quefois, elle était souvent dominée par une énergie et
une volonté toute virile; et les yeux gris si doux, yeux
de savant et de penseur, lançaient parfois des lueurs
d'acier, et la voix devenait dure et cassante.

Depuis plusieurs années, Stanislas Belon méditait
un grand voyage au Brésil et peut-être même dans
toute l'Amérique du Sud. La faune et la flore du
Brésil, du Pérou, de l'Equateur sont si riches! Il rapporterait de là tant de documents, de dessins, d'échan-
tillons pour ses collections qu'il ne put résister à cette
envie!

Déjà, trois ans auparavant, il avait voyagé dans
toute l'Afrique du Nord, et la relation scientifico-
littéraire de son excursion en Algérie, en Tunisie, et
en Tripolitaine, lui attira les éloges de plusieurs sa-
vants et l'attention d'un public de choix.

En-dehors de son savoir scientifique, c'était un fin
lettré et même, chose rare, un polyglotte émérite. Il

s'était donné comme tâche, dans les cinq premières
années qui avaient suivi sa sortie du collège, d'apprendre les trois langues les plus universellement répandues dans le monde : l'anglais, l'espagnol et
l'arabe.

L'anglais il le connaissait déjà suffisamment pour
lire couramment les meilleurs auteurs. Un an passé à
Londres le perfectionna dans la conversation, l'espagnol fut plus rapide encore à apprendre; et, un vogage
de quelques mois au-delà des Pyrénées en fit, quand
au langage, un véritable compatriote du Cid. L'arabe
présenta seul quelques difficultés; mais, son excursion de quinze mois en Afrique lui permit d'acquérir,
non une connaissance approfondie de l'arabe, mais la
faculté de le parler purement, avec même une légère
teinture des principaux passages du Coran.

Avec ce bagage, se disait-il, je puis parcourir le
monde entier. . . . .

Après bien des recommandations à la vieille Jeanne
Michaud, sa gouvernante, et gérante de sa propriété
de *Savonnières,* au sujet de la serre, de la volière et
des collections, il s'embarqua un beau soir dans l'ex-
press, pour Paris, où il résida seulement huit jours, le
temps de faire quelques visites indispensables, de se
munir de recommandations près des consuls français
des villes de l'Amérique du Sud qu'il visiterait, et il
prit le train de Calais. Deux jours après, il sautait
d'un *cab* sur la passerelle de la *Concordia* dont l'hélice commençait déjà à battre les eaux de la Mersey.

C'était un jour pluvieux et froid du commencement
de mars 1862.

A travers les hachures de la pluie, les sombres
constructions des docks, les hautes cheminées d'usi-
nes, les mâtures enchevêtrées des navires et le peuple
de matelots qui se pressaient sur les quais, prenaient
des airs encore plus tristes ; et toute cette partie de la
côte anglaise était presque lugubre.

Belon, bien qu'accoutumé à l'atmosphère brumeuse d'Outre-Manche, fut frappé de cet aspect des
choses et se dit :

— Si ce navire ne me conduisait pas vers les pays
du soleil et de la vie exubérante, la vue de ce port et
de ce steamer me donnerait froid au cœur.

Il demanda à l'agent du bord, le numéro de sa
cabine ; et, après avoir arrangé ses bagages et mis tout
en ordre avec ce goût de la méthode qu'il portait toujours dans ses voyages, il remonta sur le pont pour
examiner l'air du commandant et des passagers de la
Concordia.

Ce qu'il en vit, pour cette première fois, ne le contenta qu'à demi. Beaucoup d'Anglais et d'Américains
qui croassaient leur langue désagréable, et de grands
Allemands à longue barbe rousse, quelques-uns por-
teurs de ces lunettes bleues affectionnées par les *Herr
Professor et Doctor.*

— Vilain monde ! Bah ; trois semaines de navigation seront bientôt passées.

Il redescendit dans sa cabine ; mais un grand brou-
haha sur le pont et le balancement du steamer lui
apprit qu'on se mettait en route.

Tout à coup, sans qu'on eût frappé, quelqu'un
poussa la porte à coulisses ; et il vit un grand diable
d'individu, d'au moins cinq pieds dix pouces, qui en-

trait avec l'air de quelqu'un qui se croit chez lui.

— Que demandez-vous? fit Robert en anglais.

— Ah! pardon, c'est bien la cabine 17?

— Oui, sir.

— Alors, c'est la mienne.

— Mais aussi la mienne.

— Je crois qu'il y a erreur.

— Erreur! Comment donc?

— Mais oui, je l'ai fait retenir de Londres, il y a deux jours.

— Et moi le *stewart* vient de me la désigner à l'instant.

— A ça! qui donc est le principal locataire?

— C'est moi.

— C'est moi, par droit de priorité.

— Nous allons voir.

Et ils remontèrent sur le pont.

L'agent de la Compagnie n'était plus là. Le steamer marchait déjà. Le *stewart,* interpellé ne put donner d'explications. Le capitaine, tout entier à la sortie de son navire, envoya promener les deux passagers.

— Que ces deux *Frenchmen* s'arrangent, dit-il au stewart.

— En voilà un matelot, s'exclama le nouveau venu, en bon français cette fois.

— Tiens, vous êtes Français? demanda Belon.

— Mais oui! M'avez-vous donc pris pour un de ces Anglais-là?

— Excusez-moi, Monsieur, mais j'avais cru.

— Oh! il n'y a pas de mal, entre compatriotes. D'ailleurs j'ai peu de bagages — le géant exhiba un immense sac de nuit — et la cabine contient deux couchettes. J'espère bien ne pas vous gêner. Je me présente moi-même; Achille Bertrand, de Saint-Mâlo. Je vais au Brésil, au Rio-Grande do Sul, faire de l'élevage.

— Et moi, voici ma carte, Monsieur.

Belon tendit sa carte à Bertrand. Ce dernier la prit et lut à haute voix :

STANISLAS BELON

— Et vous êtes?

— Oh! rien du tout. Je voyage pour mon plaisir.

— Très bien, Monsieur, si vous voulez bien me dire quel étage de lit vous occuperez, je vous en serai bien reconnaissant. Avec un Anglais ou un Américain, je n'userais point de tant de formes : je prendrais celui du bas; mais vous êtes un Français et je vous laisse le choix ou plutôt j'occuperai celui du haut.

— Je vous remercie, monsieur Bertrand. Je ne suis guère habitué au genre d'acrobatie nécessaire pour grimper dans ces niches, et le lit du bas, — puisque vous me l'octroyez si généreusement, — me convient parfaitement.

Achille Bertrand, nous le savons, était de Saint-Mâlo. Descendant d'une vieille famille de corsaires, il en avait gardé tous les instincts d'aventures. Il était peu de parties de notre planète qu'il n'eût visitées et où il n'eut tenté quelque métier.

A sa sortie du collège, doué d'un appétit féroce pour le plaisir, il avait vite dévoré la petite fortune paternelle; et, au lieu de rester croupir dans les bas-fonds des grandes villes ou de végéter sur quelque rond de cuir de gratte-papier, il préféra s'expatrier.

A New-York, il fut successivement interprète, journaliste, agent de Compagnie d'assurance; dans le Far-West trappeur et chasseur de fourrures; mineur en Australie; capitaine d'une goëlette de commerce à Taïti; marchand de bestiaux au cap de Bonne-Espérance, et enfin, courtier en pierreries dans les îles de la Soude. Mais, partout au moment où il croyait saisir la déesse capricieuse par son unique cheveu, elle se dérobait, et il retombait dans sa pauvreté.

Il était peu de déboires que cet homme n'eût connu à quarante-trois ans : Aux Etats-Unis, il avait été trois fois ruiné par deux banquiers indélicats et un incendie. Dans l'ouest, sa chevelure manqua lui être enlevée par des Indiens Sioux. Au cap de Bonne-Espérance, une épizootie le plongea dans une profonde misère; et, à Sumatra, il eut de tels démêlés avec un rajah du pays, qu'il fut forcé de fuir à toutes jambes en abandonnant son fonds de commerce.

Mais, Achille Bertrand était doué d'une énergie indomptable et d'une santé de fer. Aussi quand il se voyait ruiné une fois de plus, il se disait avec sa profonde philosophie et son fatalisme tout breton :

— A recommencer : la prochaine fois je serai plus heureux.

Au physique, c'était un vrai type d'aventurier. Très grand, maigre, le visage aux traits durs éclairé d'yeux noirs. Mais si le nez aquilin et le menton en saillie exprimaient la rudesse pouvant aller jusqu'à la brutalité, le regard était franc et droit; et la bouche, aux lèvres rouges, dénotait une gaieté joviale et un esprit plutôt porté à l'optimisme qu'à la défiance.

Pour compléter ce portrait, nous dirons qu'Achille Bertrand était orné de pieds et de mains énormes, et qu'il portait habituellement des vêtements gris de grosse et solide étoffe, et un feutre mou au ruban terni. A ses yeux, l'élégance de la toilette était peu de choses dans la vie.

Il plaça son sac de nuit dans un coin de la cabine, après en avoir extrait deux revolvers de fort calibre. Il glissa l'un d'eux dans la poche de sa jaquette et posa le second sur la petite table de toilette sous le hublot.

Belon regardait ces préparatifs avec une certaine surprise.

— Vous êtes curieux de savoir pourquoi je fais cela? lui dit Achille. En voici la raison : Un jour, près du détroit de Torrés, je fis naufrage et j'eus la chance d'accoster la terre. Sans mon revolver qui m'a permis de me défendre contre les sauvages Australiens, sans mes banknotes enfermées dans une ceinture, et qui à mon arrivée à Cardwell, me furent très nécessaires pour regagner Sydney, à l'heure actuelle, mes os blanchiraient dans le *Busch*. Etes-vous armé?

— Non : jusqu'à présent, je n'ai voyagé qu'en Europe et en Algérie, et je n'ai point éprouvé le besoin de porter d'armes sur moi.

— C'est un tort. Nous pouvons faire naufrage, être forcés de quitter précipitamment le navire; et, je vous assure qu'alors on se réjouit à l'idée d'avoir tout son argent sur soi et une bonne arme. Ce sont des *colt* d'excellente marque. En voulez-vous un?

— Vous me l'offrez de si bon cœur que je ne puis qu'accepter.

La glace était rompue. Les deux passagers de la cabine 17 devinrent les meilleurs amis du monde.

Bertrand trouva le moyen de se placer aux repas à côté de son nouvel ami ; et, grâce à son abondante faconde, la salle à manger de la *Concordia* retentit trois fois par jour des échos de la langue française, au grand scandale des autres passagers, Anglais et Allemands surtout, qui s'étonnaient qu'un Français fît tant de bruit.

Dans les premiers jours, plus d'un Teuton grincheux lança de mauvais regards au *bouillant* Achille ; mais, ce dernier se contentait de regarder le Germain avec un si imperturbable sang-froid, accompagné d'un haussement de ses larges épaules, que le *Doctor* ou le *Herr Professor* était forcé de plonger le nez dans son assiette en grommelant de vagues menaces à l'adresse de l'*ennemi héréditaire*.

Bertrand saisit le jeune mousse, page 36.

CHAPITRE III

Le troisième jour au soir, en dépit de la brume froide, Bertrand ne pouvait regagner la cabine qu'il partageait avec Belon. Après avoir entraîné ce dernier sur le pont, il l'entretenait de ses projets d'avenir et lui racontait tous les détails de son aventureuse existence. Le savant, enveloppé d'un tartan épais, oubliait la menace d'un rhume fort probable, en écoutant cette bizarre odyssée. Toute cette série de malheurs était racontée avec une telle verve ; les faits les plus désagréables présentés de si joyeuse humeur, que Stanislas en riait de bon cœur.

Soudain, dans un beau mouvement oratoire ; Achille qui s'était levé de son pliant, se pencha machinalement par-dessus bord et s'écria d'une voix tonnante en Anglais :

— Hé! timonier, ne voyez-vous pas une barque à tribord devant, tout prêt?

Le matelot interpellé ne répondit pas.

— Mais les malheureux, poursuivit Achille vont se faire couper en deux! Ah! grand Dieu! ils dorment tous dans ce sabot.

Belon s'était levé et regardait:

— Je ne vois rien, dit-il.

— C'est que vous n'avez pas les yeux faits à la mer, surtout en temps de brume.

Et Achille, agitant ses grands bras, cria de toutes ses forces:

— Ohé! là-bas, les pêcheurs, débordez donc.

Mais le vent ne portait pas de son côté, et le *Saint-Jean* continuait imperturbablement sa route. Encore quelques secondes, et si la *Concordia* ne déviait pas de son chemin, l'abordage était inévitable.

Achille courut vers le gouvernail.

Mais c'était trop tard. Le colossal steamer rigide comme le *Destin,* abordait le pauvre petit bateau. A peine, si on en sentit la secousse. Seuls, quelques cris se firent entendre, venant du *Saint-Jean*, et un paquet informe : voiles, mâts, rames enchevêtrées, avec des silhouettes effarées, tourbillonna dans le remous.

Belon, saisi d'horreur, resta muet, les mains cramponnées à la lisse; mais Bertrand courut au capitaine qui, tranquillement adossé au grand mât, regardait du côté opposé fumant son cigare avec une apparente indifférence.

— Capitaine, capitaine! cria-t-il, vite une chaloupe à la mer, nous venons de couler une barque de pêche.

W. Brown regarda son interlocuteur, très flegma-
tiquement.

— Eh bien! capitaine n'entendez-vous pas ce que
je vous dis?

— Quoi donc? y a-t-il un homme à la mer?

— Peut-être sept ou huit! Nous venons d'aborder
un bateau pêcheur.

— Ah! et alors?

— Et alors! répondit rudement Bertrand dont la
patience n'était pas la vertu dominante, votre devoir
est de descendre une embarcation.

— Pour faire quoi, s'il vous plaît, sir?

— Mais pour sauver ces malheureux, je l'espère
bien.

— Vous croyez qu'on peut les sauver?

Et il regarda par dessus bord.

— Mais certainement, faisons vite.

Williams Brown, pour toute réponse, lui tourna le
dos et dit à un groupe de matelots qui attendaient ses
ordres :

— Jetez des bouées et *Go ahead.*

— Capitaine! c'est infâme, ce que vous faites-là,
rugit le Malouin en serrant les poings.

— Ah, ça! Monsieur, est-ce vous qui commandez
ici? Cette barque ne portait pas de feu allumé. Tant
pis pour elle!

Belon, qui venait de rejoindre son ami, ne put
tenir devant cet horrible égoïsme.

— Pardon, commandant, ils avaient un fanal accro-
ché à l'arrière.

— Je ne peux me détourner de ma route, mon
temps appartient à la Compagnie.

— Monsieur, répliqua froidement Belon, je regrette pour l'honneur Anglais votre réponse; mais je vous jure qu'à notre prochaine relâche, je quitte votre bord : je vais droit chez les consuls de France et d'Angleterre et là, je vous accuse d'inhumanité. Bien plus, monsieur le commandant, je suis riche, bien posé en France, je commencerai une enquête, j'actionnerai votre Compagnie. Elle sera forcée de payer; et, vous-même, vous payerez votre infamie de votre position. Prenez garde, Monsieur, j'ai des amis aussi en Angleterre, des hommes influents, qui j'espère ne douteront point de ma parole.

Belon avait frappé juste. L'Anglais réfléchit. Si ce petit Français chétif avait des amis puissants en Angleterre, il aurait sur le dos une vilaine histoire d'abordage; et, si sa Compagnie lui savait mauvais gré de ce tapage pour une barque coulée?

— Je vais faire jeter des bouées, répondit enfin le commandant.

— Ce n'est pas assez, répondit Belon. Il faut descendre une embarcation. Vous ne pouvez laisser ces pauvres gens périr sous vos yeux.

Pendant cette discussion, Achille Bertrand avait disparu; mais Belon entendit le bruit d'un objet volumineux touchant à l'eau. C'était le Malouin qui d'un coup de la hâche placée près des bouées de l'arrière venait d'en détacher une, et de la jeter à la mer.

— Voilà la bouée jetée, commandant; allons vite maintenant, une baleinière, et faites stopper.

Les matelots anglais se regardaient effarés. Ils n'avaient pas l'idée d'une audace pareille, surtout de la part d'un Français.

Mais Achille ne leur laissa pas le temps de la réflexion. De chacune de ses mains puissantes, il saisit le bras des deux plus proches et les entraîna vers les porte-manteaux qui soutenaient une petite embarcation peinte en blanc.

— Allons, allons, *boys*, vite, en bas la baleinière. Un falot de veille, vous, *Master*, et vite; dix livres sterling si nous ramenons un naufragé.

Ahuris, les matelots obéirent. Bertrand sauta dans l'embarcation : quatre matelots délièrent les palans. Un fanal fut jeté tout allumé; et, trente secondes ne s'étaient pas écoulées, qu'au grand ébahissement de toute là bordée de quart, le commandant donnait l'ordre de faire stopper le steamer.

Bertrand, le canot mis à la mer, prit le gouvernail, et les quatre matelots saisirent les rames et la baleinière déborda.

Déjà quelques passagers, étonnés de ce subit arrêt de la *Concordia*, montaient en toute hâte l'escalier, croyant à un accident. Ils trouvèrent le commandant Brown dans un état d'exaltation tout à fait anormal; jurant et frappant du pied, il criait à tue-tête à l'impassible Belon :

— Votre ami est un insolent. A la première relâche à Santa-Cruz, je le débarque. Il donne à mon bord l'exemple de l'indiscipline. Je me plaindrai au consul anglais. Et tout cela pour une misérable barque qui a fait exprès de se mettre en travers de nous! oui, qui l'a fait exprès, j'en jurerais.

Avec une impassible ironie, Belon riposta :

— Monsieur Achille Bertrand, mon ami est un brave, dont je m'honore d'avoir l'amitié; et vous,

3

monsieur Brown, tâchez de mesurer vos paroles et de ne pas compromettre inutilement le bon renom d'humanité et de politesse des officiers de la marine anglaise.

La baleinière allait assez rapidement, et stimulés par la promesse de dix guinées de récompense, les quatre Anglais se courbaient sur leurs aviros. Achille tenait son canot droit à la lame; et, au bout de cinq minutes, son équipage involontaire fut obligé de reconnaître sa pratique du matin. Le falot placé à l'avant éclairait la mer sur un certain espace.

Au bout de dix minutes, ils aperçurent la grande voile qui s'en allait à la dérive, retenue par la vergue arrachée du mât. Deux ou trois planches passèrent; mais de corps humains, pas de traces. Tous semblaient avoir sombré.

Pendant vingt minutes, ils tournèrent dans un cercle d'un quart de mille de rayons, sans rien apercevoir. Les matelots murmuraient et parlaient de rentrer. À contre cœur, Achille allait céder, quand il lui sembla entendre, à une certaine distance, un faible cri.

— Entendez-vous là-bas? dit-il.

Les matelots prêtèrent un instant l'oreille.

— Il n'y a rien. Allons-nous-en.

— Non pas avant d'avoir été voir par-là.

Et Bertrand tendit la main vers l'est.

— Non, non, rentrons, répondirent les Anglais; nous pouvons être saisis nous-mêmes par le courant.

— Je vous dis que j'ai entendu un cri; et, avant de rentrer, il faut que nous ayons perdu tout espoir de voir quelqu'un des naufragés.

Les matelots se consultèrent un moment à voix basse et finirent par répondre :

— Il nous est impossible de rien distinguer dans ce brouillard, et nous sommes déjà trop écartés du steamer. Rentrons, il le faut.

— C'est ce que vous décidez, alors? demanda Bertrand d'un ton hautain.

— Oui! firent-ils tous les quatre ensemble.

— C'est bon! marchez en avant ou gare.

Et Achille tirant de sa poche son revolver, l'arma et le braqua sur le plus rapproché de lui.

Le matelot visé, faillit sauter à la mer de terreur. Les autres levèrent leurs avirons pour frapper le Français.

— Assommez-moi, si vous le voulez. Mais avant de me tuer, j'aurai eu le temps de loger une balle dans la tête de l'un d'entre vous. Choisissez.

Cela fut dit avec un tel ton de commandement que tous baissèrent instinctivement leurs avirons et obéirent.

A ce moment, un cri, une clameur d'angoisse terrible déchira l'air en passant sur les flots.

— Vous entendez. Avais-je raison?

Pour toute réponse, les matelots redoublèrent de vitesse.

— Courage, courage! cria Bertrand, nous venons à votre secours.

Et la baleinière fendit la crête des vagues avec rapidité.

Bientôt, à la lueur du falot, les matelots et le Français discernèrent un objet noirâtre qui dansait sur la lame à vingt brasses d'eux.

— Tenez bon, tenez, bon! nous voilà.

Après quelques nouveaux efforts, la bouée et le pauvre Yvon qui s'y était cramponné apparurent nettement dans le cercle de lumière.

— Hardi les gars, hurla Achille avec joie, vous tenez vos dix livres sterling.

La baleinière vint toucher la bouée et Bertrand saisit vigoureusement le jeune mousse.

— Maintenant à la *Concordia* et vite.

Les marins anglais n'avaient pas besoin de cet encouragement et vers les onze heures, c'est-à-dire une heure après l'accident, la baleinière fut remontée sur ses porte-manteaux.

Un nombre considérable de passagers était placé sur la lisse de tribord par où le canot accostait.

— Avez-vous sauvé quelqu'un? demanda Belon.

— Oui, un mousse, et il était temps. Malheureusement c'est le seul. Nous avons eu beau chercher les autres, ils sont au fond de la mer. Veuillez commander au *stewart* un grog bien chaud et des couvertures, car le pauvre enfant en a besoin.

Arrivé sur le pont, Yvon Carfor, à moitié évanoui fut entouré d'une foule nombreuse et généralement bienveillante. Le commandant Brown, l'air contraint, crut cependant de bonne politique de féliciter Bertrand; et ce dernier, sans rancune, le remercia de son aide; puis, sans s'occuper d'autres choses, il saisit dans ses robustes bras, le pauvre mousse et le descendit à la cabine 17.

Là, avec l'aide de Belon, il le coucha dans son propre lit; et, quelques minutes après, le *stewart* apportait un énorme verre de grog bouillant.

— Rien n'est bon comme ce liquide, pour guérir les immersions prolongées dans l'eau salée, dit le Malouin.

Yvon s'était tout à fait évanoui, et Bertrand fut obligé de lui desserrer les dents et de lui introduire dans le gosier, avec une cuiller quelques gorgées du brûlant breuvage.

L'effet fut immédiat. Yvon ouvrit les yeux, balbutia d'abord quelques paroles, puis regarda ses sauveurs d'un air fort effaré.

Ces deux inconnus, penchés à son chevet, lui firent bien un peu peur : la grande taille du Malouin l'impressionnait surtout.

Mais, bientôt ses idées reprirent leur cours; et, d'une voix hésitante, il demanda :

— Et le patron Lozaréhmeur?... et les autres?... et le *Saint-Jean* où est-il? Oh! dites-moi, Monsieur, pourquoi je suis ici !

Belon hésitait à répondre, mais Bertrand adoucissant sa rude voix prit la parole pour lui.

— Mon petit, prie Dieu pour eux, et remercie-le de t'avoir conservé la vie.

— Oh! alors, c'est donc vrai, nous avons été abordés !

— Oui, et d'une belle façon même, car c'est à peine si du pont du steamer nous avons seulement entendu tes compagnons crier.

— Oh! mon Dieu, mon Dieu !

Et le pauvre mousse se prit à sangloter.

— Allons, mon jeune ami, dit à son tour Belon fort ému, c'est un grand malheur, mais votre sauveur — et il désigna Bertrand — a fait ce qu'il a pu; et, c'est

grâce à sa généreuse intervention que vous n'êtes
point aussi, maintenant, au fond de la mer.

— Laissez-le pleurer ce pauvre petit. A son âge ça
fait du bien — grommela Bertrand — pour le moins
aussi ému que son ami devant la douleur du jeune
garçon.

— Le principal pour toi, mon enfant, ajouta-t-il,
c'est que te voilà bien vivant sur un bon navire com-
mandé, — oh! je l'accorde pleinement, — par un
vilain oiseau; et que nous te rapatrierons à la prochaine escale. Dis-moi, mon ami, ton patron était-il
ton père?

— Non, Monsieur, Jean Lozaréhmeur était seulement le cousin de mon père. Je l'appelai mon oncle.

— Et pas de frère dans l'équipage?

— Non; seulement deux ou trois m'étaient des parents assez proches; les autres éloignés; mais, je les
aimais bien tous.

Enfin, la douleur, toute grande qu'elle est, sera
moindre du moment que tu n'as pas de parent proche
ayant péri dans l'abordage. D'où es-tu?

— De Tréboul, dans la baie de Douarnenez. Nous
revenions de la pêche aux maquereaux, à quinze
milles au large d'Ouessant. Tout le monde dormait,
même le patron qui tenait la barre au moment de
l'abordage.

— Pauvres diables! quelle vilaine engeance que
ces Anglais! Mais, dis-moi, as-tu quelqu'un qui t'at-
tende là-bas dans ton village?

— Oui, Monsieur, ma grand'mère, la vieille Soizic
Carfor. Elle n'a que moi pour la soutenir. Elle comptait sur le produit de cette saison de pêche pour payer

le loyer et s'acheter de la laine pour filer. Que va-
t-elle devenir seule, à moitié infirme? car, elle est
bien vieille, ma grand'mère, elle a soixante-quinze
ans passés depuis la Saint-Michel.

— Prends patience, garçon, dans une dizaine de
jours, nous aborderons aux Canaries; et, nous joue-
rons de mauvaise chance si nous ne trouvons pas un
navire qui consente à te ramener en France. Avant
un mois, tu reverras ton Tréboul et ta grand'mère.

Un peu rassuré, Yvon Carfor considérait maintenant avec curiosité la cabine. Il n'avait jamais rien
vu de pareil, n'étant monté que sur des bateaux de
pêche.

Bertrand s'était assis sur l'unique siège de la cabine
et regardait le savant Belon qui paraissait fort préoc-
cupé.

— Monsieur Belon, à quoi pensez-vous donc?

— A une chose qui pourrait bien advenir : Nous
relâcherons, dites-vous, à Santa-Cruz. Etes-vous sûr
de rencontrer un navire français dans ce port?

— Ma foi, répondit le Malouin, vous avez peut-
être raison : Santa-Cruz n'est pas un port très fréquenté
par le commerce français. Mais nous pouvons confier
notre protégé à notre consul.

— Soit, mais ce pauvre garçon attendra peut-être
longtemps son rapatriement.

— Je ne vois pas d'autres moyens.

— Ni moi non plus. En attendant, vous devez être
fatigué. Je vous offre mon lit. Demain, je verrai à
caser ce jeune homme quelque part.

— Monsieur Belon, j'ai passé plus d'une nuit blanche, et celle-ci ne m'effraye pas. Je vous remercie de

votre offre et vous prie plutôt de vous coucher. Je me contenterai de cette chaise.

Belon fut obligé de céder devant l'opiniâtreté de son compagnon; et bientôt, les trois habitants de la cabine 17 sentirent un sommeil réparateur, s'appesantir sur leurs paupières, après cette soirée pleine d'agitation.

La route était jolie.

CHAPITRE IV

Le lendemain, les deux Français et le jeune mousse étaient les héros du bord.

Le commandant fit bien un peu la grimace, quand Belon parla d'admettre Yvon à la table des premières ; mais, il se radoucit lorsque le savant lui eut dit d'un ton sec :

—Vous savez, commandant, n'ayez aucune crainte, c'est moi qui payerai l'entretien d'Yvon Carfor.

Et il s'entremit immédiatement près de l'agent comptable du bord, pour faire inscrire le mousse au nombre des passagers.

Yvon, parfaitement remis de la terrible aventure de la veille, fut très intimidé à la vue des nombreuses paires d'yeux attachés sur sa personne ; mais encadré entre ses deux sauveurs, il prit bravement son parti ;

et, comme il était loin d'être bête, il s'exerça à manger sans trop de gaucherie.

Il faut ajouter que Belon, dans sa prévoyance, avait trouvé moyen en glissant quelques *souverains* dans la main du *stewart* de se procurer un costume approprié à la taille de l'enfant fort simple, mais très propre, qui remplaça avantageusement la vareuse déteinte et le pantalon déchiré du petit Breton.

Quelques vieilles dames anglaises daignèrent l'honorer de leurs regards et le trouvèrent *présentable*. Un *doctor* myope, fraichement éclos de l'Université de Gœttingne, examina attentivement ce spécimen de la race légère sans cervelle de la rive gauche du Rhin; mais sauf les Anglais, qui au fond étaient furieux de la conduite de Belon et de Bertrand, tous les passagers furent unanimes pour louer leur décision et leur intrépidité.

Le commandant W. Brown, tout en saluant respectueusement ses deux passagers quand il les croisait sur le pont, jetait parfois des regards haineux sur Yvon Carfor.

Les matelots anglais avaient été étonnés de la munificence de Belon qui avait ajouté aux cinq livres sterling promises par Bertrand, une fort belle prime. Mais quelque chose de plus fort que l'appât du gain avait ému ces natures grossières : c'était l'audacieuse énergie de Bertrand.

— Jamais, disait le plus vieux d'entre eux, je n'ai rencontré un Français capable d'un pareil acte; et, bien qu'il soit né dans ce damné pays de Saint-Mâlo, ma foi, c'est un fier gaillard.

Telles furent les opinions respectives du personnel

et des passagers de la *Concordia* au sujet des trois Français, dont deux au moins ne s'occupaient guère de ce que l'on pensait d'eux.

Yvon Carfor, avec sa nature franche et ouverte, voua dès ce jour une reconnaissance éternelle à ses deux sauveurs; et, si dans les premiers jours, il eut le cœur triste de la mort horrible de ses compagnons, l'insouciance de son âge reprit le dessus et il s'intéressa vivement au steamer et au voyage qu'il accomplissait.

Le temps restait assez beau. Contre son habitude, le golfe de Gascogne ne déploya pas la rigueur de ses tempêtes; et quinze jours après l'abordage du *Saint-Jean*, la *Concordia* était dans les parages des îles Canaries.

Le seizième jour, au matin, par un vent violent de nord-est, la vigie signala les îles Salvages.

Belon qui était presque aussi savant en géographie qu'en sciences naturelles, demanda à Bertrand s'il connaissait ces îles.

— Non, mon cher ami (leur intimité s'était tout à fait développée depuis le sauvetage d'Yvon Carfor), j'ai passé auprès d'elles dans trois ou quatre voyages; mais je n'ai jamais entendu dire qu'elles fussent abordables. S'il vous plaît de les regarder, Yvon ira chercher votre longue-vue dans la cabine.

Le jeune Breton ne demandait pas mieux que de prouver sa reconnaissance à ses deux sauveurs par tous les moyens possibles. C'était un bon petit cœur d'enfant, très ignorant; mais plein de cette vertu si rare qu'on appelle la bonne volonté. Il s'était attaché rapidement à Belon et à Bertrand; l'un lui semblait si bon, l'autre si brave! Et la bonté et la bravoure séduisent toujours les enfants.

Il ne fit donc qu'un bond jusqu'à la cabine et rapporta la longue-vue du savant.

La lunette, mise au point, Belon la promena attentivement sur les deux îles en vue.

— Elles sont bien nommées Salvages ou Sauvages, n'est-ce pas? demanda Achille Bertrand.

— Vous avez raison. Hautes comme des montagnes, ce sont sans doute les cimes de quelque chaîne dont le pied est perdu à une grande profondeur sous les flots. La plus grande me paraît inaccessible et je vois les vagues s'y briser avec fureur. Mais je ne distingue guère de végétation. Ce sont des écueils perdus au milieu de l'Océan, sentinelles avancées des côtes d'Afrique.

— Que d'oiseaux, murmura le jeune Yvon. Voyez donc, monsieur Belon, ce nuage gris. Jamais chez nous, en Bretagne, je n'en ai tant vu.

— Je regrette de ne pouvoir les examiner de plus près, dit le savant avec un soupir. Sans doute, il y a parmi eux des espèces inconnues à l'Europe.

— Dans quelques heures, fit Bertrand, nous découvrirons le pic de Ténériffe. C'est une fort belle montagne, et quand le temps est pur, on l'aperçoit à près de trente lieues en mer.

— Trente lieues en mer, s'écria Yvon, mais c'est donc bien plus haut que le Ménech'Hom.

— Oh! ton Ménech'Hom est une vulgaire taupinière près de ce mont; et, quand tu seras de retour en Bretagne, tu *épateras* joliment tes compatriotes en

Le pied sûr des mules gravissait aisément... page 52.

leur disant que tu as découvert une montagne à plus
de quarante-cinq milles au large.

— Et quand tu leur diras que tu es monté dessus
donc! ajouta Belon. N'est-ce pas votre avis Bertrand?
Si nous avons quatre jours de relâche comme l'assure
notre capitaine, nous pourrons en profiter pour escalader cette montagne célèbre.

— Comme vous voudrez, mon cher savant : vous
me prenez par mon faible. Depuis quinze jours nous
ne foulons que le pont de ce navire.

Le lendemain matin, il faisait de la brume et Yvon
ne put, à son grand regret, découvrir le fameux pic.
Un bateau-pilote qui croisait en vue de la pointe
d'Huaga vint offrir ses services au commandant de la
Concordia. Ils furent acceptés et bientôt le steamer
doubla les écueils redoutables de Nago; et une heure
après, il faisait son entrée dans la petite baie de
Santa-Cruz.

Les trois amis s'empressèrent de descendre à terre
avec un grand nombre de passagers; et Bertrand, qui
avait déjà fait une escale à Ténériffe, les conduisit à
une hôtellerie.

Belon hâta le déjeuner. Il lui tardait de visiter l'île
et de faire l'ascension du pic.

Dans les rues étroites de Santa-Cruz circulaient
des gens de toutes sortes : marins canariotes en culot-
tes courtes à bonnet triangulaire rouges ou gris, la
taille étroitement serrée par une *faza* de soie rouge,
marchands venus du Maroc au turban et au burnous
d'une éclatante blancheur; fonctionnaires espagnols
aux favoris courts, à l'air grave et impassible d'hi-
dalgos.

Mais Belon avait déjà vu à peu près les mêmes types dans les ports d'Algérie, et sans laisser le temps à Yvon de s'ébahir davantage devant des hommes, des édifices et une nature si différents de son pays, il poussa ses deux compagnons vers une voiture qu'il venait de louer pour les conduire à Orotava.

L'arrivée à Santa-Cruz ne donnait au savant qu'une médiocre idée des îles Fortunées. Dans la brume de cette matinée de mars, la mer n'avait pas cet éclatant azur où se mirent habituellement un entassement de montagnes et l'amphithéâtre des blanches maisons de la ville. L'île paraissait rousse, terne, sans végétation et sans culture. Mais le soleil se leva et dissipa le brouillard. La route était jolie avec sa bordure de gommiers, de lauriers-roses et de géraniums géants en fleur. Au loin, dans le fond de la vallée, s'étendait la nappe bleue de l'Océan; et, au-dessus des collines, s'élevait le massif immense du pic de Ténériffe.

— Eh bien! que dites-vous de cela? demanda Bertrand à Belon en lui montrant de magnifiques bouquets de palmiers et de bananiers aux larges feuilles d'un vert tendre, mêlés aux cactus, aux agaves couverts de fleurs pourprées.

Des bandes d'oiseaux chanteurs passaient au-dessus de leurs têtes et des senteurs parfumées, développées par la chaleur croissante, arrivaient par bouffées plus nombreuses à mesure qu'ils s'enfonçaient dans la vallée d'Orotava.

— Je comprends maintenant que le savant Humbolt ait appelé cette vallée la plus belle du monde; et les anciens n'ont pas eu tort de fixer le Jardin des Hespérides dans cette magnifique contrée.

Et le bon Belon enthousiasmé par ce panorama splendide, se lança dans toutes sortes de considérations historiques sur l'archipel des îles Fortunées.

— Ce que vous voyez-là, Bertrand, n'est que le faible reste de cette contrée engloutie par un énorme cataclysme et que les anciens nommaient l'Atlantide. Oui, mon ami, l'Atlantide s'étendait depuis Gibraltar au nord, jusqu'aux Açores à l'ouest et les îles du Cap-Vert au sud. Dans l'Antiquité, Denys d'Halicarnasse, Diodore de Sicile, Strabon, Pline en font mention dans leurs écrits. Suivant Ptolémée, des Carthaginois, ces Anglais de l'antiquité, ont colonisé ces îles qu'ils nommèrent *Junonia Mayor* et *Junonia Minor,* c'est-à-dire Lanzarote et Fortaventura; *Canaria*, la grande Canarie, *Nivaria* Ténériffe; *Capraria* qui est Palma et *Pluvialia,* l'île de Fer. Deux Français : Jean de Béthencourt, un Dieppois, et Gatifer de la Salle, gentilhomme gascon, débarquèrent à Lauzarote en 1402 et combattirent les premiers, les habitants de l'île : les *Guanches*, des géants d'une force prodigieuse et d'un courage indomptable. Plus tard, des aventuriers espagnols comme Don Garcia d'Herrera, Alonzo de Lugo et Pedro de Vera, s'emparèrent des principales îles; et, ce qui devait se passer en Amérique, un demi-siècle plus tard eut lieu dans les îles Fortunées. En dépit de leur courage et de leur adresse, les Guanches traqués dans les cavernes, sur le sommet des montagnes, furent massacrés, les forêts incendiées; et ces îles si belles changées en désert. Dans quelques grottes, les Espagnols découvrirent des momies dont quelques-unes étaient encore visibles au siècle dernier. Grâce à ces précieux débris, on

4

a su mieux que par l'histoire, que les Guanches étaient de haute taille, que leurs cheveux lisses et fins, quelquefois blonds, n'avaient aucune analogie avec la toison crépue des nègres.

Bertrand, à la fin de cette longue tirade, se mit à rire :

— Si vous m'en dites autant pour chaque pays que nous verrons de près ou de loin, je serai certainement très fort en histoire à la fin de notre voyage.

Yvon prêta d'abord une certaine attention aux considérations historico-scientifiques du Tourangeau ; mais trop ignorant pour comprendre la valeur des mots, il s'absorba tout entier dans la contemplation du paysage.

Jamais, il n'avait rêvé un pays où le soleil fut si éclatant, les fleurs si belles, les oiseaux si chanteurs.

Ils étaient arrivés à Orotava, et Belon s'exclama très fort contre la trop grande rapidité du voyage.

— J'aurais désiré, dit-il, que la route eût le double de longueur pour jouir plus longtemps du spectacle enchanteur de cette campagne.

— Oui, mais vous oubliez, Belon, répondit Bertrand, que le capitaine de la *Concordia* ne relâche que quatre jours ; et, si vous voulez tout voir, il faut vous dépêcher. Aujourd'hui, il est trop tard pour commencer l'ascension du pic et d'ailleurs il fait trop chaud.

Belon fut forcé d'en convenir, et les trois voyageurs s'installèrent dans un des hôtels d'Orotava, où ils retrouvèrent quelques passagers du steamer.

Le lendemain matin, au soleil levant, trois mules et un guide attendaient le bon plaisir de nos amis.

Belon, que ses courses en Algérie avaient initié à l'art difficile de l'équitation sur des mules rétives, enfourcha l'une d'elles, sous l'œil légèrement moqueur du Malouin passé maître dans tous les exercices de corps ; et Yvon Carfor, un peu hésitant, — car jusqu'alors, il n'avait guère chevauché que sur le beaupré des barques de pêche, — ne fit pas trop mauvaise contenance, une fois campé sur sa bête. La petite caravane prit une route, ou plutôt un sentier, qui serpentait sur les premiers contre-forts du mont.

— Dieu me pardonne, s'écria le Malouin, j'ai déjà vu beaucoup de pays ; mais c'est la première fois que je voyage en touriste ; et, c'est vous, mon digne ami, qui m'avez appris à voir ce qu'il y a de beau dans la nature.

Le sentier était bordé d'aloès aux fleurs éclatantes, aux feuilles aiguës comme des lames de sabre. Sur le rebord des talus croissaient des multitudes de géraniums dont les fleurs dégageaient une odeur capiteuse. Dans les creux ombragés, des fougères, des mousses découpées en fines dentelles, étalaient leurs touffes couleur d'émeraude. Des palmiers, des lauriers géants, des dracœnas et surtout des arbres curieux, appelés *dragonniers*, poussaient par bouquets entre les fentes des rochers. Avec la journée qui s'avançait, le soleil augmentait de force, et les trois amis s'arrêtèrent avec un certain plaisir pour faire souffler leurs montures, à l'ombre d'un bois de bruyères arborescentes, hautes comme des taillis de quinze ans en France.

Les cultures, les habitations se faisaient de plus en plus clairsemées et bientôt disparurent tout à fait.

La pente devenait plus raide ; mais le pied sûr des mules gravissait aisément le chemin rocailleux ; et vers les dix heures, la caravane atteignit un plateau où poussaient des faux-ébéniers, tout parfumés de leurs éclatantes fleurs d'or.

— Quel ravissant endroit, s'écria Belon. Regardez donc ces échappées de vue sur les vallées et la mer. Quels jeux de lumière ! Comme nos campagnes de France nous paraîtrons ternes et incolores à notre retour.

— Je suis absolument de votre avis, ami Belon. En attendant, pour déjeuner profitons de ce plateau et de cette vue si agréable.

— Oh ! Bertrand, je reconnais bien là votre esprit pratique. Ce n'est pas vous qui sacrifiriez jamais un bon morceau à un beau point de vue.

— Je ne parle pas pour moi seulement, mais pour vous et cet enfant. Voilà quatre heures que nous grimpons, et nous sommes encore loin du sommet. Aussi mangeons et buvons pour achever sans encombre le reste du voyage.

Bertrand avait veillé aux provisions ; et tout en ne perdant point un coup d'œil, Belon avoua que son ami avait bien fait les choses. Au dessert, il porta un toast à leur amitié nouvelle et déjà si solide, en vidant un verre de vieux vin des Canaries.

— Vous oubliez, Belon, qu'Yvon est le lien qui a resserré notre amitié naissante, et sans votre généreuse intervention près du capitaine.....

— Vous parlez de mon intervention ? interrompit le savant. Eh bien ! elle aurait été bien platonique et ce pauvre garçon serait maintenant la pâture des poissons, si vous n'aviez sauté dans la baleinière pour le sauver.

Et Belon, comme péroraison, serra énergiquement la main du Malouin. Ce digne savant, autrefois si indifférent aux sentiments du cœur, regrettait presque d'être forcé de rapatrier le mousse. De son côté, le rude Bertrand se sentait une affection toute particulière pour Yvon, et au sujet du prochain départ de ce dernier, il partagea les mêmes sentiments que son ami.

— A propos, Belon, nous avons oublié une chose.

— Et quoi donc?

— Mais d'aller voir le consul de France, pour ce gamin.

— Tiens, c'est vrai. Bah! après-demain, nous en aurons encore le temps. Mais, au fait : avez-vous remarqué à Santa-Cruz quelque navire français?

— Non.

— Alors, s'il n'y en a pas, nous serons forcé de le laisser au consulat de France.

— Mais oui. Dis donc, fit Bertrand en s'adressant à Yvon, es-tu pressé de retourner en Bretagne?

— Dame, Monsieur, vous savez, ma grand'mère doit pleurer et me croire mort.

— Mais tu lui as écrit hier; il est vrai que ta lettre attendra peut-être un mois avant de partir.

— C'est bien ennuyeux, dit Belon, qu'il n'y ait pas de câble télégraphique à Ténériffe; sans cela, je rassurerais la bonne vieille sur le sort de son petit-fils.

— Mais, Monsieur, ce n'est pas tout encore, ajouta Yvon, vous êtes bien bon tous deux pour moi, vous m'avez sauvé d'une mort affreuse; mais, ma pauvre grand'mère a besoin de moi. Je gagnais sa vie et la mienne.

— Tu es un brave enfant; ne t'occupes pas de cela, répondit Bertrand plus ému qu'il ne voulait le paraître, je trouverai dans le fond de ma bourse quelque chose pour envoyer, en attendant ton retour, à la vieille Soizic Carfor.

— Part à deux, mon cher, s'écria Belon avec vivacité. J'entends être de moitié dans cet envoi...

Yvon, très rouge, les larmes aux yeux l'interrompit :

— Messieurs, jamais je ne pourrai reconnaître, ce que vous avez fait pour moi. Aussi ne vous tracassez pas pour mon retour. Je suis fort, je connais un peu le métier de marin. Peut-être un autre navire voudra-t-il me prendre comme mousse.

— Pour cela, non! s'écrièrent à la fois Belon et Achille Bertrand. Mousse ailleurs que sur un bâtiment français, c'est impossible. Si nous ne trouvons pas d'autres moyens, tu nous accompagneras jusqu'à Rio-de-Janeiro. Là, les navires français ne manqueront pas.

Yvon se tut. Cette décision était loin de lui déplaire, et puisque ses deux protecteurs assuraient l'existence de sa grand'mère, il souhaitait intérieurement d'accompagner monsieur Belon au Brésil.

Le déjeuner fini, ils se remirent en route, précédé de leur guide qui montrait le chemin, car les difficultés grandissaient : on était en pleine coulée de lave coupée de ravins escarpés.

Yvon doutant avec raison de son habileté de cavalier mit le premier pied à terre et Belon suivit peu après son exemple. Il n'y avait guère plus de sentier, mais une sorte de piste mal tracée, à travers des monceaux de pierres et de scories. Quelques genêts grisâtres étaient les seules plantes qui végétaient tristement dans ce désert.

Enfin à plus de deux mille mètres d'altitude, ils parvinrent à un petit plateau, nommé l'Estancia de la Sera.

— Que c'est beau! s'écria Belon transporté.

Et c'était beau, en effet.

Qu'on se figure une vaste plaine, ou plutôt un cirque immense de plus de vingt lieues de tour formé par des falaises basaltiques, hautes de plusieurs centaines de mètres, taillées à pic, crénelées comme les murailles d'une ville fortifiée, au centre duquel s'élevait un cône de dix-huit cent mètres de hauteur dont les pentes parfaitement régulières semblaient de loin offrir des surfaces absolument nues et unies. C'était le cirque des *Cânadas* qui n'était autre qu'un cratère, quand l'île toute entière formait un seul volcan.

Bertrand, sans avoir le même enthousiasme que son ami, restait muet devant cette masse du pic, et Yvon Carfor croyait rêver. La baie de Douarnenez, le Ménech'hom et toute la chaîne de l'Arhés auraient tenu dans ce cirque.

En revanche, ce que n'apprécièrent qu'avec modération les trois amis, fut la chaleur effroyable du cirque. Les rayons du soleil réfletés par les masses basaltiques, chauffaient comme dans un four, et les arbres avaient totalement disparu. Pendant deux longues heures, ils rôtirent sous cette lumière tellement éclatante que leurs yeux en cuisaient. Çà et là se dressaient des obélisques de laves grises et des rochers de quartz d'un blanc laiteux; mais la vie semblait fuir cette enceinte surchauffée.

Par une brusque transition, la température baissa beaucoup à l'ascension du pic; et lorsqu'ils débouchèrent sur une sorte de plate-forme, appelée *Alta-Vesta*, ils furent obligés de s'envelopper des couvertures de leurs mules.

Là, s'arrêtait leur première étape. Avant de s'établir dans leur campement, le guide les convia à regarder le coucher du soleil. Il était près de sept heures du soir. Sous cette latitude, le crépuscule, sans être aussi court que sous les tropiques, n'a pas la même durée que dans nos climats.

Au loin, la mer d'un bleu de saphir miroitait et les îles semblaient des blocs d'or rougi sous le flamboiement du soleil. Une ombre immense, projetée par le pic de Ténériffe, étendait un grand triangle sombre sur les montagnes et les vallées. De rouges, les îles devinrent violacées, puis noires. La mer changea son saphir contre une couleur verte qui ne dura que quelques secondes. Puis, la lueur tremblota dans une teinte d'opale impossible à rendre, et tout s'effaça dans l'ombre grandissante.

A la lueur du feu allumé par le guide avec des genêts, ils soupèrent joyeusement. Belon prit quelques notes pour l'avenir, puis les trois voyageurs, fatigués de leur étape, s'endormirent, roulés dans leurs couvertures, sous le ciel semé d'étoiles.

Bien avant le lever du jour, le vent et le froid de la nuit, réveillèrent les voyageurs. Il s'agissait d'esca-

lader les cinq cents mètres qui les séparaient du sommet du pic.

Sous la lumière vacillante de la torche du guide,
les trois amis grimpèrent à la file indienne à travers
les rochers, et Belon vit avec surprise son protégé
sauter comme une chèvre de roc en roc. Habitué à
dénicher les goëlands sur les falaises de la pointe du
Raz et de Beuzec, cette ascension n'était qu'un jeu
pour le jeune mousse. Seulement, au moment d'atteindre le sommet, ils furent tous les trois incom-
modés par ce mal étrange qu'on appelle *mal des montagnes*. Le front couvert de sueur, sans souffle, les
yeux troublés de brouillards, ils s'arrêtèrent quelques minutes. Belon, moins robuste que le Malouin,
souffrit beaucoup; mais Yvon fut le moins indisposé;
et, c'est appuyé sur son bras et celui de Bertrand que
le savant atteignit enfin le sommet.

Le soleil se levait. Au loin, sur l'Océan, une boule
rouge surgissait du bleu sombre des flots. Peu à peu,
les couleurs les plus éclatantes illuminèrent l'horizon.
Les îles, toutes rouges la veille au soir, montaient
lentement du sein de la mer. Les plus éloignées semblaient de grosses taches roses ponctuant une nappe
de nuages bleuâtres qui disparurent en laissant de
longues traînées violettes sur le bleu pur de la mer.

Après s'être rassasiés de ce magnifique tableau,
Belon le premier donna le signal de la retraite, et le
soir même, un peu fatigués, mais enchantés de leur
excursion, les trois amis rentraient à Orotava.

Le lendemain, le savant se présentait chez le consul
de France à Santa-Cruz, qui ne put lui donner aucune
affirmation sur le rapatriement possible d'Yvon. Les

navires français faisant relâche à Ténériffe étant alors
assez rares. Le consul proposa de le confier à un capitaine d'une goëlette espagnole qui devait mettre à la
voile dans peu de jours pour Bordeaux; mais, après
s'être consultés, Belon et Bertrand, préférèrent garder
Yvon avec eux; et le capitaine de la *Concordia* fut
fort étonné de compter le jeune Breton parmi les passagers rentrant à bord lorsqu'il leva l'ancre de Santa-
Cruz.

Il tirait sa coupe d'une façon merveilleuse, page 67.

CHAPITRE V

Quelques jours après, la *Concordia* était en plein Atlantique, ayant déjà fait un bon tiers de la route jusqu'à Pernambuco.

La chaleur, dans ces parages si voisins de l'Equateur, était insupportable. Chaque matin, le soleil surgissait presque subitement à l'arrière du vapeur, et en quelques minutes la mer était inondée de ses rayons. Elle paraissait laiteuse sous le bleu profond du ciel. La houle était assez forte, et cependant aucune brise ne se faisait sentir. Du matin au soir, la température était étouffante, et la nuit à peine venait raffraîchir cette atmosphère de feu. Beaucoup de passagers préféraient passer la nuit sur le pont, au lieu de rester dans leurs étroites cabines, où malgré les hublots ouverts, on risquait d'être asphyxié.

Stanislas Belon, peu habitué à ce climat, en était le plus incommodé et ne paraissait qu'aux heures des repas. Son protégé, Yvon Carfor, en garçon reconnaissant, ne quittait pas le bon monsieur Belon, comme il l'appelait. Assis près de son fauteuil à bascule, il lui faisait la lecture quelques heures chaque jour depuis leur départ de Ténériffe, car Belon avait emporté une petite bibliothèque de poche.

Les premiers jours, il anonna terriblement, prononçant les mots avec un tel accent de terroir, faisant des liaisons si aventureuses que Bertrand n'y put tenir; et, pour ne pas déconcerter le mousse par ses éclats de rire, courut se réfugier à l'avant pour fumer son cigare.

Belon, dont l'une des principales qualités était une inaltérable patience, s'occupa dès les premiers jours à redresser les vices de prononciation. Toutes les fois qu'il se présentait le nom d'un pays ou celui d'un homme célèbre, il interrompait son lecteur pour lui donner des aperçus sur le pays et des détails biographiques sur le personnage. Avec l'aide d'un atlas des plus complets, il expliquait au jeune Carfor la situation des contrées qu'ils allaient visiter et lui apprenait à se faire une idée sommaire du monde où ils vivaient.

Yvon Carfor n'était ni sot ni distrait. Doué d'une grande mémoire, comme la plupart des êtres primitifs, il s'assimila les notions avec une facilité prodigieuse; et en peu de semaines, il acquit des notions assez étendues d'histoire de France et de géographie.

—Voilà qui va bien, disait le savant. Quand tu rentreras en France, tu pourras facilement préparer ton examen pour le long cours; et, après une ou deux campagnes en qualité de pilotin, je te ferai admettre aux Messageries. Cela vaudra toujours mieux pour toi que de tirer toute sa vie sur un grelin de filet, ou de relever des casiers à homards.

Bertrand était entièrement de l'avis de Belon. Puisque le jeune gars présentait une intelligence peu ordinaire, il fallait cultiver cette intelligence et ne pas laisser croupir des facultés qui ne demandaient qu'à être développées.

Un jour (il y en avait quinze d'écoulés depuis leur départ des Canaries), le ciel ne présenta pas son aspect ordinaire; de grandes vapeurs semblaient courir sur la mer. Le soleil à moitié voilé, prenait des tons sanglants; et la mer, à son coucher, se colora d'un rouge sombre de sinistre aspect.

— Voilà un *coup de temps* qui s'annonce et nous ne dormirons guère cette nuit, dit le Malouin assez expert aux choses de la mer pour deviner une tempête.

Le capitaine, W. Brown, passait en ce moment près du groupe des trois amis, et d'un air grave les salua.

Achille Bertrand, depuis le départ de Ténériffe, entretenait avec l'Anglais, non pas des relations fort intimes, mais de simple politesse et lui rendit son salut.

— Ne croyez-vous pas, capitaine, que nous allons avoir du mauvais temps ?

— Dites plutôt une affreuse tempête, un cyclone, tout ce que vous voudrez. J'ai déjà été dans ces parages une fois, et par Saint-Georges, le diable a dû s'en mêler, car malgré toute ma bonne volonté et l'énergie de mes hommes, j'ai failli sombrer.

— Certes, à regarder l'état de la mer, on peut prévoir bien des choses.

Bertrand fit descendre son ami et le mousse dans la cabine et remonta sur le pont. Les chaudières avaient été chargées : on voulait fuir au plus vite devant l'ouragan.

La *Concordia* filait à toute vitesse, sa grande cheminée lançant des torrents de fumée noire.

Le pont fut déserté par les passagers. Il n'y resta que le capitaine et les hommes de l'équipage. Malgré les remontrances de W. Brown, Bertrand persista à y demeurer.

Comme dans les sombres légendes du Nord, la *Concordia* parut voguer dans des flots de sang. Une auréole rouge entourait le steamer. La nuit allait tomber avec cette rapidité propre aux tropiques, et là-bas un ciel noir comme de l'encre s'avançait rapidement. L'éclat rouge diminua peu à peu ; une lueur jaunâtre brilla un moment à l'ouest ; puis, plus rien.

Pas un souffle d'air. La poitrine oppressée, la respiration haletante, Belon et Yvon Carfor, la figure collée aux hublots de leur cabine, regardaient avec anxiété le noir intense de la nuit.

Un grésillement, faible d'abord, puis augmentant vite d'intensité ; un bourdonnement sourd dans l'air, et le vaisseau se souleva enlevé sur le dos d'une immense lame. La mer se creusa en vallées profondes et le vent arriva rapide comme l'éclair, amenant en une sorte de trombe, une vague énorme contre la *Concordia*.

La tempête se déchaîna et éclata en fureur ; les lames augmentant de hauteur, retombaient avec un bruit sourd, les unes sur les autres; montueuses, en collines, et s'effondrant comme des cataractes.

Les panneaux bien fermés, les malheureux passagers se trouvaient dans une obscurité complète. Car les lampes à roulis s'éteignaient avec une facilité déplorable; quand la *Concordia* retombait au fond de ces vallées creusées dans la mer entre deux lames, on entendait une foule d'objets dégringoler avec des bruits de choses brisées qui se mêlaient aux ronflements sourds de l'hélice tournant à vide.

Pendant deux journées, le navire fut balloté et secoué d'une façon horrible. Les passagers, malades pour la plupart, s'étaient réfugiés dans leurs cabines ou erraient comme des ombres lamentables dans le salon. Seuls Bertrand, Belon et Yvon Carfor supportèrent vaillamment ces deux tristes journées.

Le troisième jour, vers sept heures du matin, Bertrand, ne pouvant plus supporter l'infection de l'intérieur, monta sur le pont avec son protégé. Il trouva le capitaine W. Brown très agité, très inquiet.

— Qu'y a-t-il donc, capitaine?

— Je ne me rends pas trop compte encore; il me semble que le steamer n'obéit plus au gouvernail. Je me trompe fort ou l'hélice est faussée, ou le gouvernail à moitié décroché.

— Voilà qui ne serait pas amusant avec l'état de la mer.

— Chut, je vous en prie; pas un mot de cela où...

Il n'eut pas le temps d'achever, une secousse terrible les jeta sur le pont.

— Commandant, vous avez raison. Votre arbre de

couche est sans doute cassé, dit Bertrand en se relevant.

Le capitaine descendit précipitamment l'échelle
conduisant à la machine.

C'était un vrai désastre. Par une fissure faite à la
muraille de bâbord, l'eau filtrait et couvrait déjà le
plancher de la chambre de chauffe. Les feux menaçaient d'être éteints ; et chose plus grave, l'arbre de
couche de l'hélice était rompu !

Le chef mécanicien et ses hommes paraissaient
atterrés. Ils se montraient l'eau montant dans la
machine.

Malheureusement, le temps ne redevenait pas
meilleur, à peine si l'on voyait en mer à plus de deux
cents mètres tant l'air était troublé par la fureur des
éléments. De tous côtés, on n'apercevait qu'un vrai
chaos de lames s'entrechoquant et couvrant à chaque
instant le pont de paquets de mer. Le ciel et l'eau se
confondaient dans un sinistre brouillard jaunâtre,
opaque.

Le point fait la veille, donnait quatre cents lieues
de route depuis la Praga, l'une des îles du cap Vert.

La situation était fort critique, car la *Concordia* ne
gouvernait plus. Secoué comme un bouchon par les
vagues, le steamer pouvait à chaque instant être défoncé par une lame plus forte que les autres.

Bertrand avait suivi le capitaine dans la machine.

— Eh bien ?

— Si Dieu ne nous secoure, répondit l'Anglais avec
un haussement d'épaules, nous sommes flambés !

Bertrand ne sourcilla pas. Maintes fois dans sa vie,
il s'était vu en perdition, mais il eut peur pour Belon

et son jeune protégé Yvon. Sa rude nature s'était prise d'une grande affection pour ses deux amis.

Il remonta sur le pont et là, se tenant à un cordage d'une main, de l'autre boutonnant sa vareuse que la violence du vent menaçait de lui enlever, il regarda froidement la mer.

Loin de se calmer, elle semblait arriver au paroxysme de la fureur; les lames étaient plus lourdes, le vent plus fort. L'obscurité ne diminuait point. Aux roulements du tonnerre, aux zigzags violacés des éclairs s'ajoutaient maintenant des torrents de pluie qui claquaient sur le pont.

Soudain, à travers le brouillard, il crut distinguer une mâture de navire. Il se frotta les yeux et vit quelque chose comme un petit nuage noir, qui fuyait dans la direction du nord-est.

— Tiens, un vapeur. Ah! celui-là gouverne bien. Dans quelques minutes, il sera à portée de nous voir, je vais prévenir le capitaine.

Justement W. Brown sortait de la machine, noir de charbon, les mains huileuses, une énorme bosse au front, car il venait de tomber sur un robinet.

— Capitaine, lui dit Bertrand, un grand vapeur par tribord avant de nous.

W. Brown regarda, et au bout de quelques secondes, il dit :

— C'est vrai. Je vais lui faire des signaux; mais, il est douteux que par cette mer démontée, il nous voit et consente à nous secourir.

Les signaux commencèrent. Le capitaine et tout l'équipage en suivaient anxieusement la manœuvre.

D'abord, le vapeur étranger ne répondit pas. Puis, il fit le signal :

Impossible. Mer trop forte.

— Et dire qu'il va passer peut-être à cent *yards,* murmura W. Brown avec un froncement de sourcils effrayant.

Les dents serrés, le visage grimaçant de crispations nerveuses, il suivit encore la nouvelle demande de secours.

Envoyez une embarcation avec remorque.

— Oh! envoyer une embarcation, grogna le second, mais c'est.....

Bertrand qui suivait les signaux aussi attentivement que les autres, lui coupa la parole.

— Commandant, si vous le permettez, j'irai à la nage.

— Vous?

— Oui, moi.

— Mais, malheureux, vous serez broyé, fracassé, noyé avant d'avoir seulement fait vingt brasses.

— Oh! que non, je nage bien; et, aux Sandwich, les Maoris m'ont donné de bonnes leçons. Procurez-moi une ceinture de sauvetage; faites filer une ou deux tonnes d'huile, et vous verrez.

— Je ne peux pas y consentir.

— Faites vite. Dans cinq minutes, il sera trop tard.

W. Brown réfléchit qu'une embarcation chavirerait dix fois avant d'avoir atteint le vapeur, qu'il pouvait perdre cinq ou six hommes dans cette tentative, tandis que le *Frenchman* s'offrait sans rien demander et pouvait effectivement arriver providentiellement au steamer étranger.

Il donna immédiatement l'ordre de prendre une ceinture de sauvetage; puis, il fit filer trois tonnes d'huile.

La mer devint calme, comme si la tempête s'apaisait subitement. Mais au large, à cent mètres du navire, les vagues étaient aussi hautes et aussi monstrueuses. Le vent faisait toujours rage.

Les autres passagers, trompés par l'immobilité relative du steamer, crurent à une accalmie et montèrent sur le pont.

Ils virent un singulier spectacle.

Bertrand dépouillé de tous ses vêtements, le torse ceint d'une forte ceinture de liège tenait attaché à un anneau fixé à la ceinture un filin assez mince, mais résistant. Très calme, il embrassa Belon et Yvon qui pleurait; puis, faisant un grand signe de croix, il se laissa glisser par un cordage à la mer.

— Voilà un brave s'écrièrent quelques matelots enthousiasmés.

— Oui, mais pourvu qu'il ne trouve pas de requin en route.

Belon, les yeux agrandis, le cœur palpitant, fouillait avec sa longue vue, la bande de mer grise qui s'étendait aux environs du steamer, tenue plate et immobile sous l'influence de l'huile.

Il ne vit rien de suspect et respira longuement.

Bertrand nageait fort bien. Point gêné aux entournures, il tirait sa coupe d'une façon merveilleuse.

De son côté, le steamer étranger, avait diminué la vitesse; et, une foule entassée près de la lisse de bâbord, suivait anxieusement l'acte héroïque du Malouin.

Il était encore dans la zone calme; mais, brusquement, la mer reprit le dessus, et des volutes commencèrent à s'élever. Bientôt il se sentit non las, mais à moitié asphyxié par l'eau qui déferlait sans relâche sur lui, et il vit avec terreur qu'au lieu d'avancer il reculait.

Jusque-là, il avait ménagé ses forces; et, sûr de ne pas couler, protégé par sa ceinture de liège, il fonça en avant avec l'énergie inhérente à son caractère intrépide.

Hélas! il n'avançait guère. Quinze mètres encore le séparaient du steamer qui filant doucement, menaçait cependant de dépasser le point où il se trouvait.

— Jamais, je n'arriverai, pensa-t-il.

Il nagea avec force et reconquit quelques brasses. Il était haletant. Ses bras raidis commençaient à s'engourdir. Soudain, il sentit quelque chose lui cingler le dos.

Il pensa à l'attaque d'un requin.

Non, ce n'était pas un requin, mais un mince cordage qu'on venait de lancer du steamer.

Il s'en saisit avec bonheur et se laissa doucement hâler à bord.

— Hurrah! hurrah! criaient en masse les passagers et l'équipage du *Scotia* de Glasgow.

— Ouf! mes amis, dit Achille en Anglais; il était temps que j'arrive, je n'aurais pas coulé; mais j'aurais été assommé par une vague.

Cent personnes se pressaient autour de lui, lui serrant les mains et le félicitant. Il écarta les plus importuns d'un geste de ses grands bras.

— Ce n'est pas tout. Vous êtes bien bons. Seulement accrochez une bonne aunière au filin que je porte. Je vous assure que la *Concordia* en a besoin.

Le commandant du *Scotia* s'empressa de donner l'ordre de faire filer l'aunière ; et, pendant que le Malouin se séchait au salon des premières et endossait des vêtements apportés par le *stewart* la *Concordia* recevait le bienheureux câble de remorque.

— Un grog, sir, proposa le second ?

— Ce n'est pas de refus ; bien qu'il ne fasse pas froid, il est bon de s'assimiler quelque chose de chaud dans le *coffre*.

Deux heures après, la *Concordia* remorquée par le *Scotia* sortait du centre du cyclone et marchait, cahin-caha, vers les îles du cap Vert.

Forcément, les trois amis se trouvaient séparés. Belon recevait pour son ami toutes les félicitations des passagers, tandis que Bertrand assis à la table des premières, se voyait l'objet de la curiosité élogieuse des gens du *Scotia*.

Ils virent entrer dans le port..., page 72.

CHAPITRE VI

Le lendemain, le ciel était d'azur, la mer calme, et à part les avaries du steamer, personne ne se serait douté que les passagers de la *Concordia* avaient été à deux doigts de leur perte.

Bertrand venait de rejoindre ses amis, au moyen d'un canot, et après une chaleureuse étreinte avec Belon et Yvon, il reprit possession de la cabine 17.

On faisait route vers le Cap-Vert, car l'état du steamer ne laissait aucune espérance de reprendre la navigation vers le Brésil.

Il fallait donc relâcher aux îles du Cap-Vert, à la Praga et attendre le passage d'un paquebot, c'est-à-dire pendant peut-être trois semaines ou un mois se voir condamné à l'immobilité dans cet archipel malsain, brûlé du soleil, et presque sans végétation.

71

Cette perspective était loin de plaire à Belon, et moins encore à Bertrand, dont les ressources pécuniaires ne permettaient point une relâche aussi prolongée et qui, avec sa délicatesse naturelle, n'aurait jamais voulu demander l'aide de Belon.

La plupart des passagers de la *Concordia* préférèrent passer à bord du paquebot remorqueur, que d'attendre l'arrivée tardive du courrier de la Praga.

Belon était dans une grande indécision; et peut-être allait-il faire comme les autres, lorsque le second jour de leur arrivée à la Praga, ils virent entrer dans le port, un grand trois-mâts de commerce qui venait faire de l'eau et prendre des vivres frais.

C'était le *Jason* du port de Hull.

Aussitôt Belon demanda au Malouin :

— Si nous nous informions près du capitaine, de la destination de son navire?

Bertrand, un peu surpris, regarda Belon avec l'air de quelqu'un qui ne comprend pas.

— Oui, répéta ce dernier, si par hasard, il allait dans l'un des ports de l'Amérique du Sud?

— Mais votre destination était Rio-de-Janeiro.

— Bah! Rio-de-Janeiro, ou Pernambuco, ou même Rio-Grande-do-sul; peu m'importe. Le Brésil est vaste, et j'intervertirai bien s'il le faut l'ordre de mon voyage. Au lieu d'aller du nord au sud, j'irai du sud au nord, voilà tout.

— Mais, mon cher Belon, vous ignorez sans doute qu'un bateau de commerce n'est pas disposé comme un paquebot.

— Oh! quant à cela, peu m'importe. Mes bagages

dans la cale; une couchette pour moi dans quelque coin; et, une place à la table du capitaine : il ne m'en faut pas plus. Seriez-vous plus difficile que moi, cher ami?

— Assurément, non. J'ai passé par toutes les situations sociales et je sais me contenter de tout; mais vous un savant, un homme paisible, habitué à ses petites commodités?

— Ne vous inquiétez pas de cela : mieux vaut encore se priver de quelques petites choses et arriver plus tôt. D'ailleurs, réfléchissez : reprendre le *Scotia*, s'arrêter à Lisbonne ou à Porto, pour attendre un autre paquebot en partance pour l'Amérique du Sud, ou aller en chercher un à Dakar; tout cela est une grande perte de temps.

— Alors, allons voir et nous informer.

Tous trois se rendirent à bord du *Jason*.

Le capitaine Baxton était un grand Anglais, sec comme une racine de buis, aux yeux gris et rusés. Une paire de favoris roux s'allongeaient des deux côtés de sa figure tannée et étaient loin d'orner son *facies* plutôt désagréable.

A première vue, il déplut considérablement à Bertrand.

— Heu! vilaine face de *Mercanti*, sans doute, doublé de pirate. Avec ces Anglais, on ne saurait être trop défiant.

D'abord Baxton fit des difficultés. Son navire n'était pas conditionné pour recevoir des passagers.

Il ne faisait point escale au Brésil, puisque tout d'une traite, il allait à Valparaiso, au Chili.

Mais Belon était fort entêté et entendant ce nom de Valparaiso, il bâtit immédiatement un projet de voyage assez long assurément; mais qui ne manquerait point d'agréments.

De Valparaiso, il traverserait les Andes et passerait par les Pampas Argentines, visiterait Mendoza, Cordova, Santa-Fé. Parana et conduirait Bertrand, jusqu'à Rio-Grande d'où il remonterait par mer à Rio-de-Janeiro.

Ce serait certainement une excursion fort agréable et qui lui permettrait à la fois de voir l'extrême sud de l'Amérique et deux Républiques avant d'atteindre le Brésil.

Bertrand, à qui il fit mention du projet, ne dit ni oui, ni non.

Quant à Yvon, il était prêt à suivre ses deux protecteurs jusqu'au bout du monde.

Enfin, le capitaine Baxton poussé dans ses derniers retranchements, finit par accepter les trois voyageurs moyennant la somme de cent livres sterling, soit deux mille cinq cents francs, pour un trajet de six semaines à deux mois, ce qui était fort cher étant donné le logement et la nourriture qu'il leur offrait.

Immédiatement, le *Jason* repartant le surlendemain, Belon fit transborder ses bagages de la *Concordia* sur le trois-mâts. Bertrand n'avait que son sac de nuit qui n'était pas fort encombrant.

Yvon Carfor était comme Bias le sage, il portait toute sa fortune sur lui, c'est-à-dire ses vêtements et un fort couteau de gabier, présent inappréciable de Bertrand. . . . .

. . . .

Le *Jason* voguait maintenant à pleines voiles
sur l'Atlantique, poussé par les vents alisés du
nord-est.

Les trois amis s'étaient installés de leur mieux dans
une petite cabine encore plus étroite que le fameux 17
de la *Concordia*, et avait arrangé leur vie de la manière suivante :

Belon lisait et instruisait Yvon. Ce dernier fort intelligent faisait de grands progrès et pour se délasser
de ses études, il prenait souvent part à la manœuvre.
Agile et fort, il faisait l'étonnement de l'équipage par
sa hardiesse à grimper sur les haubans et à s'installer
sur le *boute-dehors* de beaupré. Bertrand fumait et
causait quelquefois avec l'équipage ou le second, un
gros bouffi, du nom de Richard Magfield. Mais le
capitaine semblait fuir le Malouin, et quand ce dernier lui adressait la parole, il ne répondait que par
monosyllabes.

Au bout de peu de jours, Bertrand très fin, très
perspicace sous son apparente légèreté, fit les observations suivantes :

Baxton était un bon marin ; mais dénué de fran-
chise ; il y avait quelque chose de louche et de fuyant
dans ses manières.

Peu communicatif avec son second, il devenait
presque muet avec les Français.

Magfield était un lourdaud, marin par habitude
plutôt que par connaissances spéciales, fort ivrogne
et souvent brutal avec les matelots.

L'équipage pouvait se diviser en deux catégories :
D'un côté, une douzaine de bons matelots, rudes,
grossiers, mais honnêtes. Bertrand remarqua que tout

le travail du bord retombait sur eux; et pour une maladresse ou une inattention Magfield frappait les malheureux, et toujours sur l'ordre de Baxton qu'il semblait craindre profondément. De l'autre, il y avait cinq à six mauvais drôles, fainéants, querelleurs et qui semblaient ne reconnaître qu'un chef, le maître d'équipage Ryce, un solide marin de cinquante ans à peu près, l'air sournois et féroce qui d'un seul geste, sans prononcer une parole, calmait les disputes avec son poing énorme. Fort habile du reste dans son métier, il paraissait jouir de toute la confiance de Baxton.

Enfin, à l'écart, un pauvre diable, méprisé de tous, que Magfield bourrait de coups de poings et de coups de pied. C'était un grand et mince Hollandais du nom de Pitter. L'air toujours ahuri, il fixait ses gros yeux bleus sur le capitaine et son second avant de comprendre l'ordre donné et s'attirait par sa maladresse et son engourdissement intellectuel, les bourrades du reste de l'équipage.

Bertrand découvrit aussi que le capitaine et Ryce avaient souvent de longs conciliabules, d'où Magfield était soigneusement exclu. Il flaira quelque mystère, quelque sinistre projet; mais préféra garder ses réflexions pour lui seul plutôt que d'inquiéter Belon.

Les trois amis prenaient leurs repas avec le capitaine et son second. Le menu n'était guère varié et ne rappelait que de très loin l'abondance et la recherche du paquebot la *Concordia*. Mais Belon ne se plaignait pas; Bertrand en avait goûté bien d'autres de plus détestables et Yvon ne songeait pas à faire des remarques sur la trop grande multiplicité des repas de morue et de bœuf salé.

Bref, les dix premiers jours se passèrent assez bien, dans la monotone uniformité de la mer, avec une chaleur sans cesse grandissante. La seule privation de Belon et du jeune mousse, fut celle d'eau douce à volonté.

Mais les tonneaux du *Jason* contenaient une eau si peu filtrée, si nauséabonde que souvent, ils se pinçaient le nez pour la boire, ou préféraient ne pas boire du tout, ce qui n'était pas une mince pénitence, avec la chaleur tropicale de la latitude qu'ils traversaient.

Après dix jours de belle navigation, les vents mollirent et le *Jason* n'avança guère plus. La houle, flasque comme de l'huile, venait parfois secouer le trois-mâts. Il roulait, mais n'avançait pas.

La chaleur (on était presque sous la ligne), était intolérable.

Le brai fondait sous les pieds, collant les pas des promeneurs sur le pont. Belon souffrit beaucoup et préférait rester allongé sur sa couchette dans la cabine, que d'affronter l'ardeur du soleil. Bertrand, grâce à sa sèche organisation, continuait ses promenades quotidiennes, causait un peu avec les matelots et Magfield quand ce dernier n'était pas ivre, — ce qui arrivait souvent, — observait le ciel, l'eau, les poissons volants, les rares oiseaux de mer, et pensait à son futur établissement à Rio-Grande.

Un soir, tout le monde était couché, Bertrand trouvant l'atmosphère de la cabine trop lourde, laissa Belon et Yvon couchés et remonta sur le pont.

Le ciel était clair, piqueté d'étoiles, la mer phosphorescente. Une brise très douce enflait à demi les voiles.

Il n'y avait personne à l'arrière que l'homme de la barre ; l'avant était désert. Près du beaupré, le Malouin connaissait un bon petit coin pour dormir au frais.

C'était un enfoncement sous l'avant où des paquets de cordages, des fauberts secs et des vieilles toiles formaient une couche, sinon confortable, mais assurément moins dure que le pont.

Il s'y étendit ou plutôt, selon son habitude, se pelotonna en boule et s'endormit.

Il ne pouvait préciser le temps écoulé quand il fut éveillé par un bruit de voix qui causaient sur le ton confidentiel de gens ayant d'importants secrets à se communiquer.

Au son des voix, il reconnut le capitaine Baxton et Ryce.

Il écouta :

— Capitaine, j'ai commencé à percer les trous.

C'est bien. Tu n'oublies pas nos conventions : deux pieds au-dessous de la ligne de flotaisons ; chaque trou percé devra être bouché par un mandrin de bois de la grosseur exacte de l'ouverture.

— Oui, capitaine.

— Puis tu sais, ne vas pas trop vite en besogne. Nous ne venons que de passer la ligne. Dans quelques jours, nous aurons une série de grains à supporter. C'est ordinaire dans ces parages et ce ne serait pas drôle d'être obligé de quitter le navire en plein

Océan, à plusieurs centaines de milles des côtes d'Amérique.

— Soyez sans crainte, ce sera fait de main de maître; mais, il y a une chose qui me chiffonne.

— Quoi donc Ryce?

— Les trois Français. Si jamais ils s'aperçoivent de notre coup, ils piailleront et nous dénonceront près des autorités.

— N'aies pas peur! Le jour où le *Jason* boira un coup, ils seront trop occupés à sauver leur peau pour s'amuser à connaître les causes du sinistre.

— Et pour combien de jours aurons-nous à rester sur ce maudit fronton.

— Quinze à vingt jours encore.

— C'est long!

— Que veux-tu? Irons-nous hâter l'évènement? Nous vois-tu en plein Océan, luttant contre la mer sur nos embarcations, obligés de souffrir la faim et la soif?

— J'irai doucement donc. Mais capitaine, vous êtes bien sûr : c'est cinq cents livres sterling pour moi?

— Oui, tu sais que notre armateur Littlestone est homme de parole, la cargaison est fortement assurée, le *Jason* aussi. Ce sera une magnifique opération pour lui. Cinq cents livres pour chacun de nous, c'est maigre; mais que veux-tu? on prend ce qu'on offre, et plus tard en rentrant à Hull, nous nous occuperons de faire *hanter* ce brave Littlestone.

— Bien, capitaine, vous avez toujours d'heureuses idées; mais, je crains les matelots, vous savez les sérieux et Magfield.

— Oh! Magfield et ses hommes. Peuh! — et

Baxton eut un mauvais rire, — nous nous arrangerons pour les fourrer dans la même chaloupe avec les Français et bien heureux ceux-là s'ils revoient la vieille Angleterre . Sur ce, je vais voir à quel point en est arrivé ton travail.

Les deux coquins se retirèrent doucement, sans s'être douté qu'un des Français avait entendu leur sinistre conversation.

Le Malouin sortit avec précaution de sa cachette; et, quand il eut vu descendre le capitaine et Ryce dans la cale, à pas de loup, il regagna sa cabine située à l'arrière.

L'homme de barre était à peu près endormi et il ne vit pas rentrer Bertrand.

— Quels affreux chenapans dit-il en s'allongeant sur sa couchette et quelle malheureuse inspiration a eue Belon de vouloir prendre ce navire! Vais-je l'avertir? A quoi bon? Il s'indignerait contre ce capitaine de malheur et tout cela aurait pour résultat de nous mettre pieds et poings liés à la merci de ces brigands. Cherchons plutôt autre chose. Provoquer une révolte de l'équipage en dénonçant le projet de Baxton?... mais qui dans ces Anglais voudrait me croire. Il y a bien quelques braves gens à bord; mais, il y en a d'autres dont il est sûr, et qui seront certainement ses complices.

Longtemps, il roula divers projets pour empêcher la réussite du complot; mais il ne trouva rien de pratique et finit par s'endormir en disant avec sa philosophie habituelle :

A la grâce de Dieu!

Les jours suivants, il observa la démarche des deux

associés criminels. Ils avaient l'air tranquille et ne prirent pas garde en le voyant. Bertrand eut dès lors la certitude qu'ils ignoraient avoir eu un témoin de la conversation de la veille.

Mais un matin, dix jours après cet entretien nocturne des deux pirates, un incident jeta le trouble dans l'équipage et amena des conséquences funestes pour Achille Bertrand.

Bertrand fut emporté dans la cale, page 86.

CHAPITRE VII

Donc, ce matin-là, le matelot Pitter lavait le pont avec trois autres camarades. Le lavage fini, il oublia de tordre son faubert et de le remettre à sécher. Magfield qui surveillait la corvée, lui commanda brutalement de porter son seau et son faubert à l'arrière. Soit qu'il n'entendît pas, soit pour toute autre cause, le Hollandais n'en fit rien. Alors le second, avec colère, l'interpella d'une façon des plus grossières en envoyant au pauvre diable un formidable coup de poing qui le fit glisser sur le plancher mouillé. Pour se retenir, le malheureux se raccrocha à une manœuvre courante ; et, pour comble de malheur, Baxton passait près de lui en ce moment. Le cordage saisi violemment par Pitter, alla donner rudement dans les jambes du capitaine.

Furieux, ce dernier tomba à bras raccourcis sur le malheureux Hollandais et commença à lui donner une formidable raclée. Le second, sans doute pour faire sa cour, joignit ses coups et ses injures à ceux de son supérieur; et, en quelques minutes, l'infortuné matelot eut la figure en sang.

— Que Dieu damne les yeux de cette brute! hurlait Magfield.

— Ryce, appela le capitaine, mettez cet homme aux fers; il m'a frappé avec un cordage.

— Je ne l'ai pas fait exprès; je vous demande pardon capitaine, supplia Pitter.

Mais Baxton lui coupa la parole par un coup de poing plus fort que les autres, et Pitter s'effondra sur le cabestan.

Sa tête porta sur le linguet et un trou s'ouvrit auprès de la tempe, d'où le sang coulait avec abondance.

Achille Bertrand, qui humait en ce moment l'air du matin sur le pont, s'élança avec la générosité habituelle à son caractère et prit Magfield par le bras.

— Lâchez donc cet homme, il n'a rien fait et vous venez de le blesser grièvement.

— Mêlez-vous de vos affaires, monsieur le Français et lâchez-moi vous-même, gronda Magfield.

— Monsieur, dit à son tour Baxton, je suis le maître à mon bord, et vous avez tort de vouloir nous apprendre notre métier.

— Capitaine, répliqua rudement Bertrand, je ne conteste pas votre autorité; mais il m'est permis de m'interposer devant une telle cruauté.

— Mes actions ne vous regardent pas, Monsieur, et

si vous persistez, je serai forcé de vous consigner dans votre cabine.

— Et pour combien de temps, monsieur Baxton, s'il vous plaît, demanda Bertrand avec colère ?

— Tout le temps qu'il me plaira, Monsieur.

— Alors, répondit le Malouin furieux, jusqu'à ce que le navire coule ?

Baxton pâlit et lança un regard à Ryce, qui se tenait derrière lui.

Ce dernier parut mal à l'aise.

— Ah ! ah ! mes maîtres, reprit Achille Bertrand qui avait surpris ce regard. Ce que j'ai dit vous gêne donc si fort que vous pâlissez, monsieur Baxton, et vous aussi le maître d'équipage.

— Monsieur, vous vous oubliez, fit Baxton qui avait reprit son assurance. Je consens à fermer les yeux sur votre incivilité; mais une autre fois, veuillez être plus poli à mon égard.

Bertrand oublia toute mesure.

— De la politesse avec un pirate, un écumeur de mer, tel que vous, qui faites saborder votre navire pour toucher, je ne sais quelle honteuse prime !...

Baxton devint livide.

Autour d'eux se pressaient le matelots intrigués par cette scène et surtout par les dernières paroles du Français.

— Monsieur, une dernière fois, ne m'insultez pas, cria Baxton d'une voix tremblante de rage, où je vous fais mettre aux fers.

— Ah ! t'insulter toi, bandit, allons donc ! Comme si mon mépris pouvait descendre jusqu'à toi. Vous tous qui êtes ici, fit-il en se retournant vers le groupe des matelots, je vous déclare qu'il y a quelques jours, j'ai entendu comploter ..

Il n'eût pas le temps d'achever, un nœud coulant adroitement lancé par Ryce, lui serra la gorge, et il tomba sur le pont en se débattant. Sur un signe de leur capitaine, deux des chenapans de Baxton accoururent à la rescousse.

Bertrand écumant de rage, à moitié étranglé, se tordit inutilement et fut emporté ligotté et bâillonné dans la cale.

Yvon qui avait entendu du bruit, était monté sur le pont.

Il vit descendre par l'écoutille trois hommes qui en emportaient un quatrième.

Mais, comme surcroît de précautions, Ryce avait jeté un large morceau de toile à voile, sur le corps du Malouin ; l'enfant ne put distinguer qui c'était.

Cependant, il avait cru reconnaître la voix de Bertrand. Il allait demander à un matelot l'explication de cette scène quand quelqu'un lui toucha le bras.

C'était le pauvre Hollandais Pitter qui, tout sanglant, lui dit à voix basse en se cachant derrière le grand mât :

— Ne demandez rien, ou vous allez vous faire *coffrer comme votre ami.*

Yvon comprenait maintenant assez d'Anglais pour entendre le sens de la phrase de Pitter. Très étonné, il le regarda :

— Est-ce de monsieur Bertrand, dont vous parlez?

— Oui. Mais allez-vous-en ; si on nous voit ensemble, nous serons battus.

— Battus? faudrait voir cela, répondit hardiment le petit Breton. Mais, dites-moi pourquoi on a *coffré* monsieur Bertrand.

— C'est qu'il a injurié le capitaine.

— Lui, monsieur Bertrand! Mais vous êtes fou, Pitter.

— Non, c'est la vérité, mais allez-vous-en donc.

Au lieu de s'en aller, Yvon Carfor, s'approcha de Baxton et de Magfield.

Le second naturellement n'avait rien compris aux paroles du Malouin. Aussi, fallait-il voir l'indignation du gros homme.

— Vous avez bien fait, capitaine de mettre à la raison ce Français insolent qui ose nous traiter de pirate et...

Mais Yvon coupa court à la phrase du second. Son bonnet à la main, respectueusement, il demanda au capitaine *où était monsieur Bertrand?*

Baxton regarda le petit Breton et répondit :

— Je n'en sais rien. Dans sa cabine probablement.

— Non, capitaine, car tout à l'heure il était monté sur le pont.

— Ton maître est en bas à fond de cale, fit brutalement Magfield; et toi, mon garçon, je t'engage à ne pas faire le méchant ou bien tu iras le rejoindre.

— Et pourquoi cela, Monsieur? car nous sommes des passagers et des passagers qui payent assez cher, m'a même dit monsieur Bertrand.

— Insolent, grommela Magfield.

— Je ne suis pas insolent, Monsieur, je demande où est monsieur Bertrand et vous me répondez qu'il est dans la cale. Pourquoi l'a-t-on mis dans la cale?

— Décidément, fit d'un air ennuyé Baxton, nous serons obligés d'en faire autant à ce petit drôle. *Boy,* tourne les talons, nous n'avons rien à te dire.

— Je ne m'en irai pas avant que vous m'ayez dit pourquoi vous avez fait mettre monsieur Bertrand aux fers.

— Ryce, appela Magfield, venez ici et empoignez-moi ce petit Français.

— Pour ça non ! Foi de Dieu ! Vilain goddam !

Leste comme un oiseau, le jeune mousse s'enfuit vers la cabine dont il ferma la porte au verrou.

— Qu'y a-t-il ? demanda Belon qui lisait.

— Monsieur Belon, il y a que le capitaine vient de faire mettre aux fers, monsieur Bertrand et qu'il veut m'y mettre aussi.

— Aux fers, Bertrand ! et toi aussi. Ah ça ! quelle histoire me racontes-tu là ?

— Monsieur Bertrand s'est disputé avec le capitaine probablement, car j'ai entendu du bruit, et le matelot Pitter m'a dit qu'on l'avait coffré.

— Voilà une chose infâme. Je vais trouver le capitaine et faire relâcher notre ami.

— Monsieur Belon, je vais avec vous. Mais avant : prenez votre revolver, moi je prends celui de monsieur Bertrand. Vous savez, ces Anglais là, c'est pis que des pirates et c'est traître !

Belon, malgré son inquiétude pour Bertrand, ne put s'empêcher de sourire de la recommandation du jeune Carfor.

Bien que fort pacifique d'habitude, il glissa dans

la poche de son veston son revolver; et, suivi du mousse, il monta sur le pont.

La première personne qu'il trouva fut Ryce.

— *Master* où est monsieur Bertrand?

Ryce ne répondit rien; mais lança un mauvais regard au mousse.

— Répondez à Monsieur, dit fièrement Yvon Carfor.

— Eh bien! il a été impoli avec le capitaine et il est aux fers, répondit-il brutalement.

— Mon ami aurait été impoli avec le capitaine, ce que je ne crois pas d'ailleurs, que ce dernier ne pourrait justifier une telle mesure. Aussi, dites-lui de ma part, de délivrer son prisonnier à l'instant même.

— Allez le lui dire vous-même, fit Ryce grossièrement.

Le capitaine n'était pas loin. Il causait ou plutôt laissait causer Magfield.

Aux premières paroles de Belon, il eut un sourire sardonique.

— Monsieur, inutile d'insister; monsieur Bertrand m'a gravement insulté. De plus, c'est un homme funeste à bord d'un navire. Il a essayé de fomenter une révolte sur le *Jason,* j'espère que cette leçon lui sera salutaire. Tout ce que je puis faire est de le consigner dans un réduit spécial, durant la traversée.

Baxton avait naturellement ses raisons pour empêcher toute communication entre le prisonnier et ses amis.

— Mais, c'est une indignité! Vous traitez mon ami comme un malfaiteur. Vous oubliez que je vous ai versé une somme considérable pour notre passage.

Une fois encore, je vous demande la liberté de monsieur Bertrand.

— Non, j'ai dit Monsieur, veuillez rompre cet entretien.

— Eh bien! alors, je vais le délivrer moi-même.

— Allez, Monsieur.

Et avec un mauvais rire, Baxton les vit descendre par l'écoutille.

Ni Belon, ni le mousse ne connaissaient la disposition intérieure du bâtiment.

Tout à coup, ils se trouvèrent dans l'obscurité et errèrent quelques minutes tâtonnant dans les ténèbres.

Ils s'arrêtèrent, vaguement inquiets.

Derrière eux, ils entendirent comme un glissement d'eau.

Ce n'était pas des gouttes qui tombaient; mais le bruit de plusieurs petits robinets qui laissaient passer un léger filet.

— Ecoutez, monsieur Belon, dit le mousse, on dirait que le navire fait eau.

Belon écouta et entendit, comme Yvon, ce bruissement particulier à l'eau qui filtre à travers les flancs d'un vaisseau mal étanche.

— Oui, tu as raison; mais, c'est au-dessous dans le fond de la cale. Le *Jason* a sans doute subi quelque avarie. Mais, c'est singulier tout de même, que ce bruit n'ait pas attiré l'attention des gens du bord.

Yvon ne répondit rien, car il prêtait l'oreille à un autre bruit qui devenait de seconde en seconde plus distinct.

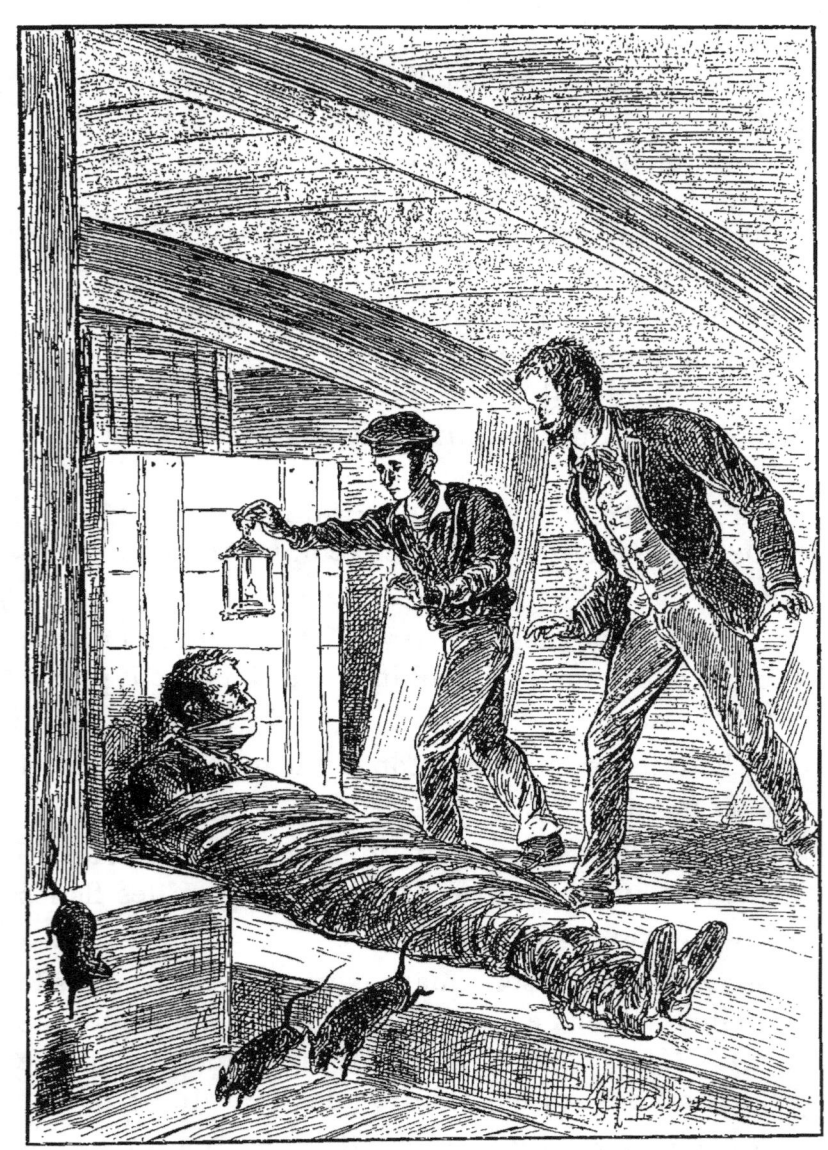

C'était le malheureux Bertrand, page 95.

Des gémissements, des plaintes inarticulées partaient de dessous leurs pieds.

. — Oh! monsieur Bertrand est certainement quelque part en bas, fit le mousse; c'est lui qui se plaint, qui appelle.

Et Yvon Carfor, n'écoutant que son bon cœur, se précipita dans l'obscurité.

Tout à coup, il buta contre un gros billot de bois qui s'écroula avec fracas, entraînant quelque chose dont la chute rendit un son métallique.

Yvon se baissa et tâtonnant sur le plancher, il sentit un objet rigide, froid, de petite dimension; promenant la main sur cet objet, ses doigts palpèrent une surface ronde et polie.

— Monsieur Belon! monsieur Belon! je crois que j'ai découvert une lanterne.

— Et rien pour l'allumer? demanda le savant.

— Je ne trouve rien. Ah! mais pardon : voici une boîte d'allumettes.

Triomphant le petit Breton frotta une des allumettes.

— Ah! quel bonheur, s'écria Belon.

La lanterne allumée, le mousse la promena sur les parois du navire. La cale était divisée en deux étages, comme il arrive souvent à bord des navires marchands.

Ils étaient à l'étage supérieur et virent entassés dans un ordre parfait et arrimés selon toutes les règles de l'art, des caisses, des ballots, des tonneaux de toutes dimensions.

— Mais où est Bertrand? dit Belon avec angoisse.

Je ne vois rien autour de nous qui décèle la présence de notre pauvre ami.

Yvon, sa lanterne à la main, fouilla tous les coins et recoins de cet entrepont et ne trouva pas le Malouin.

Belon, la figure crispée par l'émotion, finit par appeler à haute voix :

— Bertrand, Bertrand ! où êtes-vous ?

Un gémissement, une plainte étouffée, parut sortir des entrailles du navire, du tréfond de la cale.

— Il est sans doute plus bas, dit le mousse ; mais, je ne vois ni trappe ni escalier.

Se guidant sur les plaintes qui arrivaient plus vives et plus pressantes, il s'arrêta à un coin à l'avant. Une énorme caisse était seule sur le plancher et semblait avoir été déplacée du tas commun.

— Monsieur Belon m'est avis que monsieur Bertrand est dans une autre partie de la cale, plus basse que celle-ci. Sans doute, les Anglais, après l'avoir jeté dans quelque cambuse, ont mis cette caisse par dessus pour étouffer ses cris.

— Tu as raison Yvon, vite déplaçons cette caisse.

La caisse était fort lourde, mais si Belon n'était pas très vigoureux, en revanche, Yvon était adroit, et s'aidant d'un bout de planche, il la fit basculer comme avec un levier.

Une trappe munie de deux verrous, apparut aussitôt découpée dans le plancher.

— Courage, mon pauvre ami, cria Belon, nous arrivons à votre secours.

Yvon fit sauter les verrous et souleva la lourde trappe.

Un petit escalier de quatre ou cinq marches très raides, se découvrit immédiatement.

A la lueur tremblotante du fanal, ils virent une forme humaine qui se soulevait convulsivement sur le plancher.

C'était le malheureux Bertrand.

En un clin d'œil, ils furent près de lui et Yvon coupa rapidement, avec son grand couteau de gabier, les liens qui le serraient et enleva le baillon qui l'étouffait.

— Oh! mes amis, merci, sans vous c'était fini. J'ai cru que j'allais trépasser de rage d'être ficelé comme un saucisson et couché dans ce trou infecte, déjà à moitié plein d'eau.

Ses deux sauveurs ne s'étaient pas aperçus qu'ils marchaient dans l'eau. Il y en avait plus d'un demi-pied dans cette cale.

— Mais d'où vient cette eau? demanda Belon effrayé.

— Mais parbleu, des trous faits par ce misérable maître d'équipage, aux parois du navire, sur le conseil du capitaine.

— Comment savez-vous cela?

— C'est trop long à vous expliquer en détails maintenant, Belon; mais il faut que vous sachiez que nous sommes entre les mains d'une bande de coquins qui ont juré notre mort et la perte du navire.

Il essaya de se remettre sur pied.

— Brr! j'ai les jambes engourdies, le corps meurtri de coups. Ah! je vous assure qu'ils m'ont solidement cogné ces goddams-là.

Avec beaucoup de peine, il se leva et courbant sa

haute taille, il prit la lanterne d'Yvon, et la promenant
sur les parois du fond, au bout opposé du navire, il
montra à ses deux amis une série de gros trous ronds
forés symétriquement dans la muraille et bouchés
par des tampons. Quelques-uns laissaient filtrer l'eau
qui jaillissait avec vigueur en minces filets. Belon et
le mousse avaient maintenant l'explication de ce
bruit d'eau qui les avait si fort étonnés.

— Les misérables! dit Belon avec épouvante.

— Courage, amis, nous sortirons de cette épreuve
comme de bien d'autres; mais écoutez-moi · Remonter sur le pont et vouloir proclamer l'infamie du capitaine et de son complice, se serait nous faire massacrer
de suite. Ils nous jetteraient à l'eau immédiatement
avant qu'aucun homme de l'équipage ait eu le temps
de nous comprendre. Vous voyez ce maillet et cette
tarière sur le plancher, vous voyez ces ronds tracés à
la craie à des points déterminés. Sans doute, le misérable Ryce doit encore revenir pour terminer sa maudite besogne. Attendons donc tranquillement qu'il
descende et fondons sur lui, quand il sera là. Nous
nous emparerons de lui comme d'un ôtage. Nous
remonterons sur le pont où nous préviendrons l'équipage. Alors, il faudra que l'affaire s'explique au
grand jour. Ah! si j'avais mon revolver! l'affaire
serait bien facile.

— Monsieur Bertrand, le voici dit le jeune mousse
en lui tendant l'arme.

— Ah! merci bien, Yvon, tu es un débrouillard toi,
en attendant, nous allons remettre les choses en état;
c'est-à-dire fermer la trappe, poser la caisse dessus. Je
vais me cacher dans quelque coin. Vous aller poser

la lanterne et les allumettes où vous les avez trouvées et nous ferons silence jusqu'à ce qu'il plaise à Ryce ou à Baxton de descendre.

Belon acquiesça pleinement à ce projet, et Yvon fut naturellement de son avis. Bertrand se blottit derrière une immense caisse, Belon et le mousse s'assirent sur une futaille.

La lanterne éteinte, ils attendirent plusieurs heures dans les ténèbres.

7

Il sentit des corps velus, page 106.

CHAPITRE VIII

Sur le pont, il régnait une certaine émotion. Baxton, furieux de voir son projet dévoilé, pensait à saborder le navire plutôt qu'il ne l'avait pensé. Magfield essayait vainement de questionner son supérieur sur les projets des Français. Des matelots avaient entendu les paroles de Bertrand et mystérieusement se demandaient quel était leur vrai sens. Il faut dire que le capitaine Baxton, s'il passait pour un marin capable, jouissait d'une singulière réputation : En douze ans, il avait eu cinq navires perdus sous son commandement, et avec deux armateurs, si bien que le premier armateur menacé d'enquête et de procès criminel par la Compagnie d'assurance avait dû renoncer à ses services.

Aussi Baxton sentait-il la confiance de ses hommes

se refroidir, et il voulait hâter le dénouement. Selon ses calculs, on ne devait pas être fort éloigné du détroit de Magellan. A la rigueur, le cap Horn passé, le *Jason* pouvait couler. Sur ses embarcations, il lui serait possible d'atteindre la colonie chilienne de Punto-Arenas.

Le soir, quand l'équipage fut couché, il alla chercher Ryce.

— Où sont les deux Français? Vous savez le *Boy* et le petit homme maigre !

— Toujours dans la cale.

— C'est singulier qu'on n'entende rien. Allez donc voir ce qui se passe.

Ryce hésita.

— Vous avez peur d'un enfant et d'un homme qui n'est bon qu'à lire et à écrire?

— Non; mais vous savez, ils sont sans doute armés.

— Oh! armés, et de quoi s'il vous plaît? Mais allez donc voir comment se comportent nos trous; et par la même occasion, vous me direz si le troisième Français n'est pas étouffé ou mangé par les rats. Celui là, je vous le jure, ne sortira pas vivant du *Jason*.

Convaincu de l'absence de tout danger, et d'ailleurs obéissant malgré lui à l'ascendant de son supérieur, Ryce descendit.

Il n'avait pas emporté de lanterne, comptant retrouver celle qu'il avait laissée près de la trappe.

Il arriva donc droit au bloc de bois où était posé le fanal, trouva les allumettes et alluma la bougie. Puis, il se mit à regarder autour de lui.

Belon et le mousse, étendus sur un ballot de marchandises, semblaient dormir profondément.

Ryce les regarda quelques instants et eut un sourire sinistre; puis, il se dirigea vers la trappe.

La caisse était posée dessus. Donc, son prisonnier était encore dans le réduit.

Il déplaça la caisse, ouvrit la trappe et descendit l'escalier.

Alors, trois ombres bondirent vers l'ouverture et la trappe se referma sur Ryce avec un grand bruit.

Bertrand la verrouilla consciencieusement, en disant :

— Portez-vous bien Ryce, et percez à votre aise la coque du navire.

Puis, suivi de ses deux compagnons, son revolver au poing, il se dirigea dans l'obscurité vers l'escalier de l'écoutille.

Celle-ci était restée ouverte et un faible rayon de lune éclairait le chemin.

Sur le pont, Baxton se promenait. On juge de sa surprise, quand il vit sortir de l'entrepont les trois amis, Bertrand en tête. Ce dernier marcha droit au capitaine.

— Capitaine Baxton, vous êtes un infâme bandit! Sans le dévouement de mes deux amis, je serais à cette heure mort étouffé dans l'immonde prison, où vous m'avez enfermé. Maintenant, votre complice est à ma place. Sans doute, il poursuit sa criminelle besogne. Je vous somme, capitaine Baxton de parer au danger qui menace votre navire. Cette fois, vous ne me prendrez pas en traître, car vous voyez.

Et il lui montra son revolver.

Baxton recula déconcerté. Cette brusque sortie, cette détermination empreinte sur le visage des trois amis en imposaient à sa féroce nature. Certes, il ne craignait ni Belon, ni le mousse; mais l'énergie du Malouin pouvait rendre sa situation de commandant particulièrement difficile.

Il essaya de biaiser et répondit d'une façon délatoire.

— Mais, Monsieur, je ne vous comprends pas. Vous m'avez insulté ce matin; j'ai usé de mon droit de maître à bord et je vous ai fait enfermer. Vos amis vous ont donné la liberté, je ne sais comment. Je ne les félicite pas de cet acte de rébellion. Je fermerai les yeux là-dessus pour ne pas faire de scandale.

— Vous en prenez bien à votre aise, Baxton, répliqua le Malouin. Votre trois-mâts est troué comme une écumoire, l'eau jaillit dans la cale par tous les trous; et tranquillement, vous parlez de rébellion à mes amis; et vous osez encore faire parade d'une générosité factice. Ah, Monsieur! vous êtes un grand coupable, et plaise à Dieu qu'il vous donne le temps de vous repentir. En vérité, l'heure presse. Pendant chaque minute qui s'écoule, l'eau monte dans votre cale et les braves gens qui sont à votre bord, périront par votre faute.

Bertrand avait élevé la voix à dessein. Ce ton solennel, cette accusation terrible, prenaient de singulières proportions dans le calme de cette nuit, au milieu de l'Océan Austral. Baxton perdit tout à fait contenance.

— Monsieur, je ne sais ce que vous voulez dire,

vous me parlez d'avaries, je vais voir et veiller à les réparer, si toutefois elles existent.

En ce moment, un pas lourd se fit entendre. Par l'escalier du poste de l'équipage monta le second Magfield, avec deux matelots.

— Capitaine, je ne sais ce qu'il y a. Voici Tom Austin et Grégory qui prétendent avoir entendu à l'arrière des bouillonnements et des cris dans la cale. Serait-ce le Français? Mais!.....

Et le second s'arrêta bouche bée, devant le groupe des trois Français. Par bonheur, il n'était point ivre. Les deux matelots promenaient sur Bertrand et ses amis, des regards soupçonneux.

Avant que le capitaine eût répondu, Bertrand s'avança et d'une voix forte, lentement, pour être compris des nouveaux venus, dit:

— Il y a, monsieur Magfield que le *Jason* fait eau, car des ouvertures ont été percées par une main criminelle. Descendez dans la cale où l'on m'a indignement jeté pieds et poings liés, ce matin, et vous trouverez votre maître d'équipage Ryce, avec une tarière perçant les flancs du navire.

Baxton voulut jouer son va-tout et s'écria:

— Magfield, Austin, Grégory! Faites taire cet homme, il est fou! il ment!

— Non, je ne mens pas et quant à me faire taire... c'est autre chose. Le premier qui s'approche, je lui loge une balle dans la tête. Magfield, pour vous prouver que je ne mens pas, faites sonder le puits.

— Je le défends, fit Baxton, les traits contractés par la rage.

Les matelots se regardèrent; le Français paraissait

si assuré et puis n'avaient-ils pas entendu dans cette soirée des bruits étranges, des cris, des coups sourds. Et comme pour confirmer leurs doutes, ils n'avaient pas vu Ryce de la soirée.

Enfin, le matelot Austin courut vers l'escalier qui conduisait à la cale et après une courte hésitation, son compagnon le suivit. Magfield resta indécis, regardant alternativement le capitaine et les Français.

— Ma foi, dit-il, je vais voir aussi.

Et il descendit l'escalier.

— Ah! Français maudit, hurla Baxton, tu veux faire naître une révolte à bord, mens donc!

Il tira un large couteau de sa ceinture et aveuglé par la fureur, il se précipita sur le Malouin.

Bertrand allait presser la détente de son revolver, quand à son grand étonnement, il vit une barre d'anspect lancée avec vigueur, frapper en pleine poitrine le capitaine qui roula sur le pont.

Yvon Carfor, n'avait pas quitté de l'œil les mouvements du capitaine. Le voyant s'exalter à mesure que les preuves s'accumulaient contre lui; à petits pas, il s'était rapproché d'une barre d'anspect, l'avait saisie; et, au moment ou l'Anglais s'élançait sur Bertrand, il avait jeté le lourd madrier ferré.

Belon saisit le couteau échappé à Baxton, tandis que le mousse levait la barre sur la tête du capitaine.

— Faut-il cogner, monsieur Bertrand?

— Non, non! garçon; on ne frappe jamais un ennemi à terre... capitaine Baxton, relevez-vous!

Mais Baxton était évanoui, la lourde barre jetée avec force lui avait coupé la respiration. Il resta donc muet et pour cause.

Tout ce tapage réveilla les matelots qui sortirent de leurs cadres, et firent irruption sur le pont. En ce moment de grands cris partirent de l'écoutille.

C'était Magfield, qui pâle, les cheveux hérissés par la terreur, appelait :

— Alerte! alerte! L'eau monte. Nous coulons.

A cette clameur sinistre, tout l'équipage se précipita vers l'écoutille, abandonnant le capitaine et les trois Français.

La catastrophe a lieu plus vite que je ne m'y attendais. Belon, mon ami, ayez du courage, murmura le Malouin. Tout à l'heure, il se passera sur ce malheureux navire une scène affreuse. Avez-vous votre argent sur vous?

— Oui, répondit le savant.

Quant à Yvon, tout fier de sa victoire, il avait saisi le couteau du capitaine comme une dépouille opîme.

— Maintenant, faisons diversion, dit Bertrand. Aux pompes! cria-t-il d'une voix forte.

Déjà quelques matelots remontaient sur le pont, parlant avec animation. L'épouvante était peinte sur les traits de la plupart d'entre eux. Un groupe monta portant un objet informe, souillé de boue et dégouttant d'eau : c'était le corps inanimé du misérable Ryce. Derrière venait Pitter, qui comme un insensé, dansait en brandissant une énorme tarière et criait à tue-tête.

— C'est Ryce qui sabordait le navire! Il a bu un coup. Il est noyé! c'est bien fait. Ah! ah! ah!

A sa manière le Hollandais se vengeait.

Que s'était-il donc passé? Une chose bien simple.

Ryce en entendant refermer la lourde trappe sur sa tête avait d'abord cru à une maladresse de sa part, car il était loin de se douter de l'évasion de Bertrand.

— Bah! se dit-il. Je saurais bien la relever.

Puis sa haine le poussa à voir comment se portait son prisonnier. Il se réjouissait déjà de le trouver asphyxié ou à moitié dévoré par les rats. Mais, il pâlit de terreur en trouvant la cale vide.

— Quoi! les deux autres Français avaient donc délivré Bertrand!

Il voulut remonter dans l'entrepont; mais la trappe verrouillée supporta victorieusement tous ses efforts. Alors son épouvante devint presque de la folie et il courut chercher son maillet à enfoncer les rondelles de bois servant à boucher ses trous de tarière et se mit à frapper furieusement sur la trappe. Malheureusement, elle était solide et les verrous la fermait parfaitement. Tout à coup, il sentit ses pieds clapoter dans l'eau. C'était une des rondelles qui venait de sauter sous la pression de la mer.

Cette sensation eut pour résultat de lui faire lâcher sa lanterne qui tomba dans l'eau et s'éteignit en grésillant. Il voulut la rallumer; mais la mèche humide refusa énergiquement de prendre feu.

Bien plus, il sentit des corps velus qui essayaient d'escalader ses jambes; c'était les rats qui effrayés par le tapage et chassés de leurs trous par l'eau de mer, menaient une galopade effrénée dans la cale.

Cette sensation atroce, ce grouillement d'êtres immondes acheva avec l'obscurité de lui faire perdre toute intelligence. Son maillet à la main, il courut çà et là poussant des clameurs, hurlant d'épouvante, frappant à tort et à travers contre les parois du navire.

Cette frénésie eut un dénouement navrant. Les rondelles ou bouchons de bois dépassaient de quelques pouces l'intérieur de la muraille, ses coups frappés au hasard en cassèrent deux ou trois et en firent sauter près d'une douzaine qui étaient mal enfoncées, comme la bonde d'un tonneau lorsqu'on frappe sur les douves.

L'eau se précipita dans la cale en un jet furieux; et, au bout de quelques minutes, baigna le misérable à mi-jambes. Exaspéré, il cria et frappa plus fort. Le *Jason* était un vieux bateau. Un coup plus fortement appliqué fit sauter un demi-pied carré de la muraille à moitié pourrie et déjà bien entamée par les trous de tarière. Ce fut un torrent, et quand Magfield ouvrit le panneau, il découvrit le corps de Ryce flottant inanimé au milieu d'un lac d'eau salée de six pieds de profondeur, et une nuée de gros rats affolés qui s'accrochaient désespérément aux vêtements du misérable.

Le trouble était tellement grand que personne ne songea à demander comment Ryce avait été trouvé verrouillé dans la cale et pourquoi le capitaine Baxton, très pâle, se traînait sur le pont en se retenant à la lisse.

D'ailleurs, le danger commun faisait taire toutes les haines, et les Anglais virent sans surprise les trois Français pomper avec eux.

Toute la nuit et une partie de la journée du lendemain, l'équipage pompa courageusement. Le corps de Ryce avait été jeté à la mer sans aucune cérémonie.

Le capitaine ne parut pas, mais personne ne sembla s'en inquiéter. Pitter avait le premier déjà fait courir le bruit d'un complot formé par Ryce et Baxton pour faire couler le navire. Ni l'un ni l'autre n'étaient aimé et Magfield ne parut pas faire le moindre effort pour empêcher cette opinion de se propager.

Vers midi, l'eau gagnait l'entrepont et filtrait par les panneaux de la cale. Magfield ordonna de les clouer et fit tendre des prélarts que l'on doubla d'une couche de sable. Malgré tout l'eau gagnait.

Belon et le mousse étaient épuisés de fatigue. Depuis la veille au soir, ils n'avaient pris aucune nourriture, Bertrand non plus.

— A la fin, dit ce dernier, nous n'allons pas mourir de faim et de soif. Ce serait trop bête. Voyons du côté de la cambuse, si nous trouverons quelque chose.

La cambuse était ouverte. Le second avait ordonné de tenir des provisions prêtes, ainsi que des boissons pour soutenir les forces des travailleurs. Ils prirent une boîte de conserve, des biscuits et deux bouteilles de bière, mangèrent hâtivement pour retourner aux pompes.

En ce moment, Baxton sortit de sa cabine, et voulut prendre la direction du travail; mais, Magfield lui reprocha sa disparition de la veille, et lorsque le capitaine essaya de donner des explications et d'accuser les Français, une huée se fit entendre. Les yeux pleins de rage, il s'éloigna et s'enferma de nouveau.

— Il est ivre, dit Pitter, qui devenait maintenant féroce pour son ancien persécuteur.

— Oui, cela se voit. Puis, c'est un poltron, un lâche, fit Tom Austin.

— Non seulement, c'est un lâche; mais un criminel. Il a fait saborder le navire pour nous noyer tous, opina un troisième.

— La paix, garçon! travaillons ferme; nous pouvons peut-être tirer le *Jason* de là, commanda le second.

Il fit sonder de nouveau.

Hélas! il y avait sept pieds d'eau dans la cale. Le découragement commençait à s'emparer de l'équipage. Les plus vaillants continuèrent à pomper. D'autres, s'assirent sur le pont accablés, ne voulant plus écouter les supplications de Magfield. Cinq ou six se ruèrent sur la cambuse et mirent les liqueurs au pillage.

— C'est la fin, murmura Bertrand à l'oreille de Belon. Ah! mon pauvre ami, dans quelle galère, nous sommes-nous embarqués! Tout à l'heure, on va se battre pour prendre les chaloupes d'assaut.

Ces embarcations étaient au nombre de deux : une grande qui pouvait contenir seize à dix-huit hommes et un canot pour huit personnes. Or le personnel du *Jason* se composait, à cette heure, du capitaine Baxton, du second Magfield, de dix-huit matelots et de nos trois amis.

Le travail des pompes recommença dans l'après-midi; mais irrégulièrement, sans ordre. Les uns pompaient pendant deux ou trois heures avec fureur, puis couraient à la cambuse pour boire un verre de rhum ou de gin. Ils ne revenaient pas tous et plusieurs restaient à s'enivrer. D'autres, — les plus vieux du bord, — déclarèrent le navire perdu et demandèrent à

Magfield la permission de mettre les embarcations à la mer.

Pour la dernière fois, Magfield fit sonder la cale. Il y avait près de neuf pieds d'eau : donc pas de temps à perdre. Les chaloupes furent aussitôt descendues de leurs porte-manteaux.

Suivant la prédiction de Bertrand, tous les matelots voulurent prendre place dans la grande chaloupe

— Laissons ces imbéciles se battre pour le grand canot, et faisons tranquillement nos petites affaires.

— Sir, cria une voix derrière le Malouin, aidez-moi à détacher le petit canot.

C'était le Hollandais Pitter. Sûr d'être repoussé par les autres matelots du grand canot, il préférait s'attacher à la fortune des Français.

Tu as raison, mon garçon, répondit Bertrand. Yvon et Belon, ramassez le plus de provisions possible, tandis que je vais aider ce brave homme à descendre le petit canot.

La confusion était arrivée à son apogée. Chacun prenait les choses à sa convenance, ouvrait ou brisait les caisses de conserves, les tonnes de liquides. Dans la cambuse, c'était un gâchis, un désordre, un pillage indescriptible.

Yvon s'empara d'un gros sac plein de biscuits, et trouvant des forces dans le péril, il le traîna jusqu'aux porte-manteaux de l'embarcation. Belon roula un baril de rhum et un autre plein d'eau douce.

Un matelot arriva sur ces entrefaites : c'était un Irlandais nommé Owen. On l'avait repoussé de la chaloupe déjà trop chargée, et il implora la pitié du

Malouin et de Belon pour être embarqué avec eux.
Achille Bertrand tendit la main à Owen.

— Il y a de la place. Vous pouvez venir avec nous.

— Oh! merci, merci!

Le *Jason* sombrait à vue d'œil. Avant de s'embarquer tout à fait, Bertrand et Yvon firent un dernier voyage dans leur ancienne cabine. Par hasard, elle n'avait pas été pillée. Bertrand prit son sac de nuit, Yvon se saisit de la petite malle du savant où il y avait un peu de linge et des vêtements, mit sous son bras une couverture et porta le tout au canot.

Bertrand, en sa qualité de chef de la petite troupe, commanda à Pitter et à Owen de prendre une hache, des conserves et des armes s'ils en trouvaient.

Pitter alla droit à la cabine du capitaine qu'il trouva ouverte et en désordre. Hollandais pratique et positif, il fit main basse, sur tout ce qu'elle contenait encore de précieux. Il entassa dans un sac des objets de toutes espèces; et, en dix minutes, il apporta deux colis fort lourds et pleins de choses disparates. Owen revint avec un petit baril de bœuf salé, un pain de sucre et six bouteilles de rhum. Enfin, avant de descendre définitivement dans le canot, Belon et Bertrand firent une revue générale et rapportèrent deux fusils de chasse, du plomb, de la poudre, des balles, un grand coutelas, des aiguilles de voiliers, du fil, des hameçons et deux couvertures.

— Il est archi-plein, notre canot, déclara Bertrand, et même plus tard nous serons obligés de jeter bien des choses. Enfin, descendons, car avant une demi-heure le *Jason* disparaîtra.

Heureusement, pour les naufragés, le temps était

assez beau. Ils prirent donc place dans le canot, Bertrand se mit au gouvernail, Owen et Pitter dressèrent le petit mât et hissèrent la voile, une assez grande voile carrée.

Déjà la grande chaloupe avait débordé et filait vers le sud. Le canot des trois amis était à environ cent brasses en arrière quand ils entendirent une grande clameur suivie de deux ou trois cris perçants.

Owen et Pitter se levèrent sur leur banc et l'Irlandais s'écria :

— C'est le capitaine Baxton qui boit un coup.

— Oh ! le malheureux, murmura Belon, il ignorait donc que dans le péril où il a mis son équipage, ses matelots se retourneraient contre lui. Bertrand, allez-vous abandonner cet homme ?

— Non, mon ami, bien qu'il se soit mal conduit envers nous.

Pitter et Owen à l'annonce de ce désir des Français, refusèrent net. L'un avait sur le cœur ses longues souffrances imméritées, l'autre des punitions injustes infligées par Ryce, sur l'ordre du commandant. Mais Bertrand leur ordonna rudement d'orienter la voile au plus près. Ils obéirent en grommelant. Yvon n'était pas fort rassuré en voyant Baxton se rapprocher du canot.

Il nageait assez bien, et n'était plus qu'à vingt mètres de leur bord, quand tout à coup on le vit dresser les bras en l'air, pousser un cri aigu et disparaître.

— Oh ! mon Dieu, qu'y a-t-il donc ? demanda Belon. Il enfonce ! serait-ce une congestion ?

— Non, Belon, c'est un requin !

L'instant d'après, il y eut un bouillonnement formidable; et, à la surface des vagues, de larges taches de sang apparurent. Un aileron noir frissonnant fendit l'onde et pendant quelques minutes, les naufragés virent un énorme requin suivre leur canot.

Belon était devenu très pâle. Yvon se cacha la figure, pour ne pas voir cette scène horrible. Les deux matelots regardaient, les yeux dilatés par la terreur. Les trois Français se signèrent quand ce fut fini.

Le malheureux Baxton! Quelle fin, quelle mort épouvantable! dit Belon. Comme ces deux misérables, Ryce et lui, ont été rapidement punis par la main divine. Ils avaient comploté notre perte et Dieu n'a pas eu pitié d'eux.

Des deux canots, on voyait encore le *Jason*. Il semblait cependant marcher, poussé sans doute par le courant et l'action de ses voiles. Soudain, il s'arrêta. Du pied du grand mât, à la flèche de perroquet, il trembla; puis, s'inclina sur tribord et son arrière disparut sous l'eau, tandis que l'avant dressa le beaupré, qui cassa dans la secousse et tout le monde put voir l'énorme ouverture pratiquée dans la coque.

Quelques secondes, il resta suspendu entre deux eaux; puis on le vit descendre lentement au milieu d'un remous formidable dans les profondeurs de l'Océan. Le pont disparut, ensuite les grandes vergues, les hunes et le dernier mât s'enfonça, et les flots se refermèrent avec un nuage d'écume sur le *Jason*.

Il y eut quelques minutes d'un pénible silence.

— L'agonie des trois mâts, a duré plus longtemps que celle de son capitaine, fit sentencieusement l'Irlandais.

8

Yvon asséna un terrible coup, page 126.

CHAPITRE IX

Bertrand, qui avait pris la direction du canot, consulta une petite boussole de poche dont il ne se séparait jamais.

— Le vent et le courant nous poussent vers le sud, dit-il. Nous ne devons pas être loin des côtes de la Patagonie. Mauvaise terre pour aborder. Des plages désertes ; des sauvages qui s'empresseront de nous dévaliser s'ils ne nous massacrent pas, voilà la situation, mes amis. Qu'elle est votre opinion ? Faut-il poursuivre la route commencée ou bien suivre les destinées de la grande chaloupe qui va droit au sud, comme si elle espérait triompher des mers terribles du cap Horn.

Belon, Pitter et Yvon furent de l'avis d'Achille

Bertrand. S'il fallait aborder quelque part, que ce fût au moins en pays hospitalier.

Belon prit la parole.

— Si, suivant votre appréciation, Bertrand, nous sommes prêts des côtes de la Patagonie, remontons un peu au nord. Il y a à l'embouchure du Rio-Negro, un petit port qu'on appelle Carmen. Tâchons d'y parvenir.

Seul le matelot Owen secoua la tête.

— Je voudrais bien suivre les autres. Magfield est un vrai marin. Il conduira sûrement sa chaloupe à bon port.

Achille Bertrand haussa les épaules. Sûrement, il ne doutait pas de l'habileté de Magfield ; mais, aller vers le sud, c'était folie et comme l'opinion d'un seul ne pouvait prévaloir contre celle des quatre autres, il mit résolument le cap au nord.

Pour détourner les esprits des pensées sinistres, Belon eut l'heureuse idée de faire l'inventaire des provisions de la chaloupe.

Il y avait un baril d'eau, soit environ cinq litres. Avec un litre par jour, ce qui était fort convenable étant donnée la latitude tempérée où ils naviguaient, — cela ferait dix jours. Le bœuf salé, divisé en portions, pourrait donner une quinzaine de repas ; le sac de biscuits fournirait autant. Ils disposaient en outre d'une certaine quantité de rhum et de sucre.

Belon fit la remarque à mi-voix à son ami Achille, qu'il serait bon de soustraire les spiritueux aux convoitises de Owen et de Pitter. L'ivresse étant un des accidents les plus à redouter dans leur frêle embarcation.

On trouva dans les deux sacs, apportés par Pitter, une foule de choses d'un usage problématique, au moins en mer : Des couteaux de table, une petite pendule, six couverts d'argent au chiffre du capitaine Baxton, une vieille carte d'Afrique, deux romans anglais, etc. Dans ce fouillis de dépouilles, Bertrand découvrit un *quart* en fer-blanc, une pharmacie de voyage, et un paquet de linge de corps.

— Allons, à la grâce de Dieu, mes amis, si la mer se soutient, nous pourrons toucher terre dans cinq ou six jours. En attendant, mangeons. Belon, je vous nomme maître distributeur aux vivres.

Avec l'aide du mousse, Belon distribua à chacun un biscuit et un morceau de bœuf, avec un quart de litre d'eau.

Owen eut l'air mécontent de sa part.

A bord du *Jason* nous avions à chaque repas une ration de rhum.

— Mon ami, répondit le Malouin, le rhum ne sera distribué qu'aux repas du matin, pour conserver les forces dans la journée, nous n'avons qu'un travail peu fatigant en ce moment. Il est donc inutile d'en demander. D'ailleurs vos compagnons s'en passent bien. Faites comme eux.

L'Irlandais se retira à l'avant en grondant comme une bête farouche

— Un mauvais coucheur, celui-là et qui nous donnera du fil à retordre, j'en ai peur, pensa le Malouin.

Sur le soir, le ciel s'obscurcit; la mer devint plus

grise, plus lourde ; il fallut prendre deux ris dans la voile.

— Qui veillera ? demanda Belon.

— Moi, répondit Bertrand.

— Mais vous êtes bien fatigué.

— Bah ! demain, je dormirai une partie du jour, et pour cette nuit qui ne promet pas d'être calme, je veux être au gouvernail.

Il faisait froid, Belon, Pitter et Yvon grelottaient sous leurs couvertures. Owen accroupi semblait déjà dormir, et le silence se fit sur ce frêle canot perdu dans l'immense Océan. . . . .

. . . .

Quand le jour se leva, chacun regarda de tous côtés pour chercher si quelque voile était en vue. Mais l'Océan s'il est le plus grand et le plus large des chemins, en est toujours le plus désert. Il y a quelques routes battues, toujours les mêmes, suivies par les navires ; et en-dehors, on n'aperçoit que les lames chevauchant les unes sur les autres dans l'immensité.

Bertrand regarda sa boussole. Malgré toute son attention, pendant la nuit, au lieu de remonter vers le nord, les courants et les vents avaient fait dévier le canot et il avait pointé vers l'est.

Il le remit dans la bonne route, tout en déplorant cet accident, car à l'est c'était le vide, l'Océan Atlantique dans sa plus grande largeur.

Il manquait de sextant pour faire le point.

A voix basse, il s'entretint un moment en français avec Belon et lui demanda.

— Quelles terres pourrions-nous trouver vers l'est?

— Je ne sais à quelle latitude nous sommes, vous rappelez-vous celle où se trouvait le *Jason* la veille de la catastrophe?

— Oui, c'était le 48°, si je m'en souviens.

Le savant réfléchit quelques minutes.

— A ma souvenance, le 48° traverse les îles du Prince-Edouard, Crozet et de Kerguelen, et les îles au sud de la Nouvelle-Zélande : des milliers de milles nous en séparent.

— Mais plus bas vers le 50°?

— Le 50° passe un peu au nord des îles Malouines, des îles Aurore et de la Georgie australe.

— Fasse le ciel que nous atterrissions à la plus voisine, car je vous le jure, il nous sera impossible d'aller à l'ouest. Voyez cette mer, ces courants, ce vent, tout nous pousse à l'est.

— Hélas! mon pauvre ami, comme je regrette ma malheureuse résolution de la Praga. A cette heure, nous serions repartis de Dakar et en route pour le Brésil et je vous ai entraîné à ma suite dans cet affreux voyage.

Et Bertrand vit de grosses larmes rouler dans les yeux de son ami.

— Belon, du courage; rien n'est désespéré. Nous ne manquons ni de vivres, ni d'eau. Le canot est bon. Avec l'aide de Dieu, nous nous sauverons.

— Puissiez-vous dire vrai!

— Mais vous, mon cher ami, surmontez votre émotion. Cette brute d'Owen nous observe. Il ne faut pas qu'il se doute de notre éloignement actuel de la

terre où nous devions atterrir. Songez aux conséquences de l'indiscipline, dans cette coquille de
noix.

Belon se sentit un peu réconforté par les paroles du
courageux Bertrand; et, d'un ton qu'il s'efforça de
rendre joyeux, il annonça la distribution du matin.

— Un bon petit rhum, mes amis!

Owen et Pitter tendirent immédiatement la main
vers le *quart*.

Pitter savoura sa mesure avec délices. Owen ré-
clama, disant que ce n'était pas la mesure ordinaire.

— Nous ne sommes pas en temps ordinaire, non
plus, répondit avec autorité Bertrand. Contentez-
vous de cela et estimez-vous bien heureux de l'avoir.

— Je ne mangerai pas si on ne me donne pas à
boire.

— Vous plaisantez. Tout à l'heure, vous aurez aussi
faim que nous.

L'Irlandais pris cependant sa viande et son biscuit
en rechignant, et s'en fut manger sa pitance à l'avant,
sa place favorite.

La mer était toujours très grise, le ciel sombre. Le
vent commença à souffler plus fort. D'immenses
albatros blancs volaient lentement au-dessus des
vagues; des damiers blancs et noirs plongeaient dans
le creux des lames. Belon, amusé par le vol de ces
oiseaux, les regardait avec attention.

— Voyez, dit-il à Bertrand, cet oiseau gros comme
une mouette tacheté de blanc et de noir. C'est le
pétrel ou oiseau-tempête. Il nous indique non pas
l'approche des terres, — car il vole tout le jour sans
se fatiguer jamais, dormant la nuit sur l'eau, — mais

la proximité du Cap-Horn et des mers australes. Plus au nord, nous ne le trouverions pas. Bertrand, au lieu d'aller au nord, nous marchons vers le sud-est.

— Je le sais bien, ma boussole l'indique assez, répondit faiblement Bertrand.

La journée s'écoula sans incidents notables; le canot tenait toujours bien la mer, seulement, il avait fallu diminuer la voilure. Les vagues étaient longues à grandes ondulations. Le ciel s'assombrissait encore, s'il était possible qu'il devînt plus noir.

Vers quatre heures de l'après-midi, Belon annonça une nouvelle distribution de vivres.

— Je veux du rhum, dit nettement Owen.

— Non, vous n'en aurez pas.

— Si vous ne m'en donnez pas, j'en prendrai.

— Je vous le défends.

— Owen fit mine de tirer son couteau pour se précipiter sur Belon.

Bertrand lâcha la barre du gouvernail et prenant son revolver, ajusta le rebelle.

— Vous allez vous tenir tranquille, ou je vous fais sauter la cervelle.

Intimidé, l'Irlandais remit son couteau dans sa gaîne en grommelant des injures contre les Français.

Belon eut la faiblesse d'intercéder pour lui.

— Non, répondit durement le Malouin. C'est un misérable, il ne veut reconnaître aucune autorité et je ne dois pas dans les circonstances où nous nous trouvons, favoriser son penchant à l'ivrognerie.

Bertrand, malgré toute sa bonne volonté, fut obligé, à cause de sa fatigue, de passer la barre au matelot Pitter. Il s'assit plus commodément sur son banc, enveloppé d'une couverture et s'endormit de suite.

Il fut réveillé quelques heures après par des secousses violentes données à la barque. La mer était devenue absolument mauvaise. Le vent soufflait en tempête. Les vagues arrivaient énormes et menaçaient à chaque instant d'engloutir le canot. Le mât gémissait sous le poids de la vergue qui craquait, et toute l'embarcation tanguait horriblement.

En ce moment, à l'avant, retentissait un chant bizarre, une sorte de mélopée celtique murmurée à mi-voix par l'Irlandais. Peu à peu, il éleva le ton et dans l'obscurité de cette tourmente, sa voix prenait des intonations singulières. Elle était tantôt triste et plaintive, tantôt criarde et ironique dans ses accents.

— Un drôle de moment pour chanter, dit Belon.

— Il paraît qu'il remplace le rhum qui lui manque par des chansons, ajouta Yvon.

— Ah! mais? serait-il ivre, s'écria à son tour Bertrand, le drôle m'en a tout l'air.

Il enjamba les bancs et s'accrochant d'une main au bordage, il tâta le fond de la chaloupe.

— J'en étais sûr, dit-il, voici une bouteille vide que le drôle n'a pas songé même à jeter par dessus bord. Le coquin a profité de notre sommeil pour la subtiliser.

Il secoua l'ivrogne.

— Owen, cessez votre chanson et tâchez de me répondre. Pourquoi avez-vous volé une bouteille de rhum?

L'Irlandais ne répondit que par des grognements.

— Laissez-le donc cuver son ivresse, conseilla le

savant ; demain, vous pourrez le sermoner à loisir.

— C'est vrai, dit Bertrand en retournant à sa place.

La mer était trop forte pour laisser les naufragés dormir tranquilles ; mais vers le matin, la tempête se calma un peu.

— Ecoutez, Owen, dit sévèrement Bertrand, vous êtes un voleur : cette nuit vous avez dérobé une bouteille de rhum. Tous, nous avons droit à une part égale. Vous avez bu au moins la ration de quatre jours, d'ici-là vous n'en goûterez pas.

Owen ne répondit pas. Il était encore trop sous l'influence de l'alcool pour comprendre.

Le repas suivant fut bien triste. La solitude de la mer, la diminution des vivres, le ciel plombé ; tout cela n'était pas fait pour inspirer de la gaîté.

Les albatros, les fous, les frégates, les labes, tous les oiseaux des mers australes se pressaient en tourbillons épais, planant au-dessus du canot, rasant la voile de leurs larges ailes, avec des cris rauques.

Belon à qui les préoccupations du moment ne faisaient point oublier ses instincts de naturaliste, les observait avec attention. Yvon s'amusa quelque temps à suivre ce vol incessant et à écouter leurs piailleries.

— Ne vous semble-t-il pas, monsieur Belon qu'ils soient plus nombreux qu'hier ?

— Tu as raison. On dirait qu'ils nous suivent.

— Pourquoi nous suivent-ils ?

— Je n'en sais rien. Ils espèrent peut-être attraper quelques bribes de nos provisions. Et puis, ajouta le savant à haute voix, il se pourrait que des terres ne soient pas loin d'ici.

Belon disait cela pour rassurer ses compagnons; mais au fond, il connaissait la vigueur et la puissance du vol de ces oiseaux que leurs ailes portent à des distances incroyables en pleine mer. Cependant, Bertrand eut comme un vague espoir : ces îles Malouines dont avait parlé Belon, n'étaient peut-être pas très éloignées.

Le temps semblait long sur cette étroite embarcation, les jambes des naufragés s'engourdissaient à demeurer toujours assis à la même place. La température était loin d'être chaude. Vers le soir, la pluie commença à tomber et le vent souffla encore très fort.

Le matelot Owen avait attiré son compagnon Pitter près de lui et lui parlait mystérieusement à l'oreille.

— Que peuvent-ils comploter ensemble? se demanda Bertrand.

Il résolut de veiller toute la nuit sur les provisions de liquides qu'il avait fait arrimer, pour plus de sûreté à l'arrière, sous son banc. Cependant, pendant la nuit, ni l'Irlandais, ni Pitter ne tentèrent aucun vol de rhum.

Le quatrième jour se leva, si toutefois on peut désigner ainsi une lueur sale, jaunâtre, perdue dans un brouillard opaque. Le ciel se confondait avec la mer.

— Monsieur Belon, dit Yvon Carfor, le soir où la *Concordia* a coulé le *Saint-Jean,* il faisait un temps pareil.

— Oui, mais avec cette différence, mon ami, que nous n'avons aucune crainte d'être abordé par ici. Les navires ne sont pas communs dans cette partie de l'Océan.

Tout le monde était fatigué, inquiet, presque malade. Cette vie errante dans un frêle canot, sur une mer sans bornes, troublait les plus fermes.

A onze heures du matin, pour un motif futile, une lutte horrible éclata.

Au moment où Belon versait la ration d'eau douce dans le *quart* commun, Owen se glissa derrière lui et souple comme un chat, allongea la main sous le banc où était la provision de rhum; en attirant une bouteille à lui, il heurta la jambe du savant, qui aussitôt voyant le larcin lui saisit le poignet et voulut reprendre la bouteille.

Au même moment, Bertrand consultait sa boussole. Au bruit de la dispute, il leva les yeux et vit Belon qui se débattait, secoué par la large main de l'Irlandais. La voile, l'empêchait d'apercevoir l'autre main tenant la bouteille.

— Etes-vous fou Owen? Voulez-vous bien ne pas toucher à monsieur Belon.

— Bertrand, cria Belon, il vient de voler une bouteille de rhum.

— Ah! encore, attends gredin! Yvon, prends le gouvernail.

Et laissant le gouvernail au mousse, il enjamba le banc.

L'Irlandais le voyant venir, tira son large couteau de gabier, et lâcha la bouteille qui tomba sur une couverture.

Bertrand saisit son revolver qui était passé à sa ceinture et le braqua sur son adversaire.

— Grand Dieu, pas de bataille! Owen vous aurez

du rhum. Je vais vous en donner! s'écria Belon, effrayé de cette perspective de lutte.

— Je n'en ai pas besoin de votre rhum. Je sais en prendre quand j'en veux rugit l'Irlandais.

Bertrand fit un pas, toujours le revolver en avant. Owen crut qu'il allait lui brûler la cervelle et son bras armé du coutelas, se détendit comme un ressort vers la poitrine de son ennemi.

Il y eut une détonation suivi d'un double cri, et les deux hommes roulèrent dans le fond de la chaloupe avec des hurlements de rage.

Bertrand lâcha son revolver, car le couteau d'Owen venait de lui faire une large entaille au bras; mais son adversaire, qui s'était baissé à temps, n'avait eu que l'épaule légèrement touchée par la balle du Malouin. Aussi voyant son ennemi désarmé, il en profita pour tâcher de lui porter un nouveau coup; mais, il voulut lever le bras, instinctivement Bertrand se rejeta de côté et le couteau de l'Irlandais s'abattit dans le vide.

Belon accouru au secours de son ami, avait été devancé par Yvon Carfor. Le mousse, dès le commencement de la bataille avait abandonné le gouvernail, en décrochant la barre dont il se servit comme d'une massue et asséna un terrible coup sur la tête de l'Irlandais.

Celui-ci poussa un soupir, et lâcha son couteau. Sa tête fracassée par la violence du coup, retomba sur le plancher de la chaloupe.

En ce moment, Pitter qui jusque-là avait regardé cette scène d'un air hébété, saisit la bouteille de rhum tombée des mains de l'Irlandais, cassa le goulot contre le bordage et but gloutonnement. Personne ne le regardait.

Bertrand se releva péniblement. Sa blessure au bras était profonde. Belon, soulevant le corps d'Owen, regarda avec anxiété pour voir si le cœur battait encore; mais il était mort et bien mort.

Yvon Carfor, sa barre de gouvernail à la main, restait anéanti. Son mouvement avait été tout instinctif : devant ce résultat inattendu il se prit à fondre en larmes.

Bertrand le saisit de son bras valide et le pressa sur son cœur.

— Ne pleure pas, mon enfant; tu m'as sauvé la vie. La fatalité a voulu que mon adversaire se trouvât devant toi... Non, devant Dieu, je te le jure, tu n'es pas coupable.

— Il est mort, dit Belon. Pauvre diable ! Mais aussi pourquoi n'a-t-il pas attendu que je lui verse un quart de rhum... Bertrand vous êtes bien blessé, mon ami. Il va falloir panser cela tout de suite. C'est l'occasion de se servir de la pharmacie du capitaine Baxton, apportée par ce malheureux... Yvon, mon garçon, au lieu de pleurer, remets la barre au gouvernail et dirige le canot.

Yvon obéit, mais toutes les fois que ses yeux tombaient sur le cadavre de l'Irlandais, il frissonnait de la tête aux pieds.

Pour atteindre la pharmacie, Belon fut obligé de déplacer le sac de biscuits et le tonnelet de bœuf salé. Il les déposa au milieu du canot et s'occupa de panser son ami Bertrand.

Le pansement fut long. Il fallut l'aider à retirer sa

vareuse dégouttante de sang; puis, Belon lava sa
blessure avec un peu d'eau douce, posa une com-
presse mouillée et lia dessus une des bandes trouvées
dans la pharmacie.

Personne ne s'occupait de Pitter.

Tout à coup, il se leva, les traits décomposés, les
yeux hagards, en criant d'une voix rauque :

A l'eau les tonneaux, à l'eau les sacs, les bagages,
nous n'avons plus besoin de rien. Nous arrivons au
port.

Et avant que Belon et Bertrand l'eussent empêché,
il saisit le sac de biscuits et le lança à la mer; il s'empara du baril de bœuf salé et allait le faire passer par
dessus bord quand Belon le lui arracha.

Ses yeux étaient tellement égarés qu'ils effrayèrent
le savant.

— Mon Dieu! mais cet homme est fou!

— Owen, mon pauvre Owen, criait l'insensé. Ils
t'ont tué! Mais non; tu n'es pas mort, réponds-moi,
Owen.

Les trois amis se sentirent le cœur saisi d'angoisse
en voyant la douleur répandue sur les traits de l'insensé.

— Quelle journée! dit tristement Belon. Une
bataille, un meurtre, un fou! Seigneur, qu'avons-
nous fait pour que votre main s'appesantisse si durement sur nous, et quel châtiment nous réservez-vous
encore?

— Taisez-vous donc, lui commanda Bertrand.
N'aggravez pas notre position en provoquant les
excès de ce dément et prenez garde à notre pauvre
petit Yvon!

Effectivement, les mains sur la barre, le mousse regardait fixement devant lui et ses yeux devenaient presqu'aussi hagards que ceux de Pitter. Depuis une semaine, le pauvre enfant était le témoin de tant d'événements tragiques que sa raison en chancelait.

— Ah! si nous pouvions rattraper le sac de biscuits, dit Bertrand. Mais le voilà disparu.

Tout à coup, il découvrit son revolver à moitié engagé sous le cadavre d'Owen.

— Diable, pensa-t-il. Il ne faut pas que le fou le voit; où, s'il le ramasse, il y aura une nouvelle tuerie.

Bertrand se baissa pour ramasser l'arme.

Pitter qui suivait tous ses mouvements avec des yeux étincelants se prit à crier :

— Laissez Owen; Owen dort. Non? vous voulez l'assassiner... Je vais réveiller Owen.

Et il se campa devant le corps de l'Irlandais, comme pour le défendre contre une agression imaginaire.

— Comment le calmer? demanda Bertrand à Belon.

— Je vais essayer, répondit ce dernier.

Doucement, il se mit à parler au fou.

Pitter l'écoutait, en dodelinant de la tête, semblant acquiescer à ses raisonnements. Mais dès que le savant s'approchait d'Owen, Pitter prenait une attitude menaçante.

— Est-ce de l'ivresse simplement? se demanda Belon, en apercevant la bouteille au col brisé au fond du canot, où est-ce bien de la folie? Si c'est du délire alcoolique ça passera. . . . .

9

C'est un aigle de mer, page 138.

CHAPITRE X

Toute la journée s'écoula dans des transes perpé-
tuelles. Nos malheureux amis n'osaient soulever le
corps de l'Irlandais pour prendre le revolver et Pitter,
dont la folie semblait augmenter, les injuriait en les
accusant de *vouloir réveiller son ami Owen, qui dormait d'un si bon sommeil.*

— Il faudra bien que nous le séparions avant peu
de son ami Owen, et lui même devient terriblement
gênant, car il est fou à lier, pensa Bertrand.

Dans l'après-midi, Belon prit le gouvernail. Pour
comble de malheur, la petite boussole du Malouin
avait disparu dans la lutte : on en serait réduit à se
guider d'après les étoiles pendant la nuit; le jour,
suivant la position du soleil; mais à la condition qu'il
n'y eut pas de brume.

La nuit suivante fut plus triste que les autres :
Yvon pleurait tout bas. Belon, malgré son courage,
ne pouvait envisager l'avenir qu'avec un grand serre-
ment de cœur. Cette veillée mortuaire, dans une frêle
barque, au milieu des ténèbres, dans les sifflements
du vent et le grondement des flots, avait quelque
chose de si terrible que parfois, il se croyait le jouet
d'un cauchemar. Bertrand épuisé par le sang qu'il avait
perdu, fut le seul qui dormit un peu. Profitant d'un
moment d'inattention du fou, il avait réussi à reprendre son revolver; et, cédant aux supplications de
Belon, il lui confia le gouvernail.

Le Malouin était certes un homme de grand courage, rompu aux émotions et aux accidents d'une vie
aventureuse; mais, ce soir-là, la mort de l'Irlandais
avait terriblement ébranlé l'optimisme de son caractère.

— Après tout, se dit-il, à la volonté de Dieu! Nous
ne pouvons nous reprocher la mort d'Owen, qui a
montré dans ces pénibles circonstances tout l'égoïsme
d'un homme grossier vis-à-vis du danger commun.
J'ai fait ce que j'ai pu pour ne pas le châtier, et sa
mort n'est que le résultat d'un enchaînement de malheureux accidents.

Mais son sommeil dura peu; un grain terrible, un
ouragan de pluie, de grêle et de neige fondit sur la
malheureuse barque. Dix fois, elle faillit chavirer. A
sec de toile, elle allait de côté et d'autre sans route
fixe; jouet du vent et de la mer. Bertrand, réveillé à
l'appel de Belon, dut se contenter de la garer de flanc
du choc des vagues, et après cinq heures d'une lutte
acharnée où les malheureux naufragés furent conti-

nuellement à deux doigts de la mort, le vent s'apaisa; mais la mer demeura fort houleuse.

A six heures du matin, le 25 avril, les naufragés virent lever une sorte d'aurore jaunâtre; le ciel était brumeux. Suivant leur habitude quotidienne, avec anxiété ils regardèrent la mer autour d'eux : aucune terre ni aucune voile ne paraissait à l'horizon.

Mais à bord du canot, il y avait quelque chose de nouveau : un des naufragés manquait. C'était le pauvre fou, Pitter.

Comment avait-il disparu. Avait-il été enlevé par une vague? ou s'était-il jeté dans la mer volontairement? .. ils ne le surent jamais.

Durant la tempête, Belon se rappela avoir perçu un grand cri venant de l'avant, la place favorite du Hollandais; mais à ce moment, le vent et la mer faisaient tellement rage autour d'eux qu'il ne s'était pas étonné de ce cri.

En revanche, Owen, la face horriblement convulsée, les cheveux trempés d'eau de mer, les vêtements souillés d'écume, leur apparut, encore plus hideux que la veille.

— Il faut le jeter à la mer, dit Belon à voix basse à Bertrand; mais avant, disons quelques prières pour sa pauvre âme.

Bertrand acquiesça de grand cœur à cette demande, et Yvon Carfor éclata en sanglots.

Belon récita ce qu'il savait de la prière des morts : les pleurs d'Yvon se mêlaient aux répons de Bertrand.

C'était un spectacle touchant que la vue de ces trois pauvres êtres, secoués dans leur esquif sur ces

lames géantes, priant pour le repos du malheureux
mort. A l'entour, les albatros et les pétrels vocifé-
raient avec rage, semblant réclamer avec calme cette
proie convoitée.

— Nous n'avons ni suaire, ni boulet pour lui mettre aux pieds, dit Bertrand. S'il surnage, il sera dépecé
par les oiseaux.

— Nous n'y pouvons rien; mais avant, fouillons-
le : peut-être a-t-il quelque lettre, quelque argent
que nous pourrions plus tard envoyer à sa famille.

Belon disait cela pour encourager ses deux compagnons; au fond, il était persuadé de leur mort prochaine à tous.

Belon retourna les poches du mort. Elles contenaient une pipe, une blague à tabac, un couteau fermant, à manche de corne, et une vieille bourse en
cuir, contenant douze schellings et trois pence; mais,
il ne découvrit aucune indication, concernant la
famille du mort.

Puis, il le souleva, et l'appuyant sur le bord de la
chaloupe, il le fit basculer et l'Irlandais tomba dans
l'eau.

Pendant deux ou trois secondes, le savant et
Bertrand virent son corps roulé par la vague, et il
disparut dans l'onde verte. Seulement, pendant plus
d'une heure, ils distinguèrent un nuage d'oiseaux
tourbillonnant au-dessus.

La journée se passa monotone, comme les précédentes. Personne n'eut le courage de manger. D'ailleurs, pendant la tempête, le baril d'eau douce s'était
ouvert et presque toute l'eau avait coulé au fond de
la chaloupe.

Un nuage d'oiseaux tourbillonnant au-dessus, page 131.

C'était un désastre irréparable. De plus, une grande partie du bœuf salé était gâtée par l'eau de mer et à peu près perdue.

Ses deux compagnons accueillirent avec indifférence cette triste nouvelle.

Que leur importait après tout : n'étaient-ils pas condamnés à errer sur cette mer impitoyable jusqu'à leur mort, soit qu'ils périssent de faim ou de soif, ou que le canot chavirât. Un peu plus tôt, un peu plus tard, la fin serait toujours la même.

Belon voulut réagir contre cet accablement. Il parla à Bertrand ; mais ce dernier ne lui répondit pas. Yvon regardait vaguement la mer et demeurait aussi muet que le Malouin.

Découragé, le savant leva les yeux au ciel :

— Mon Dieu ! dit-il intérieurement, si c'est par ma faute que ces deux hommes doivent périr, prenez ma vie et sauvez la leur. Bertrand a deux sœurs qu'il soutient de son travail ; Yvon a sa grand'mère. Moi, je n'ai personne au monde à qui m'intéresser. Je suis coupable, mon Dieu ! C'est moi qui ai empêché Bertrand de partir par le *Scotia*, et gardé Yvon avec moi. Mon Dieu ! punissez-moi, mais épargnez-les.

Les mains jointes, Belon pria longtemps ; sa prière finie, il se sentit plus de courage, plus d'espérance. Il lui sembla que leur sort allait se décider.

Le mousse, qui regardait en ce moment en l'air, dit à haute voix :

Monsieur Belon, regardez donc cet oiseau qui vole près de nous : il ne ressemble pas aux autres.

Belon regarda :

— C'est vrai, dit-il. On dirait un oiseau de proie et non un oiseau de mer.

Le ciel s'était légèrement éclairci dans l'après-midi, au lieu du gris éternel de l'atmosphère, une sorte de lumière comparable à celle d'un soleil d'hiver très faible, miroitait sur la mer.

L'oiseau en question était un grand rapace d'un brun roux, la queue longue, le cou court; on distinguait parfaitement son bec crochu

— Mais, c'est un aigle de mer, un pagargue, dit Belon. C'est singulier d'en rencontrer un aussi loin, en pleine mer.

Bertrand sortit de son immobilité et le considéra attentivement.

— Vous dites que c'est un aigle de mer; mais alors, la côte n'est pas loin, car on ne voit pas cet oiseau en pleine mer.

— Non, mon ami, l'ornithologie n'en cite pas d'exemple.

Une demi-heure environ s'écoula. Tous trois regardaient ardemment autour d'eux.

Monsieur Belon, monsieur Bertrand s'écria Yvon, regardez donc là-bas, à bâbord devant, une grande chose grise qui semble se lever de la mer. Ah! mon Dieu! on dirait une côte, la terre! C'est la terre!...

Et dans sa joie, le mousse se leva sur son banc.

Bertrand le fit rasseoir, craignant de le voir tomber dans la mer; et, mettant sa main au-dessus de ses paupières, il regarda longuement.

— Je ne vois rien, dit-il, et j'avais cependant autrefois de bien bons yeux. Belon, voyez-vous quelque chose?

Le savant regarda aussi et secoua la tête.

— Non, rien. C'est sans doute quelque nuage. Tu dis que c'est gris, Yvon? mais la mer, le ciel, tout est gris.

— Mais, je vous assure que j'ai vu quelque chose. Tenez, je vois encore. C'est dentelé, cela ressemble aux rochers de la baie de Dinan, chez nous.

— Ah! si j'avais encore ma longue vue, dit le savant.

— Mais, monsieur Belon, fouillez donc dans le gros paquet apporté par.....

Le pauvre garçon n'osait prononcer le nom d'Owen.

Belon bouleversa l'amas de choses hétéroclites, ramassées à la hâte au moment de l'abandon du *Jason*, par l'Irlandais. Il trouva une paire de fortes jumelles de bord.

— Tiens et moi qui ne l'avais pas vue.

— Oh! Monsieur, il y a aussi du thé et même une petite marmite.

— C'est bon, tais-toi, dit Bertrand, nous regarderons cela plus tard; laisse monsieur Belon tranquille.

Belon perdit quelques secondes à essuyer les verres et à chercher son point visuel; puis, il examina longtemps l'Océan.

— Hum! Bertrand, je ne sais pas; mes yeux sont sans doute affaiblis. Ah! mais, il y a quelque chose!

Bertrand lui arracha les jumelles.

Une seconde après, il s'écria triomphant :

— Oh! je vois, mes amis, une terre! Terre! terre! cria-t-il de toutes ses forces, et il s'affaissa tremblant sur son banc. A son tour, Yvon prit les jumelles.

— J'avais raison : c'est une côte très dentelée; c'est une montagne; oh! qu'elle est haute! que c'est encore loin!

Bertrand et Belon se serrèrent les mains avec effusion.

— Dieu ne nous abandonne pas, mon ami, dit le savant, les larmes aux yeux

— Mais, Belon, la nuit va venir; le temps peut changer; nous n'avons aucune lumière, aucun phare pour nous diriger; et notre boussole est perdue. Si demain matin, au lever du jour, nous ne voyons plus cette terre!

— Espérons! la Providence ne nous a pas protégé depuis sept jours pour nous faire échouer au port.

Yvon, accroupi au fond de la barque depuis quelques minutes se releva en poussant un cri de joie :

— Monsieur Bertrand, quelle chance, voici la boussole retrouvée.

Le petit instrument, perdu la veille au moment de la lutte entre Owen et Bertrand, avait glissé entre les fentes du caillebotis; et le roulis l'avait un moment offert aux yeux de chat du jeune Yvon.

Sa chute ne l'avait pas détériorée. Bertrand examina aussitôt la situation où ils se trouvaient.

Le vent et les courants les portaient au sud-est dans la direction de la terre, aperçue à l'horizon.

— Donc toujours au sud-est, dit-il.

Il y avait encore une heure de jour. Dans le crépuscule la barre grisâtre qui figurait cette terre tant désirée s'éteignit dans la mer.

Le vent ne soufflait plus aussi fort que les deux

jours précédents ; la mer était moins houleuse ; Bertrand déploya toute la voilure

— Ne craignez-vous pas de heurter un écueil ? demanda Belon.

— Je ne pense pas. Cette terre est encore à plus de vingt-cinq milles de nous ; et, à cette distance, il n'y a guère d'écueils à redouter. Mais vous qui êtes si fort en géographie, dites-moi donc quelle peut-être cette terre ?

Une île assurément, car nous avons toujours marché vers le sud-est depuis notre départ du *Jason*.

— Et quelle île ?

— Je ne saurais préciser : ou une des Malouines, ou peut-être une île du groupe de la nouvelle Géorgie.

— Est-ce une terre habitée ?

— Hélas ! non ; mais les baleiniers américains et les chasseurs de phoques y relâchent quelquefois.

Pendant qu'ils causaient, en dépit de la nuit tombante, Yvon Carfor tenait toujours les jumelles braquée vers le point où il avait vu la terre. A la fin, fatiguée de ne plus pouvoir rien discerner, il revint s'asseoir près de ses amis.

— Belon, mangeons un peu. Il faut conserver nos forces, car demain comme je l'espère nous en aurons besoin pour *souquer ferme* sur nos avirons. Les abords de votre île ne doivent pas être commodes et il ne faut pas songer à y pénétrer à pleines voiles.

— Quel menu nous offrir ? nous n'avons plus ici ni biscuit, ni eau douce. Il ne nous reste que du rhum qui nous rappelle de si tristes souvenirs, et du bœuf avarié.

— Qu'importe! nos peines vont bientôt finir. Mangeons et buvons. Y a-t-il du gibier sur vos îles?

— Oui, Bertrand, du gros et du petit.

— Vous plaisantez?

— Non, c'est très sérieux, les Espagnols qui ont possédé ces îles quelques années y lâchèrent des bœufs, des chèvres, des chevaux et même des lapins. Ils s'y sont multipliés en grand nombre. Il y a aussi une foule d'oiseaux de mer et de terre : des oies, des canards, des cormorans, des albatros, des pétrels, des pingouins, des aigles, des vautours, des alouettes, des passereaux.

— Mais nous allons mener une véritable vie de Robinsons, une vraie vie de cocagne.

— Heu! pas si agréable que cela Notre poudre doit être bien compromise par l'eau de mer. Nous n'aurons aucun abri; et nous éprouverons bien des difficultés à élever la moindre cabane, vu que l'île ne contient pas un seul arbre. De plus, le climat ne ressemble guère à celui de Madère et de Ténériffe. Il pleut et vente toute l'année.

— Les saisons doivent être un peu différentes de celles de l'Europe?

— Oui, très différentes : du mois de décembre à la fin de juin, c'est l'été; et de la fin de juin à décembre, c'est l'hiver.

Yvon les écoutait attentivement. Ce renversement des saisons l'étonna beaucoup.

— Eh bien! Belon, puisque nous sommes sur le chemin des Malouines, nous allons prendre nos parts de bœuf confit à l'eau de mer et avaler quelques gouttes de rhum pour faire descendre ce roast-beef indigeste; et tandis que nous grignoterons ce succulent repas, comme assaisonnement et dessert, vous allez nous dire tout ce que vous savez sur ce pays mystérieux dont j'ai quelquefois entendu parler, mais dont je n'ai pas la moindre idée.

Yvon avait découvert trois biscuits échappés au naufrage du sac. Belon partagea l'un d'eux en trois et ce morceau de pain dur leur parut plus délicieux que la meilleure pâtisserie du monde. Quand il eut fini sa part. Le savant, heureux de pouvoir distraire et intéresser ses amis, commença en ces termes :

« Les îles Malouines se composent de deux grandes îles placées parallèlement l'une à l'autre et séparées par un canal de dix à douze lieues de largeur. A l'ouest de la grande île occidentale se trouvent d'autres petites îles : l'île du Jason, l'île Neuve, l'île des Cygnes. Au sud de l'île Orientale, l'île Lively et le rocher de Bauchesne.

» La découverte des Malouines est attribuée au Génois Améric Vespuce qui, en 1502, en parcourant la côte nord, les prenant non pour une île, mais pour une tête avancée du continent américain. Davis et Cavendish les retrouvèrent en 1692; et, sur quelques cartes du temps, elles figurent sous le nom d'îles Méridionales de Davis. Strong vint ensuite et les nomma Falkland.

» En 1700, les Français Gouïn et Bauchesne constatèrent que c'était un groupe composé de deux grandes îles flanquées d'îlots. Un Anglais, Richard Hawkins les décrivit aussi, assurant qu'elles étaient peuplées, ce qui n'a jamais été démontré. Enfin, un navire de votre ville, de Saint-Mâlo, nommé le *Saint-*

Louis, y mouilla et y prit de l'eau, sans chercher à les reconnaître.

» Jusque-là les idées qu'on avait d'elles étaient bien vagues, lorsque le célèbre Bougainville entreprit de les coloniser, trouvant que par leur situation, elles pourrait offrir un excellent point de relâche aux navires qui se rendraient dans les mers du sud par le cap Horn ou qui en reviendraient. Au commencement de 1763, aidé auprès de la Cour de France par deux de ses parents, il proposa d'entreprendre sur ce point un établissement à ses propres frais ; et autorisé à le faire, il partit de Saint-Mâlo le 15 septembre avec le *Sphinx* et l'*Aigle,* emmenant avec lui plusieurs familles canadiennes, composées d'hommes laborieux et intelligents. En approchant du rivage, Bougainville crut d'abord — comme avant lui Hawkins et Wood-Rodgers — que ces îles étaient couvertes de bois ; mais ce qu'il prenait pour des bois n'était que des touffes de joncs fort élevées. Les montagnes de l'intérieur étaient couvertes de bruyères.

» A son débarquement, Bougainville ne trouva aucune trace visible de colonisation antérieure. Au contraire, tout annonçait que l'homme n'avait jamais fréquenté ces lieux. Les animaux y avaient conservé la familiarité des premiers jours de la création. Les oiseaux se laissaient prendre à la main. Cela ne dura pas longtemps ; on s'installa du mieux que l'on put, on fit du feu avec de la tourbe ; on vécut de chasse et de pêche, on construisit des cases couvertes de jonc, on bâtit des magasins et un fortin au milieu duquel fut élevé un petit obélisque. Nous retrouverons peut-être des traces de ces constructions.

» Le 5 avril 1764, Bougainville prit possession de ce groupe au nom du roi de France, et enterra sous les fondements de l'obélisque une médaille commémorative de cet événement. De retour en France, il n'oublia pas les vingt-sept colons qu'il avait laissés sous les ordres d'un de ses cousins, monsieur de Merville. Il revint aux Malouines en janvier 1765, alla dans le détroit de Magellan chercher un chargement de bois de charpente, de palissades et de jeunes plants d'arbres. A cette époque, la colonie commençait à prendre forme. Le commandant et l'ordonnateur s'étaient fait construire des maisons commodes et bâties en pierres; les autres habitants s'étaient contentés de huttes de gazon. On comptait trois magasins, tant pour les effets publics que pour ceux des particuliers. Le bois du détroit avait servi à faire la charpente de ces divers bâtiments et à construire deux goëlettes pour le cabotage. En même temps qu'elle s'installait ainsi, la colonie avait cherché à utiliser les ressources locales. L'*Aigle* rapporta en France avec un chargement d'huile, des peaux de phoques tannées. Les graines venues d'Europe avaient parfaitement réussi et le nombre des habitants s'élevaient à 150. Malheureusement la jalousie anglaise contrecarra bientôt les projets de Bougainville. Le commodore Byron vint fonder au port d'Egmont sur l'île un établissement rival; et l'année suivante, la frégate le *Jason* menaça l'établissement d'une descente. Ces deux démonstrations n'auraient peut-être abouti à aucun résultat fâcheux, et la colonie des Malouines eut continué à prospérer malgré l'Angleterre, si l'Espagne n'avait réclamé ce groupe de la Cour de France, comme lui appartenant. L'affaire fut traitée entre les deux cabinets et l'on céda les Malouines aux Espagnols qui n'en devaient rien faire.

» Depuis cette époque, ce groupe a été une terre banale où les pêcheurs de phoques de toutes les nations ont successivement atterri sans y laisser trace de leur passage.

» Plus tard en 1820, le capitaine Freycinet fit naufrage avec la corvette l'*Uranie*, dans la baie des Français, au nord-ouest de l'île occidentale. L'équipage fut rappatrié par un baleinier américain. En 1822, le capitaine Duperrey y relâcha avec la frégate la *Coquille* et passa un assez long temps dans ces îles. Après, il n'y eut guère que les baleiniers anglais ou américains à y relâcher.

» La montagne dentelée que nous venons d'apercevoir est le pic Chastellux, assez haut et très escarpé. De sa base partent une foule de ramifications qui couvrent de collines l'île de l'Ouest. »

Cet aperçu historique sur ces îles sauvages intéressa vivement les deux compagnons du savant. Ils avaient grande hâte de voir de plus près cette terre à moitié inconnue et de quitter les planches du petit canot. Aussi courageux qu'ils fussent, la perspective ou de mourir de faim sur cette mer sans borne ou de périr noyés dans une tempête, était loin de leur paraître enviable.

Aussi, la nuit se passa-t-elle dans des transes inouies. La nuit était noire, la mer agitée et les trois naufragés en proie à la crainte de se voir jetés hors de la bonne route. Ils étaient sans fanal, et en auraient-ils eu qu'ils n'eussent pu l'allumer.

Il revint en s'aidant de son fusil, page 155.

CHAPITRE XI

— La terre! voilà la terre!... Sainte Vierge de Rumengoll, nous sommes sauvés.

Yvon Carfor se prit à danser dans la chaloupe, en agitant son bonnet avec allégresse.

— Attends, attends un peu, dit en souriant le savant, avant de chanter victoire. Nous voyons bien l'île; mais elle me paraît difficilement abordable.

— Yvon, au lieu de crier ainsi, tu ferais mieux de m'aider à carguer entièrement la voile. Tu vois ces brisants, tu n'as pas oublié ton métier, n'est-ce pas? Aussi, tu penses bien, nous n'allons pas nous jeter dessus, toutes voiles dehors.

Avec une force et une agilité décuplées par la joie, le mousse cargua la voile, et s'emparant d'un des avirons, il passa l'autre à Belon.

— Belon, dit le Malouin, vous êtes un peu novice dans le métier, mais je ne peux vous céder ma place au gouvernail. Yvon, ne rame pas si fort, ou tu vas nous faire courir des embardées. En douceur donc et de l'ensemble.

Devant eux, droites comme des murailles s'élevaient d'immenses falaises noires, à la base, d'un gris foncé en haut. Les flots s'y brisaient avec un fracas assourdissant, lançant contre ces colossales fortifications des gerbes d'écume. Des nuées d'oiseaux de mer tourbillonnaient au-dessus des vagues, tandis que des files de grands manchots perchés sur les étages supérieurs, gardaient une immobilité de sphinx. A les voir ainsi revêtus de leur cuirasse de plumes serrées, d'un noir brillant sur le dos, le ventre et la poitrine d'un blanc éblouissant, on les aurait pris de loin pour une armée de gnomes en habit de cérémonie. Autour des falaises, perçant la mer de taches foncées, se voyaient des têtes d'écueils sans cesse balayés par les vagues. Mais, de port, d'anse, de baie, pas la moindre trace.

— Diable! diable! s'écria Bertrand, je n'aperçois pas votre port des Français; et votre île Malouine, en dépit de son nom, mon cher Belon, me semble peu hospitalière.

— Remontez un peu au nord, Bertrand : si je ne me trompe, la baie des Français est au nord-ouest de l'île.

Bertrand consulta sa boussole; il s'en fallait au moins de six milles à vue d'œil qu'ils eussent atteint ce refuge.

— Inutile alors de vous fatiguer sur vos avirons.

Yvon borde la voile ; mais avec deux ris, si nous ne voulons pas être drossé par le courant contre ces rochers.

La voilure établie, Bertrand gouverna au plus près, rasant dans certains passages des roches à fleur d'eau. Les unes étaient couvertes de troupeaux de grands phoques bruns qui à la vue des nouveaux arrivants, s'empressèrent de plonger dans la mer ; les autres servaient de perchoirs à des vols de cormorans.

— C'est bon signe, dit Bertrand, en voyant les lions de mer s'enfuir. Ces phoques si défiants nous montrent qu'ils sont souvent chassés. Quoique vous en disiez, Belon, des baleiniers doivent aborder souvent par ici.

— Je vous crois ; seulement, en attendant les baleiniers, nous aurons besoin de ces phoques pour vivre, et nous aurons du mal à les capturer.

La barque, malgré sa voilure réduite, filait rapidement : une petite pointe se dessina dans le nord.

— Je crois que la baie en question se trouve derrière cette pointe, hasarda Belon.

— Attention alors, Yvon, baisse et brasse la toile. Vous, Belon, apprêtez les rames.

Ils se trouvaient dans une passe dangereuse. Des remous violents les ballotaient dans un inextricable fouillis de roches.

— Hein ! est-ce que nous resterions ici, par hasard, dit Bertrand, ce serait par trop de guignon. Derrière ce premier rempart d'écueils, je vois des eaux plus calmes. Il faut passer, coûte que coûte.

Avec habileté, il manœuvra dans les passes. Il crut un moment le canot engagé et devint pâle. Ses com-

pagnons se crurent aussi à leur dernier moment;
mais une vague souleva l'embarcation, et la porta
dans une mer relativement tranquille.

— Ouf! c'est fait, s'écria Bertrand; mais *nage* donc
Yvon et vous aussi Belon. Il ne faut pas s'arrêter aux
bagatelles de la porte.

La pointe doublée, ils pénétrèrent dans une grande
baie, bordée de falaises plus élevées que les premières; mais au milieu, une plage de sable jaunâtre
venait mourir doucement dans la mer. Cette dernière
envoyait de longues lames bien arrondies, bien
égales qui s'étalaient en flots d'écume au fond du
demi-cercle; mais sous ce bouillonnement, cette
effervescence des flots de la côte, aucun récif ne montrait sa tête noire : le port était sûr.

Après une demi-heure où Belon gagna consciencieusement de fortes ampoules aux mains, la quille
du canot râcla le sable de la grève et demeura immobile.

Ils étaient sauvés!...

Avec quelle joie, ils sautèrent sur le sable, après
six mortelles journées passées entre le ciel et l'eau,
après les scènes sanglantes des derniers jours!

Les trois naufragés tirèrent le canot aussi loin que
possible sur le rivage, et l'amarrèrent au moyen d'un
énorme galet en guise d'ancre; ensuite ils débarquèrent une partie de son contenu; et chargés de
leur *baȝar*, comme disait Yvon, ils montèrent sur la
dune.

— Un drôle de pays! firent en même temps Achille
Bertrand et le mousse.

Une plaine d'un roux pâle s'étendait jusqu'à un

amphithéâtre de montagnes; des plaques vertes indiquaient des tourbières et des prairies. Un large ruisseau serpentait, bordé de joncs et de fougères. Dans les endroits plus secs et exposés au soleil, croissaient de petits bosquets de saules très courts et d'arbousiers au feuillage sombre, à peine de la hauteur d'un homme. Les montagnes s'élevaient par assises régulières de gris et de quartz blanc, et étaient tapissées de mousse orangée et de lichens rampants, d'un gris verdâtres.

Des flaques d'eaux, des lagunes coupaient cette triste campagne; et, autour de ces étangs s'ébattaient, avec des piaillements et des sifflements de toutes sortes, des myriades d'oies sauvages, de pluviers, de grèbes, de canards.

Belon qui était très affaibli par cette longue navigation, manifesta le désir de se reposer un peu, et Yvon courut à la plus proche mare, remplir la marmite d'eau et l'apporta au savant.

— Que c'est bon, cette eau! avec quel plaisir je la savoure. Je la trouve meilleure que le meilleur vin de Touraine.

Chacun s'abreuva à longs traits.

Le temps était assez doux, presque tiède. Un clair soleil luisait sur cette campagne étrange.

— Bertrand, Yvon ramassez vite quelques brindilles sèches. Profitons de ce beau soleil pour allumer du feu.

En quelques minutes, le Malouin et le mousse apportèrent de grosses brassées de bruyères et de roseaux desséchés.

— Mais avec quoi l'allumer? demanda Yvon Carfor. Je n'ai ni briquet, ni allumettes.

— Avec le soleil, répondit le savant.

— Avec le soleil?

Et Yvon regarda Belon avec une stupéfaction non déguisée. :

— Oui, regarde.

Belon prit la jumelle marine et dévissa une des lentilles. Un peu de mousse sèche très fine servit d'amadou. Il concentra les rayons solaires dessus ; et, quelques minutes après, la mousse fuma et finit par prendre feu. Il la recouvrit d'autre mousse et de quelques brindilles de bruyères, et souffla doucement dessus; et le premier feu fut allumé.

Le premier feu! quelle joie pour ces pauvres gens! Entendre la flamme pétiller, voir une colonne de fumée bleuâtre monter dans les airs. Un moment, il leur parut être moins seuls, moins abandonnés au bout du monde, Yvon, surtout, ne pouvait contenir sa satisfaction; il se chauffait avec délices, tournant vers la flamme chaque partie de son corps ; mais, Bertrand vint les troubler dans cette agréable occupation.

— Puisque nous devons jouer les Robinsons Crusoé, tâchons de le faire en conscience. Belon vient de nous donner du feu, ce qui est presque aussi indispensable que la nourriture, moi j'entreprends de vous offrir un gîte; oh! mais provisoire celui-là. Belon votre fatigue vous défend de nous aider. Pour seule besogne, vous alimenterez le feu. Mettez aussi de l'eau à chauffer. Nous avons du thé, du sucre, du rhum dans le canot. Un bon quart de thé sera le bien venu après que nous aurons terminé notre travail. Yvon dépose là tout ton attirail et vient chercher le reste. Il ne faut pas s'exposer à voir enlever nos trésors par la mer.

Leur feu n'était pas à plus d'un kilomètre de l'endroit où ils avaient débarqué. Il pouvait être une heure de l'après-midi au plus; Bertrand jugea qu'en deux ou trois voyages, ils pourraient placer en lieu sûr tous leurs bagages.

Mais, avant de le laisser partir, Belon insista pour visiter sa blessure, la lava et la pansa. Grâce à la vigueur et à la bonté du tempérament du Malouin, elle était déjà en bonne voie de guérison.

Après le départ de ses deux amis, le savant ramassa du combustible, et ayant disposé trois pierres en foyer, il disposa la petite marmite dessus. L'eau commençait à chanter quand Belon pensa qu'il serait agréable de procurer à ses amis, une pièce de gibier pour remplacer au dîner, l'horrible bœuf salé avarié dont ils vivaient. Par un hasard providentiel, leur sucre, bien enveloppé, avait bravé l'humidité des journées précédentes. Il l'abrita donc sous une grosse pierre plate, et partit en chasse un fusil sous le bras.

A cinq cents pas de là, sur les bords d'un large étang, une nuée de canards et d'oies sauvages barbotaient dans un concert de cris et de sifflements; mais, à la vue de Belon, ils s'envolèrent presque tous, et les derniers prirent la fuite, lorsqu'ils étaient encore hors de portée.

— Ce sera bien ennuyeux; mais la chasse aux oiseaux promet d'être fort difficile. Je dois donc en déduire qu'ils connaissent parfaitement les armes à feu.

Plus loin, de grands espaces verts s'étendaient comme des prés nouvellement fauchés.

Mais, il eut encore là une forte désillusion. Ce n'était que de vastes tourbières. Dès les premiers pas, il enfonça dans le sol mou et spongieux.

— Un vilain terrain de chasse, pensa-t-il.

Ne voyant rien à sa portée, il se rejeta sur la droite du côté des collines.

Le terrain, cette fois, était tout à fait solide ; mais pas beaucoup plus praticable. D'énormes blocs de grés à angles aigus semblaient être tombés du ciel, et des fragments de schiste et de quartz encombraient le sol.

Il lui fallait donc marcher avec précaution pour ne pas glisser et tomber sur ces pierres. De hautes bruyères, des joncs, des genêts, des saules nains et de petits bouleaux formaient un taillis épais. Il remarqua, çà et là, des passées formées par d'assez gros animaux. En se baissant, il reconnut des traces de porcs sauvages.

— Attention, se dit-il, je me trompe fort, si je ne trouve rien ici.

Pour plus de sûreté, il glissa une balle de calibre dans le canon de son fusil.

Il n'attendit pas longtemps, car au bout de vingt pas, il entendit des grognements significatifs, et vit déboucher du fourré, une troupe d'animaux ressemblant fort à des sangliers de moyenne taille. Belon était assez bon tireur et du premier coup, il abattit un marcassin.

Cet animal, descendant des cochons domestiques importés par les Espagnols, était d'un brun sombre avec de longs poils rudes, et la hure relevée absolument comme notre sanglier d'Europe.

Mais Belon, laissant ses observations de naturaliste à des temps meilleurs, chargea la bête sur ses épaules avec beaucoup de peine, car elle pesait au moins quarante kilos et revint en s'aidant de son fusil à travers les broussailles et les blocs de pierres.

Il était très fatigué; de plus le soleil, s'était subitement voilé, chose commune dans ces terres australes, et une brume épaisse couvrit la vallée; mais le feu très vif, lui servi de phare.

Comme les autres vont être contents de trouver une bonne grillade de venaison à manger, lorsqu'ils rentreront. Mais, il ne faudra pas laisser le feu s'éteindre, car nous devons être à la fin de l'automne de ces régions, et si j'en juge d'après le temps qu'il fait en ce moment, le soleil est bien capricieux; il serait difficile de renouveler tous les jours l'usage de ma lentille.

Il jeta de nouvelles brassées de branches sèches sur le feu et commença à dépecer son gibier.

Tout à coup, il entendit près de lui une sorte d'aboiement bref et saccadé.

— Des chiens? mais non, cela n'est pas possible. Il n'y a pas de ces bêtes civilisées par ici.

Il se leva et regarda:

En face de lui, à vingt pas environ, une dizaine d'animaux se tenait en arrêt. Gros comme des chiens de berger, ils étaient couverts d'une épaisse fourrure grise et noire, avec des têtes de loups et de longues queues touffues comme celles des renards.

— Oh! oh! voilà des voisins incommodes, et il leur jeta une pierre.

Ils ne parurent pas trop s'étonner de ce procédé, mais s'écartèrent un peu et sans s'éloigner cependant beaucoup, dardèrent leurs yeux ardents sur le chasseur.

— Ces chiens-loups, ou chiens-renards *canis magellanicus*, murmura le savant, me semblent bien familiers.

Connaissant, d'après les récits des voyageurs, leur hardiesse, il s'avança vers eux en agitant les bras.

Ils se retirèrent; mais pas très loin, et quand il retourna près de son gibier, ils revinrent sur leurs pas.

— Mes pauvres amis, vous êtes bien ennuyeux, dit Belon; vous en voulez à mon gibier, j'ai aussi faim que vous, par conséquent, il va falloir détaler au plus vite.

Il saisit son fusil : à la vue de cette arme, ils s'enfuirent à toutes jambes.

— On dirait vraiment qu'ils en connaissent l'emploi. L'île serait-elle donc habitée? Voilà une question à résoudre plus tard.

Sans trop s'arrêter à cette idée, il continua à dépouiller le marcassin. Une troisième fois, les chiens sauvages revinrent à la charge.

— Puisque vous tenez tant à m'ennuyer s'écria le savant, je vais vous jouer un tour de ma façon.

D'une main, il jeta dans la troupe un morceau d'entrailles; et, comme toute la bande se précipitait sur cette proie avec des grondements de joie, il épaula vivement son fusil et tira sur le plus rapproché une magnifique bête, porteur d'une queue épaisse et soyeuse.

Au bruit de la détonation, tous s'enfuirent en hurlant, sauf celui qu'il venait de tirer et qui se roula sur le sol en poussant des cris plaintifs. Belon l'acheva d'un second coup.

— Ce n'est pas bon à manger; mais sa fourrure servira toujours, fit-il.

Et désormais débarrassé de ces visiteurs importuns, il s'occupa sérieusement de sa cuisine.

Une heure après, éreintés, Bertrand et Yvon Carfor revenaient chargés de tout ce qui était resté dans le canot, sauf le baril vide d'eau douce et celui de bœuf salé dont ils apportaient deux gros morceaux.

Leur joie fut grande, en voyant le savant qui retournait sur les charbons de savoureuses côtelettes.

— Vous ne perdez pas votre temps Belon, et je suis bien aise de vous avoir prié de rester, au lieu de nous accompagner au canot, car voilà pour plusieurs jours de vivres; mais, qu'est-ce donc que cette bête-là, dit-il en montrant le loup tué par Belon?

— C'est le *canis magellanicus*.

— Un bien beau nom, mais c'est un loup pour moi; et où avez-vous été chercher cet animal?

— C'est lui qui est venu me chercher avec un certain nombre de ses amis. Ils sont d'une familiarité inconvenante, quand on ne leur montre pas un fusil; mais dès qu'ils aperçoivent cette arme, ils filent comme le vent.

— Hein? qu'est-ce que vous dites-là?

— C'est la vérité.

— Alors l'île serait habitée?

— Ou aurait été habitée momentanément. Car, je vous l'ai dit, les Malouines offrent des relâches aux pêcheurs de phoques et aux baleiniers.

— Ainsi, nous pourrions, d'un jour à l'autre, voir des humains?

— C'est ma conviction : pas tout de suite cependant. N'oubliez pas que nous sommes à l'automne de ce climat; dans un mois, la terre sera couverte de neige, les phoques auront émigré en grande partie, et jusqu'au mois de décembre prochain, il n'y a rien à faire pour les navires baleiniers.

— Heu! vous avez une façon de dire cela, mon cher ami, qui me donne froid dans le dos. Mais, au moins, ces baleiniers arrivent-ils régulièrement.

— Eh! cela dépend. Nous pourrions passer plusieurs années ici, sans en voir un seul, de même qu'il peut en venir dans six mois.

— Mais, qu'allons-nous devenir d'ici-là?

— Bertrand, vous êtes bien timoré depuis que vous avez touché terre. Croyez-vous que trois hommes, car en somme nous pouvons compter Yvon comme un homme, après les preuves qu'il vient de donner. Croyez-vous donc que munis d'armes et de munitions, ayant un bon canot pour pêche, trois hommes iront se laisser mourir de faim ainsi que des malheureux dénués de tout. Bertrand ce n'est pas pour laisser nos os dans cette île que nous y avons abordé. Vous êtes trop courageux et trop expert dans la vie d'aventures pour envisager une pareille extrémité. Allons, mon vaillant Malouin, prenez place à table.

Les trois amis s'assirent. Belon semblait tout trans-

formé depuis qu'il n'était plus sur le canot. Il était
ravi d'avoir à offrir un excellent repas à ses deux
amis. Le morceau de sanglier dévoré, le thé dosé
d'une suffisante quantité de rhum, acheva de regail-
lardir nos trois amis. Yvon, le premier se leva, et
demanda à retourner à la grève.

— Pourquoi faire? demanda Belon.

Le mousse regarda en riant Bertrand :

— Pour vous apporter votre chambre à coucher, fit
Bertrand, vous nous avez donné un dîner succulent;
moi, je ne vous offrirai qu'une pauvre hôtellerie;
mais enfin, on fait ce qu'on peut.

Et ils s'éloignèrent.

Pour passer le temps, Belon arrangea les nombreux
objets apportés par ses compagnons; il ôta au chien
sauvage sa belle fourrure et en traîna la carcasse à
cent pas du camp.

La nuit tombait, quand Bertrand et Yvon arrivèrent, portant sur leurs épaules le mât et les avirons
du canot avec sa grande voile.

Dix minutes après, les deux rames croisées par le
haut et enfoncées en terre supportaient le mât. Bertrand disposa la voile par dessus en forme de tente.

Yvon coupa plusieurs brassées de bruyères et les
disposa en guise de lit. C'était une dure couche; mais
des gens qui ont enduré pendant six jours les bancs
d'une barque ne pouvaient être difficiles. Belon
accrocha les quartiers de venaison au mât, et le feu
disposé à l'entrée, offrit une barrière suffisante contre
les invasions des chiens sauvages.

Avant de s'endormir, Belon proposa à ses amis de
s'unir à lui pour remercier le Ciel de leur sauvetage

inespéré. Puis, ils s'étendirent sur leurs lits de bruyères enveloppés de couvertures. La fatigue ne tarda pas à l'emporter sur les soucis du présent et les incertitudes de l'avenir. Ce n'était plus quelques planches fragiles qui les préservaient de la mort, et si la mer immense berçait leur sommeil de ses murmures lointains, ils étaient maintenant à l'abri de ses atteintes.

Le corps était couché sur une paillasse, page 272.

CHAPITRE XII

— Qu'allons-nous faire? demanda Yvon en s'éveillant.

Il pleuvait à verse; et le vent menaçait à chaque instant d'enlever leur tente. Mais en dépit de cet affreux temps, les trois amis avaient dormi pendant dix heures sans se réveiller. Ils se levèrent dispos, les membres souples, l'esprit presque joyeux.

— Qu'allons-nous faire? mais petit malheureux, regarde d'abord le feu et vois s'il n'est pas éteint.

— Non, monsieur Bertrand, il y a encore un peu de braise. Tiens! que c'est drôle! mais on dirait que la terre brûle aussi.

C'est la couche de tourbe qui forme le sol qui brûle. Ah! mes amis, veillons à ce que notre feu ne s'eteigne pas. Nous ne pourrions plus le rallumer.

161

Chacun promit d'y apporter toute son attention.

Il n'y avait rien à faire du côté de la grève. Le canot était remisé assez haut pour être complètement à l'abri du vent et de la mer. Tous grillaient de connaître plus à fond la vallée. Malheureusement le temps ne se prêtait guère à une excursion. La pluie faisait rage, ainsi que le vent. Bertrand fut obligé de consolider la tente avec de grosses pierres. La journée se passa à inspecter les provisions, les armes et les instruments.

Belon, fort méthodique, en dressa la liste parfaite dont nous donnerons un léger aperçu :

Deux fusils de chasse avec environ quatre livres de poudre anglaise, contenue dans trois boîtes et une poudrière, plus deux boîtes de capsules.

Deux revolvers avec une cinquantaine de cartouches.

Trois coutelas ou grands couteaux à gaîne. Quatre couteaux de poches, une hache.

Six couteaux de table et quatre couverts d'argent.

Une petite pendule fortement endommagée par l'eau de mer.

Une marmite en fer battu et un quart en fer-blanc.

Trois couvertures et un caban de matelot en toile huilée.

Une petite malle appartenant à Belon, contenant quelques médicaments, du linge, des papiers, quelques livres et un vêtement de rechange. Le fameux sac de nuit de Bertrand avait été enlevé par la mer.

Une trousse de matelot avec fil, aiguilles, boutons de cuivre, ciseaux, rasoirs.

Une petite pharmacie de voyage et une vieille carte d'Afrique.

Deux bouteilles de rhum et un baril de la même liqueur de vingt-cinq litres environ.

Une paire de jumelles marines.

Beaucoup d'objets embarqués au moment de l'abandon du *Jason* avaient disparu, emportés par la mer pendant la dernière nuit passée sur le canot.

— Luxe et misère ensemble, dit Belon, en finissant la nomenclature : Des couverts d'argent et pas de chaussures de rechange. Une pendule, pas de cheminée dont elle ferait l'ornement.

Plus d'une fois les appréciations naïves d'Yvon Carfor firent sourire les deux amis. Le pauvre garçon trouvait qu'on ne manquait de rien !

— Tu t'apercevras du contraire avant peu, dit Bertrand.

Vers dix heures du matin, la pluie cessa ; il y eut même quelques rayons fugitifs de soleil.

Après avoir déjeuné d'un morceau du gibier cuit de la veille, les trois naufragés tinrent conseil.

Belon manifesta l'envie de connaître un peu de pays, l'autre côté de la chaîne de montagnes. Peut-être découvriraient-ils une vallée plus giboyeuse et mieux abritée du vent. Puisqu'il fallait *Robinsonner*, selon l'expression de Bertrand, autant le faire dans les meilleures conditions possibles.

Bertrand trouva cette envie très naturelle, et Yvon se montra enchanté de ce déplacement.

Ils prirent donc leurs dispositions pour partir. Les objets susceptibles de se gâter à la pluie furent enfermés dans la malle de Bertrand, la tête du porc sau-

vage qu'on ne se souciait pas d'emporter, vu le nombre des objets, de leurs charges, fut accrochée au plus
haut de la tente. On rangea la petite malle à l'abri
d'une couverture. Selon leurs prévisions, ils espéraient
revenir reprendre le reste le lendemain, aussi Belon
et le Malouin ne prirent, avec les armes, que deux
couvertures, le sucre, les deux bouteilles de rhum et
les munitions. Yvon se chargea de la hache, du
caban ciré et de la marmite.

Au moment de quitter le camp, Belon s'écria :

— Et du feu, malheureux, tu oublies d'emporter du
feu. Sais-tu que nous ne serons pas fâchés de trouver
une bonne flambée ce soir. Prends la marmite, mets
au fond une couche de cendres et des charbons ardents; munis-toi aussi d'un peu de mousse sèche et
en route.

— Vraiment, Belon, je vous admire, déclara Achille
Bertrand; on dirait que vous n'avez fait que le métier
de naufragé toute votre vie.

— J'ai lu beaucoup de ces aventures, et j'y ai vu
qu'après le besoin de nourriture, celui de faire du feu
est le plus impérieux. Outre qu'il réchauffe, et sert à
la cuisson des aliments, il tient compagnie et ses
vives lueurs dans les ténèbres écartent les animaux
féroces. Sans feu, l'homme est privé d'un de ses plus
grands moyens d'existence, il ne vit pas, il végète.
Cette viande de porc que vous trouvez savoureuse
cuite, l'auriez-vous mangée crue?

— Non certes, à moins d'une grande faim.

— Et même affamé, elle vous aurait encore répu-
gné. Sans le feu, pas de société possible.

Ils s'engagèrent dans le taillis ou Belon avait tué son gibier, la veille.

— Ce ne sont pas des arbres; mais des buissons rabougris, remarqua Bertrand en émergeant ses vastes épaules des touffes de genêts, d'arbousiers et de saules nains.

— Vous avez raison, les arbres ne poussent pas naturellement aux îles Malouines. La terre végétale manque. Le sol n'est composé que d'une tourbe humide qui repose sur un fond de roches dures, grés ou quartz. En hiver, c'est-à-dire pendant plus de la moitié de l'année, les tempêtes y sont affreuses.

— Puissions-nous alors avoir d'autre abri que notre misérable tente.

— Je l'espère, c'est pour cette raison que je vous ai priés, mes amis, de m'accompagner au-delà des montagnes. L'orientation des vallées sera sans doute changée, et peut-être en trouverons-nous de moins froides et de moins ouvertes aux vents glacés du Pôle.

Tout en marchant, le savant jetait un rapide coup d'œil sur les plantes qui poussaient dans la prairie tourbeuse. C'étaient des joncs d'une grosseur et d'une longueur extraordinaires, des fougères de plusieurs espèces, quelques ombellifères, des plantes du genre *nassauvie,* des *bolax* ou herbes à gomme, des *gumières* de Magellanie.

— Voilà deux plantes précieuses, dit Belon en montrant les gommiers et les *gumières*. La première nous fournira une résine excellente pour notre éclairage. De la seconde, nous pourrons, en cas de maladie, préparer une tisane émoliente et rafraîchissante;

et ses racines très riches en tannin seront nécessaires pour le corroyage des peaux d'animaux destinées à nos futurs vêtements et chaussures.

Sur les rochers, des graminées poussaient maigrement accompagnées de mousses de toutes couleurs et de lichens fruticuleux, qui balançaient au vent leurs petits rameaux. Les prairies paraissaient presque grisâtres, sous la voûte plombée du ciel terne et décoloré. La mer, au loin, encombrée de rochers était houleuse et striée de bandes d'écumes.

Sans aucun accident, ils parvinrent au pied des collines. C'était plutôt des montagnes que des collines. Les pentes étaient lisses, formées de grands blocs de schiste disposés en amphithéâtre comme des escaliers de géants. Des sources coulaient avec un murmure mélancolique sur ces pierres de couleurs foncées.

Plus loin, ils arrivèrent à un endroit où un éboulement, par suite des pluies et des gelées, s'était produit. Les roches fendues tombaient en ruines. C'étaient des champs de grosses pierres. On aurait dit un immense cimetière où les blocs jetés pêle-mêle semblaient les tombes d'une nation de géants disparue. Des oiseaux de proie mêlaient leurs cris perçants au sifflement du vent. Une grande tristesse planait sur cette région froide où quelque cataclysme de la nature avait retranché toute vie, pour en faire l'anti-chambre de quelque pays de la mort.

Les trois amis, doublement oppressés par leur ascension et l'aspect de cette montagne, s'arrêtèrent un moment.

A leurs pieds, comme un tapis fauve, semé de

tâches d'un vert pâle, s'étendait la vallée. La rivière inconnue serpentait, recevant les eaux de mille petits lacs d'un gris d'acier. A l'horizon, une mer lourde, verdâtre, des rochers noirs découpés en formes fantastiques autour desquels tourbillonnaient des nuées d'oiseaux.

Ils regardèrent ardemment l'Océan. Pas de voile, pas de navire en vue. Cette mer si tourmentée dont le vent leur apportait le murmure perpétuel, avait quelque chose de féroce, de méchant dans ses énormes lames, ses brisants échevelés d'écume, sa couleur d'un vert foncé. Tout était agressif à cette extrémité du monde : la mer, le ciel, la terre.

Après un soupir, Belon et Bertrand, sans s'adresser une parole, continuèrent leur ascension. Seul, Yvon Carfor était moins triste. La nouveauté des paysages, l'empêchait de saisir leur dureté.

Il n'y avait pas de sentier proprement dit; ils montaient au hasard, grimpant des pentes formidables, glissantes, encombrées de pierres croulantes. Des mousses orangées, des saxifrages couleurs de plomb étaient les seuls représentants de la végétation. A mesure qu'ils montaient, le vent devenait plus froid et plus impétueux.

A la hauteur de trois cents mètres environ, Belon qui marchait en tête s'arrêta tout à coup et montra une ouverture dans la montagne.

— Un défilé, dit-il, et qui nous abrègera peut-être le chemin.

C'était une coupure, une brèche gigantesque dans le grand mur de schiste et de grés. Les pentes en étaient

entièrement à pic, lisses et comme vernies par des
suintements d'eau.

Séparées à peine de cinquante mètres, les deux
murailles latérales avaient une très grande hauteur.
Vers la moitié de la longueur, il y avait un coude
brusque. Une demi-obscurité remplissait cette tran-
chée. Les blocs d'ardoises tombés des sommets encombraient la passe. Quelques oiseaux de proie s'enfuirent à tire d'aile en voyant les étrangers.

Après une heure passée dans ce chaos, où le vent
poussait des plaintes lugubres mêlées au choc des
pierres qui tombaient fréquemment des hauteurs,
rendant le passage fort dangereux, les naufragés arrivèrent à l'ouverture opposée.

Une autre vallée plus large, s'étendait au pied de
l'autre versant; elle leur sembla plus grande, moins
humide et pourvue d'une végétation plus touffue. De
leur sommet, ils eurent l'illusion de vrais arbres.

Bertrand qui fouillait la vallée avec des jumelles,
distingua sans doute quelque chose d'extraordinaire,
car ses compagnons le virent faire un grand geste;
puis, des paroles sortirent de sa bouche avec peine,
tant l'émotion l'étranglait.

— Mes amis... je vois... un mât... Là sur la hauteur. Non, je ne me trompe pas. C'est bien un mât...
avec quelque chose qui flotte au vent... on dirait un
pavillon.

Et il tendit ses jumelles à Belon.

— Pardieu, oui, mon ami. Vous avez raison. C'est
un mât, un vrai mât; mais il m'est impossible de distinguer la couleur du pavillon. Ah! mais, c'est un

reste de drapeau. Il est d'un rouge brun... Rouge! mais, c'est le pavillon anglais.

Secoués par cette découverte, ils descendirent presqu'au galop les pentes. Bertrand en tête, grâce à ses longues jambes. Yvon venait après; et Belon plus calme, tâchait d'éviter les chutes dans ce chaos de blocs et de pierres roulantes.

En moins d'une demi-heure, ils furent dans la vallée. Soudain, Bertrand qui avait distancé ses deux compagnons, s'arrêta et fit avec ses grands bras des gestes d'appel.

— Il fait une nouvelle découverte extraordinaire, pensa Belon. Allons-nous trouver d'autres naufragés comme nous?

Quelques minutes après, le savant et le mousse arrivèrent près du Malouin.

— Savez-vous, dit-il ce que je viens d'entrevoir à l'autre extrémité de la vallée? Une maison, oui, mes amis, une vraie maison! Courons.

Une assez large rivière séparait en deux parties inégales la vallée. Elle n'était pas calme et tranquille comme le ruisseau de la baie des Français; mais rapide presque torrentueuse. Yvon qui courait maintenant aussi vite que son grand ami, dit à Bertrand:

— Monsieur Bertrand, je vois un pont.

— Où cela? s'écria le Malouin.

— Là, vous voyez!

— C'est vrai, ma foi.

A un endroit où la rivière rétrécissait son cours par un brusque rapprochement des deux rives, les deux amis distinguèrent une sorte de passerelle en planches, sans garde-fou, posée sur les extrémités des berges et soutenue dans le milieu par un gros pieu.

— Attention, Monsieur, laissez-moi passer le premier. Il est possible que ce ne soit pas solide et comme je suis moins lourd que vous, je vais essayer.

Mais les planches, quoique verdies par le temps, parurent offrir une résistance suffisante.

Lestement le mousse les franchit. Bertrand plus posément les traversa.

— Où j'ai passé, Belon passera bien, se dit-il. Et sans l'attendre, ils continuèrent leur course.

Un sentiez assez large, mais à moitié perdu par la mousse et les graminées montait directement jusqu'à une sorte de chaumière basse et de couleur sombre. Autour, on retrouvait les traces d'un petit jardin potager dont on devinait les carrés recouverts d'une végétation parasite. Des débris de clôture en bois étaient tombées à terre et pourrissaient sur le sol humide.

— Cela m'a l'air bien abandonné, dit Bertrand à Yvon. Je doute fort que nous trouvions quelqu'un.

Ils arrivèrent jusqu'à la maison.

C'était une assez longue construction de planches goudronnées, recouvertes de roseaux secs en guise de chaume. Des herbes, des graminées de toutes sortes, poussaient sur le toit. Un volet masquait une petite fenêtre. Une cheminée de maçonnerie grossière laissait passer son tuyau noirci et crevassé.

— On n'a pas dû faire de feu ici depuis longtemps, dit Bertrand.

La porte placée au milieu de la façade exposée au nord, c'est-à-dire à la meilleure exposition sous le climat antarctique était fermée.

— Comme tout est silencieux, dit le savant qui venait de rejoindre ses compagnons.

— Entrons, répondit Bertrand.

— Mais la porte était fermée à clef, et Yvon qui voulut regarder par la serrure, recula en disant d'un ton étonné :

— La clef est dans la serrure.

Les trois amis se regardèrent interdits. Ils eurent le pressentiment de quelque funèbre découverte.

Bertrand frappa. Personne ne répondit.

— Ils sont donc morts là-dedans ?

— Cela se pourrait bien, murmura Belon.

Yvon passe-moi la hache, je vais tâcher de faire sauter la serrure. Personne ne pourra nous en vouloir de cette effraction.

Il introduisit le tranchant de la hache dans l'intervalle du chambranle et opéra une pesée.

La porte gémit et la serrure céda.

Il régnait une obscurité et un silence complets dans l'intérieur. Tous trois, sur le seuil, n'osaient entrer, tant ce silence leur parut lugubre.

Enfin, Bertrand se décida.

Dans la pénombre, il entrevit au fond de l'habitation une sorte d'alcôve avec un lit formé de grosses planches. Sur ce lit était allongée une forme humaine.

Une odeur nauséabonde pesait lourdement dans la salle. Belon, qui l'avait suivi, s'approcha du lit, et à la demi-lueur venue de la porte, il distingua un homme couché et immobile.

— Je crois que c'est un mort, quoique je ne distingue pas bien la figure.

Bertrand alla vers la fenêtre et essaya de l'ouvrir. C'était un chassis emprunté sans doute à quelque cabine de navire. Les ferrures rouillées résistèrent, les carreaux tremblotaient dans leurs alvéoles. Enfin, il parvint à l'ouvrir. Un crochet intérieur retenait le volet. Il fit sauter le crochet et poussa le volet. Un flot de lumière pénétra dans la maison.

— C'est bien un mort! et il y a même bien du temps qu'il n'existe plus.

Domptant leur répugnance, ils s'approchèrent. Le corps du malheureux était couché sur une paillasse grossière remplie de fougère sèche, car des poignées de cette plante s'échappaient par les déchirures de la toile pourrie. Les bras étendus le long du corps et les doigts des mains restés allongés semblaient indiquer une mort paisible et comme résignée. L'une des jambes pendait un peu hors du lit très bas, l'autre y reposait dans toute sa longueur. Le pied droit était chaussé d'un soulier, le gauche probablement blessé, était encore enveloppé d'un bandage. Le costume était celui d'un capitaine de la marine marchande. Un pardessus de toile cirée était étalé sur le corps en guise de couverture.

Près du lit, était un escabeau de bois grossièrement équarri, avec une tasse de faïence anglaise à dessins bleus et blancs et une bouteille vide. Un fanal de bord avec un reste d'huile de phoque et une mèche en coton, devait servir de lampe.

Sur le lit même, appuyé contre le mur, une grosse bible anglaise.

— Pauvre homme, murmura Belon, il est mort

seul, abandonné, au bout du monde! Quel drame s'est donc passé ici?

Yvon était entré et d'un mouvement naturel s'était mis à genoux. Belon et Bertrand suivirent son exemple. Dans leur détresse, ce mort inconnu les touchait comme la perte d'un frère.

Bertrand se releva le premier et parcourut la chambre du regard. Belon, toujours agenouillé, resta pensif considérant ce cadavre ou plutôt ce squelette. Yvon, l'air très ému murmura une prière.

— Il faudra, dit Bertrand, que nous lui donnions une sépulture chrétienne.

— Ce ne sera pas le premier homme enterré dans cette vallée, fit le savant, car en venant après vous, j'ai vu près du jardinet, un renflement du sol et une croix vermoulue. Cela m'a tout l'air d'une tombe.

Son compagnon ne lui répondit pas. Cette découverte venait l'assaillir d'un flot de pensées sinistres.

Belon devinait combien, étant données les circonstances où ils se trouvaient, le découragement est une chose malheureuse; il tâcha donc de réagir le premier.

— Nous nous demandions hier comment nous ferions quand l'hiver arriverait pour nous procurer un gîte à l'abri de ses rigueurs. En voilà un tout trouvé et qui me paraît confortable. Qu'en dites-vous, Bertrand?

— C'est vrai, et cette découverte, toute triste quelle soit, nous est d'un grand secours.

— Avais-je raison de vous dire, sur le canot, de ne pas perdre courage. Vous voyez que Dieu ne nous abandonnera point.

— Vous avez toujours raison, mon cher savant.

Nous pouvons nous regarder comme les héritiers du mort, fit le Malouin en essayant de sourire; faisons donc l'inventaire de notre héritage.

L'habitation était grande, de six mètres sur quatre de longueur, éclairée par une fenêtre; construite en planches solides, bien goudronnées, elle ne paraissait pas avoir trop souffert de l'abandon. Le toit était endommagé; mais ce serait facile à réparer.

Au milieu une table, avec deux petits bancs. Une grande armoire près du lit, deux escabeaux et trois grands coffres de matelots garnissaient les côtés de la cheminée.

Cette dernière construite en blocs de grés cimentés de glaise était vaste et remplie de bois sec.

Il n'y avait plus qu'à l'allumer. C'est ce que fit immédiatement le mousse.

Le joyeux pétillement de la flamme dans l'âtre rendit au triste réduit un peu de gaieté. L'odeur devait se dissiper devant cette belle flambée.

Au-dessus de la cheminée, suspendus à un râtelier, il y avait deux fusils rouillés, deux couteaux de gabiers, et une petite hache américaine, au-dessous des armes, une petite glace et deux montres d'argent. Dans un coin, quelques gros outils comme merlin, marteau, pelles, pioche et bêches, avec une grande hache de charpentier.

Les clefs étaient aux coffres et à l'armoire.

Dans les deux premiers se trouvaient des vêtements, des chaussures, des livres et des papiers. Le troisième renfermait quelques outils de menuisiers, des graines potagères et des médicaments.

L'armoire devait servir de buffet.

En bas, il y avait des ustensiles de cuisine et sur les tablettes de la vaisselle d'étain et de faïence avec quelques bouteilles vides, sauf trois contenant du whiskey.

— Comme tout est bien rangé remarqua Yvon. On dirait que le mort a pris cette peine avant de mourir.

— Peut-être est-il mort subitement, supposa le Malouin.

—Ah ! un livre de bord, s'écria Belon, en montrant un gros livre à coin de cuivre vert-de-grisé posé au fond de l'armoire.

— Montrez-le, demanda Bertrand.

Belon prit le livre très poudreux comme d'ailleurs tout le mobilier, et Bertrand l'ouvrit avidement.

C'était le livre de bord de l'*Alexandra*, brick de huit cents tonneaux, du port de Dublin, capitaine Huxley.

Entr'autres détails, Bertrand et Belon lurent les passages contenant le récit du naufrage et que nous résumons ainsi.

L'*Alexandra* faisait un voyage de Liverpool aux îles Juan-Fernandez, avec quarante émigrants venus pour coloniser ces îles.

Sur le 50° parallèle, une tempête affreuse avait assailli le navire, le 13 juillet 1860. La voilure mise à bas, le grand mât cassé, les émigrants, fous de terreur, unis avec l'équipage s'étaient emparé malgré la résistance du capitaine des quatre embarcations, les avaient mises à la mer et étaient partis, abandonnant seul à bord le capitaine Huxley, son second Patrick Mac-Carthy, et un matelot Thomas Benham qui n'avait pas voulu laisser ses supérieurs dans la détresse.

Pendant quatre jours, ballotés sur l'Océan, l'*Alexandra* près de couler avait pu échouer dans cette baie de l'île Wert-Falkland.

Suivaient des détails sur leur sauvetage et la mort du matelot Thomas Benham survenu la veille de l'échouage, emporté par une lame.

« Miraculeusement sauvés racontait le capitaine Huxley, nous avons Patrick et moi, retiré du navire échoué, tout ce qui était nécessaire à notre existence. Nous avons construit cette maison et nous prions Dieu de ne pas nous abandonner trop longtemps sur cette île. »

Après, venait le journal de leur existence, tenu très exactement. La construction de la maison ; les chasses, les reconnaissances dans l'île, le défrichement du jardinet, les faits météorologiques, les observations de toutes sortes étaient soigneusement consignées jour par jour.

— Voilà un livre bien utile pour nous, dit Belon.

Il voulut en continuer la lecture.

— Mon cher ami, lui fit observer Achille, si nous voulons tout lire, nous n'aurons pas fini avant ce soir, d'autres devoirs nous réclament et le premier de tous, est d'enterrer ce pauvre mort.

— C'est vrai, répondit le savant. Yvon, prends une pelle et une pioche et va nous attendre dehors.

— Comment allons-nous le prendre ? continua-t-il.

— Saisissons chacun un bout de la paillasse. Vous y êtes ? C'est bien… allons, du courage.

Ils se dirigèrent du côté du petit jardinet, à quelques mètres des clôtures détruites, une bosse de gazon et un débris de croix indiquaient la tombe du second,

Mac-Carthy. Bertrand traça avec sa pelle l'emplacement d'une fosse et se mit à piocher.

A l'encontre de l'autre vallée, une mince couche de terre végétale, cinq ou six pouces au plus, séparaient la surface du sol du sous-sol de sable quartzeux.

Ce fut vite fait. Quand Bertrand eut creusé un mètre de profondeur, il descendit avec Belon, le mort dans la fosse, rejeta la terre par dessus et piétina fortement.

L'inhumation finie, les trois amis dirent une courte prière sur cette tombe d'un inconnu.

— Demain, je lui ferai une croix, et je remplacerai sur l'autre tombe celle qui est cassée, dit Yvon.

Le temps avait marché depuis leur descente de la montagne. Il était fort tard, presque nuit, quand les trois amis revinrent à la chaumière des Anglais.

— Eh bien! dit Belon au mousse, en le voyant hésiter pour pénétrer dans la salle, tu as donc peur des revenants? N'aie aucune crainte, mon ami, ce n'est pas le pauvre homme que nous venons d'enterrer qui troublera jamais notre sommeil. Le malheureux Huxley à trop durement expié ses fautes pendant sa vie ici, pour être condamné à revenir errer sur la terre.

Le feu de la cheminée, la porte et la fenêtre largement ouvertes avaient assaini l'appartement. Toute mauvaise odeur était disparue. Bertrand ramassa les vieux treillages du jardin et quelques fagots de bruyère pour continuer le feu, pendant qu'Yvon et le savant s'occupaient du souper dont les préparatifs ne furent pas longs, car ils ne consistaient qu'en un morceau de gibier de l'avant veille. Belon pour célébrer la découverte de cette maison qu il regardait comme un coup de la Providence, demanda à Bertrand la permission de faire un peu de thé.

— Mais, cher ami, j'allais vous le demander. Je ne vois pas cependant où vous pourrez chercher de l'eau.

— J'ai découvert une source avec un petit bassin derrière la maison. Ces Anglais s'étaient décidément installés confortablement. Il fait un clair de lune superbe, je vais y aller.

Il sortit, la vallée était silencieuse comme un tombeau. Seule la grande voix de l'Océan résonnait sur les cailloux de la grève. Dans le bassin, un ruisselet amené par une sorte de petit canal bordé de grosses pierres s'écoulait avec un murmure monotone. Le ciel resplendissait d'étoiles. Belon s'arrêta un moment à les contempler et instinctivement chercha les constellations habituelles. Mais en voyant briller la croix du sud, il se rappela qu'il était à l'autre extrémité du monde.

Il soupira et entra dans la maison.

Huxley retrouve le corps du second, page 192.

CHAPITRE XIII

Le lendemain matin, les trois amis se réveillèrent de bonne heure. Le temps était froid et gris; mais sans pluie.

— Il faut nous partager la besogne et régler nos occupations, dit Bertrand. Belon, voulez-vous prendre votre fusil; vous avez si bien fait chasse avant-hier que cela me donne l'envie de vous confier les fonctions de pourvoyeur de la communauté pendant un certain temps. Yvon et moi nous resterons mettre un peu d'ordre ici. Nous avons des lits à préparer, des nettoyages sans nombre à opérer. Nous allons faire les maîtresses de maison. Ne vous écartez pas trop, je vous prie, et faites attention au pont. Il ne me paraît pas très solide.

Belon partit son fusil sur l'épaule, et descendit le

cours de la rivière jusqu'à la passerelle. Chemin faisant, il remarqua dans le petit jardin, beaucoup de plantes étrangères à l'autre vallée.

— Mais, se dit-il, ce sont des choux, des oignons, des raves en train de redevenir sauvages, tout simplement. Nos malheureux prédécesseurs ont défriché un coin de terre, et les graines se sont répandues un peu partout. Ce sera une précieuse ressource pour l'avenir, car la nourriture exclusivement animale, nous incommoderait à la longue.

La chaumière avait été construite sur une petite élévation de terrain ; et du seuil, on dominait la moitié de la vallée et une grande étendue de mer.

— Voilà une bonne situation ; et, de la fenêtre, nous pourrons facilement surveiller la mer.

La rivière était large, et avant d'arriver à la mer, elle formait deux ou trois petits lacs. Sur leurs bords, s'ébattaient des canards et des oiseaux de rivage.

— C'est certainement un gibier, se dit Belon ; mais la poudre est trop précieuse pour la gaspiller sur une aussi maigre capture.

Il franchit la passerelle et remonta sur l'autre bord, vers la source de la rivière qui formait un coude. De petits taillis de saules, de bouleaux, — futaies en miniature, car les arbres n'étaient guère plus hauts que la hauteur d'un homme ordinaire — alternaient avec des prairies d'un vert velouté. En amont, des terrains stériles en apparence s'étageaient sur les premiers gradins des montagnes moins escarpées et moins abruptes que celles qu'ils avaient escaladées la veille. Dans le lointain, il sembla à Belon, apercevoir de grosses taches brunes se mouvoir parmi les bruyères et les grandes herbes. A tout hasard, il avait emporté les jumelles dans leur étui. Il examina donc ces taches brunes. Il reconnut un petit troupeau de bœufs.

Le cœur battant de l'espoir d'abattre un de ces animaux, il manœuvra pour se rapprocher sans être trahi par l'odorat de ces bêtes défiantes. Et tout doucement, se dissimulant de son mieux, il marcha vers eux.

Il y en avait sept ou huit au plus. Sur une petite butte, le plus gros de la bande, un taureau probablement, était posté en sentinelle. Les autres couchés, ruminaient tranquillement ou paissaient isolément. Belon vérifia son amorce et pressa le pas. Il était sur un terrain entrecoupé de touffes de genêts et de hautes bruyères, çà et là des gros blocs d'ardoises formaient des abris naturels.

Avec d'infinies précautions, il s'approcha en rampant presque, et s'arrêta, car le taureau donnait quelques signes d'inquiétude. Sans doute, il avait pressenti un danger, car il poussa deux ou trois beuglements ; à ce signal, le reste de la bande cessa de manger et leva la tête. Le savant garda la plus parfaite immobilité et le taureau parut s'apaiser.

Il était peut-être encore à quatre-vingts pas de l'animal le plus proche. Essayer de se rapprocher était fort chanceux. Cependant, il le tenta et franchit vingt mètres encore. Cette fois, le taureau tout à fait effrayé mugit, et les vaches se rapprochèrent de lui. Belon vit une jeune bête à sa portée ; et, à moitié couché derrière une grosse pierre, il visa lentement, et tira.

Au bruit de la détonation, tout le troupeau s'enfuit

vers l'extrémité de la vallée. Belon crut avoir manqué son but et rechargea très vite son arme, mais la bête qu'il avait tirée, ralentit bientôt sa course et s'arrêta. Notre chasseur l'entendit pousser trois ou quatre mugissements lamentables et elle tomba sur les genoux.

Belon, fort joyeux, courut à toutes jambes. Soudain, il s'arrêta. Le taureau furieux était revenu sur ses pas et cherchait du regard son nouvel ennemi.

C'était une bête de petite taille, au jarret nerveux, et pourvue de cornes longues et recourbées. Il n'y avait pas moyen de fuir. Belon épaula vivement son arme et tira. Cette fois, il ne fut pas heureux; mais le taureau effrayé, s'enfuit pour ne plus revenir.

Cette vallée, qu'il avait supposé seulement un peu plus grande que celle de la baie des Français, était au contraire fort étendue. Un éperon détaché de la montagne lui en cachait plus de la moitié et c'est dans cette seconde moitié que le troupeau s'était réfugié.

— Ce n'est pas la peine d'aller plus loin pour cette fois, se dit-il, voici assez de gibier pour un jour; mais, il faut me dépêcher de prévenir Bertrand, ou s'il y a des chiens antartiques dans ces parages, ils ne seront pas longtemps à me le dévorer.

Il partit rapidement vers la maison. Il n'était encore qu'à moitié route, quand il distingua à la porte de la chaumière la vaste silhouette du Malouin qui braquait sur lui un objet long et brillant.

— Ah! ils ont sans doute découvert une longue vue marine. C'est heureux, je vais leur faire signe de venir me trouver.

Le taureau furieux était revenu sur ses pas, page 182.

Au bout de quelques minutes de gestes d'appel, il eut le plaisir de voir ses deux amis accourir.

— Avez-vous fait bonne chasse? demanda Bertrand.

— Oui, assez bonne, vous allez voir.

— Et où est-il votre gibier ?

— A un quart d'heure d'ici.

— Mais pourquoi ne l'apportez-vous pas? fit Bertrand en riant.

— Parce qu'il est trop lourd.

— C'est donc un bœuf?

— Quelque chose d'approchant.

— Ma foi, dit le Malouin, quand il fut en présence de la capture de son ami, je vous en fais mon compliment, nous avons pour le moins dix à douze jours de bonne viande et un pot-au-feu délicieux pour ce soir. En attendant, il faut transporter cela à la maison. Le diable est que nous n'avons pas de garde-manger de préparé.

Séance tenante, avec une grande habileté, Bertrand dépouilla la génisse et envoya chercher la hache par Yvon. Une heure après, transformés en garçons bouchers, le mousse et le Malouin remontaient vers la chaumière en pliant sous les quartiers de viande. Belon était resté garder le reste de peur des *dingos*, c'est ainsi que Bertrand appelait les chiens sauvages des Mâlouines, en souvenir des chiens sauvages d'Australie.

— Vous devez être fatigué, Belon, vous avez acquis maintenant le droit de vous reposer sur vos lauriers, dit Bertrand en rentrant à la maison avec la dernière charge de viande. Vous allez voir comment Yvon et moi, nous avons travaillé cette matinée.

La chaumière avait été nettoyée et balayée minutieusement. Les ustensiles de cuisine frottés les outils fourbis et les meubles reluisaient à miracle.

— Hein! que dites-vous de cela? demanda Bertrand très fier.

— Vous êtes deux précieuses ménagères. Jamais ménage n'a été mieux tenu.

Sur le lit du capitaine Huxley, une litière de mousse fraîche avait été disposée. Bertrand voulut en faire les honneurs à son ami.

— J'accepte à la condition qu'à tour de rôle chacun s'en servira jusqu'au moment où nous en aurons construit deux autres pareils.

— Ce soir, grâce à vous, nous allons goûter d'un excellent pot-au-feu, dit Bertrand.

— En attendant, je vais faire un tour dans le potager, j'y trouverai sans doute encore quelques légumes.

Le mot *potager* était bien ambitieux pour caractériser six carrés de terrain maigre, où végétaient quelques légumes dégénérés. Belon ramassa des oignons à peine gros comme le petit doigt, des raves filandreuses; mais tout à coup, il sursauta de joie : sous une couche d'herbes parasites, il découvrit des feuilles desséchées de pommes de terre. Avec des précautions infinies, il déterra quelques tubercules.

— Pauvre capitaine Huxley, il venait sans doute de les planter quand il est mort !

Rien ne peut dépeindre la joie de ses deux amis en le voyant revenir avec son mouchoir plein de ces précieux tubercules. Le gibier abattu depuis leur arrivée dans l'île ne leur avait pas causé une allégresse aussi grande. Le carré était assez vaste ; mais Belon déclara qu'il tenait essentiellement à garder une certaine quantité de récolte, pour planter au mois de novembre, c'est-à-dire au commencement du printemps austral.

Les deux journées suivantes, furent employées à boucaner la viande de bœuf. Bertrand émit l'idée d'accrocher les quartiers dans la cheminée, où ils se fumeraient à loisir, et Belon donna immédiatement son adhésion.

Derrière la cheminée, il y avait eut amoncellement de madriers, de vieilles planches, de poutrelles provenant sans doute de la carcasse de l'*Alexandra.* Bertrand choisit parmi ces matériaux les plus solides pour la confection de deux autres couchettes semblables à celle de feu le capitaine Huxley.

Le quatrième jour depuis leur arrivée dans la vallée, et le sixième depuis leur débarquement dans l'île était un dimanche. Belon rappela cette circonstance à ses amis, et leur proposa de sanctifier cette journée, en s'abstenant de travail. Une prière plus longue fut dite le matin ; et, avant le repas de midi, le savant lut quelques passages d'un petit évangile qui ne le quittait jamais. Bertrand, qui était loin d'être irréligieux, se sentit tout remué par cette manifestation de piété, et Yvon Carfor appela cela les offices du dimanche.

Il fut donc établi que dorénavant, on tiendrait un journal du temps et des événements de la semaine, et que chaque dimanche, à moins de force majeure, on s'abstiendrait de travailler.

Bertrand demanda au savant de le remplacer dans ses occupations de chasseur et de pourvoyeur de la communauté, ce que Belon lui accorda avec plaisir, car s'étant peu ménagé, sa santé plus délicate que celle de ses compagnons se ressentait beaucoup des fatigues.

Bertrand explora toute la vallée; mais ne découvrit pas le troupeau de bœufs chassé par Belon; sans doute le vieux taureau les avait conduits vers une autre partie de l'île. Il vit une demi-douzaine de chevaux gris foncé, trapus, à grosse tête, à peu près semblables à ceux des Pampas Argentines, mais il lui répugna de tirer un de ces animaux, d'ailleurs fort sauvages. En revanche, les porcs étaient assez nombreux, et il en tua deux jeunes d'un an. Ces bêtes étaient de taille assez élevée, mais presque tous maigres et efflanqués et leurs allures ressemblaient fort à celles des sangliers de nos pays.

Les lapins abondaient, pareils à ceux d'Europe, mais plus petits et plus roux. Il trouva aussi quelques grands terriers où gîtaient des familles de chiens sauvages. Comme gibier, ils ne valaient rien, mais Bertrand se promit d'utiliser leurs peaux pour les vêtements d'hiver.

Cette saison arrivait à grands pas.

Chaque jour la température se raffraichissait depuis leur arrivée dans cette vallée; il ne gelait pas, mais l'air était glacial. Un matin, Bertrand se leva avec l'idée de demander à Belon son consentement pour une expédition à la baie des Français, afin d'en rapporter les objets laissés sous la tente.

Le savant déclara qu'il ne voyait aucune objection

à faire ; mais il l'invita à se mettre en route le plus tôt possible, et le jour même Bertrand et Yvon partirent.

Une légère chute de neige avait blanchi la vallée. Le temps était calme, la mer de couleur plombée, presque pas houleuse.

Sous cette première poudre des frimas, Belon trouva à la vallée un aspect souverainement lugubre. En revenant de conduire ses amis, jusqu'au col de la montagne, il passa près des deux tombes anglaises.

— Pauvres gens, murmura-t-il. Ils ont été sans doute comme nous pleins d'espoir en l'avenir pendant un certain temps ; puis ne voyant rien venir à leur secours, nulle voile passer sur l'Océan, ils se sont installés ici comme s'ils y devaient passer le reste de leur vie. Peu à peu la désespérance a pénétré dans leur cœur. L'un d'eux est mort et le survivant s'est laissé aller à la dérive, ne trouvant pas la force de surmonter son accablement. Puisse-t-il n'être pas ainsi de nous !

Le savant rentra dans la cabane et ferma la porte. Le froid était vif. Le bois sec et la tourbe ne manquaient heureusement pas pour entretenir le feu. Il prit le livre de bord du capitaine Huxley et lut les passages suivants :

« 25 *octobre* 1860. — Voilà trois mois passés que Patrick et moi, nous sommes sur cette île. Que les commencements ont été durs ! Après avoir résidé un mois sous une tente où nous étions exposés aux intempéries de cet abominable climat, nous sommes parvenus à élever la cabane. Il faut avouer que Patrick est un habile charpentier, et que les bois de l'*Alexandra* ont été d'un grand secours. Sans ces précieux matériaux, dans cet affreux pays où les plus forts arbustes n'atteignent pas la grosseur du poing, nous en serions encore, réduits à la tente.

» Aujourd'hui, nous avons élevé le signal à la pointe du naufrage. Tout va bien. Nous sommes pleins de santé et de vigueur.

» 10 *décembre.* — Le printemps austral bat son plein. Les fougères, les mousses, les arbousiers, toutes les plantes de cette triste vallée reverdissent. Les phoques reviennent aussi en foule. Nous allons, Patrick et moi, défricher un petit espace de terrain pour semer quelques légumes, car il faut prévoir le moment où nos munitions manqueront. Patrick trouve une grande analogie entre ce pays et le sud de la Nouvelle-Zélande; moi pas, car cette île est infiniment plus froide et plus humide.

» 22 *mars* 1861.— Notre jardin n'a pas tenu ses promesses. Quelques raves mal venues, quelques promesses de pommes de terre grosses comme des noix et c'est tout. Nous venons de creuser des fosses pour prendre de gros animaux. Rien, toujours rien à la mer. Neuf mois bientôt que nous sommes ici, c'est bien long.

» 4 *avril* 1861. — Les poissons et les coquillages abondent près de la pointe du signal. Nous en pêchons de grandes quantités.

» 17 *mai.* — Voilà l'hiver revenu avec tempêtes de pluie et de neige. Nous avons encore quelques conserves de l'*Augusta,* mais pas pour longtemps. Depuis un mois, nous ne chassons plus, notre poudre est tellement réduite! Nos pièges ne prennent que de rares animaux. Notre nourriture ne se compose plus que de coquillages. Mon Dieu, prenez-nous en pitié!

» 25 *mai* 1861. — Il fait un temps horrible, une tempête à chavirer tout. La mer est blanche d'écume. La pluie se glisse partout. Nous en sommes réduits à rester couché presque toute la journée faute de bois pour continuer notre feu.

» 30 *août*. — Patrick vient d'avoir l'idée de construire un canot pour passer dans Eastern-Falkland; il prétend qu'à la pointe sud-est de cette île, il y a une colonie anglaise en formation, qu'on appelle Stanley. Béni soit le Seigneur, s'il peut mettre son idée à exécution. »

Belon en était là de sa lecture. Ce passage attira vivement son attention. Cette colonie anglaise des Malouines était à peu près ignorée du monde entier. Il se rappela alors en avoir vu une vague mention dans une revue géographique, deux ans auparavant, mais ce souvenir s'était totalement effacé de son esprit. A quelle distance Westeru-Falkland pouvait-elle être de l'île de l'Est? Il n'avait que sa mémoire comme guide : peut-être douze à quinze lieues. Une sorte de canal étroit ou des courants redoutables rendaient l'accès des côtes très pénible séparait les deux îles principales de l'archipel. Il poursuivit sa lecture. Pourquoi donc ces Anglais n'étaient-ils pas sortis de leur vallée?

« 10 *octobre* 1861. — L'hiver dure toujours. Cependant Patrick a commencé la construction de l'embarcation. Elle mesure onze pieds de long sur trois et demi de large. Nos planches de l'*Augusta* me paraissent offrir une solidité douteuse. Cependant, Patrick me vante sa légèreté et sa solidité.

» 19 *novembre* 1861. — Ah! quel horrible malheur,
et comme j'avais raison de ne pas me fier à la solidité
de l'embarcation! Elle venait d'être finie. Patrick me
proposa de l'essayer. Avec sa voile et son gouvernail,
elle avait fort bon air. Nous tirâmes quelques bordées
dans la baie. Tout allait bien, quand Patrick voyant
sur des roches près du signal, une troupe de grands
phoques, dits lion de mer, vouler en tuer un pour renouveler notre provision de viande et d'huile. »

Je lui fis l'observation, qu'il serait peut-être dangereux d'exciter d'aussi grands animaux contre une
frêle barque comme la nôtre. Il ne tint aucun compte
de mes remontrances et tira un coup de fusil contre
le plus gros de la bande et le blessa. Au lieu de fuire,
comme nous le croyions, l'énorme bête poussa un
rugissement terrible et s'élança sur la barque suivie
de toute la troupe. A coups d'avirons, nous essayâmes
de les repousser, mais l'un d'eux saisissant le bordage le creva avec ses puissantes mâchoires, et nous
fûmes précipités à l'eau... Ce qu'il se passa ensuite,
je ne m'en souviens plus. Par un vrai miracle, je fus
jeté sur la grève par le flot et j'errai quelques heures
à moitié fou de douleur, appelant Patrick. Mais, il
avait disparu, noyé ou tué par les lions de mer. Depuis, me voilà seul, seul mon Dieu sur ce rocher! »

Belon lut encore quelques pages du journal de plus
en plus désespérées.

Huxley retrouve le corps du second et l'enterre.
Puis plus loin : « Un jour le capitaine Huxley étant
allé chasser des pingouins fort nombreux, tombe sur
des rochers et se blesse grièvement un pied. Il revient
à la chaumière, mais sa blessure loin de guérir en-
venime.

» 3 *janvier* 1862.— Le temps est superbe. Il fait presque beau soleil. Mais je ne puis sortir. C'est à peine, si je me traîne jusqu'à ma fontaine pour puiser de l'eau. Mon Dieu, vais-je aussi mourir !

» 7 *janvier* 1862. — Je n'ai plus de bois, plus rien à manger. Je vais essayer de sortir pour tuer quelque gibier. Ma jambe est enflée et noire ; mon pied n'est plus qu'une plaie. Allons, quand même !

» 8 *janvier*. — Hier, j'ai tué un lapin près du pont. J'ai mis une heure pour revenir à la maison, où je me suis évanoui de douleur. Mon Dieu, aidez-moi. Secourez-moi !

» 10 *janvier*. — Je ne peux plus bouger. Hier, j'ai voulu ranger une dernière fois la cabane qui était d'une saleté révoltante. Ce travail m'a exténué.

» 15 *janvier*. — Je suis un peu mieux. J'ai bu quelques gorgées de rhum, et j'ai eu la force de me faire du bouillon avec un morceau de phoque fumé.

» 16 *janvier*. — Le mieux n'a pas continué. Je vais me recoucher. Je vais fermer mon journal, car j'ai le pressentiment que ce sont mes dernières lignes. Que Dieu ait pitié de moi ! »

C'était la dernière note du journal.

— Quelle agonie, pensa Belon en fermant le livre de bord ! Et dire que le même sort pourrait nous arriver ! Allons, du courage, dit-il à haute voix. Dieu aidant, nous sortirons d'ici.

Désireux de se rendre utile, il alla vers la grève. Les trois amis n'avaient guère eu le temps de la visiter. C'était comme celle de la baie des Français, un long croissant de sable fin. En ce moment, la mer était presque calme et les vagues venaient mourir

13

lentement sur le sable. Des morceaux de bois flottés provenant de la Terre de Feu et de la Patagonie, se trouvaient accumulés en grand nombre dans des anfractuosités. Belon en charria une certaine quantité hors de l'atteinte des flots.

Quelques phoques, de l'espèce des lions de mer, c'est-à-dire des géants, étaient allongés sur des rochers. A la vue du naufragé, ils poussèrent une sorte d'aboiement, et plongèrent dans la mer. Des pingouins, des manchots des *gorfous* énormes se tenaient droits comme des soldats à la parade, le regardant stupidement. Il en assomma deux et les mit de côté. Si leur chair est loin d'être agréable, leur graisse fondue fournit une huile excellente pour l'éclairage, et le savant aimait à ne pas passer ses soirées dans l'obscurité.

Plus loin, sur des écueils baignés à marée haute, il découvrit des moules, des pétoncles, des patelles en grande quantité et des huîtres très larges, pareilles à celles des îles du Pacifique. Il en détacha une certaine quantité pour son souper, et revint à la chaumière.

Il trouva d'abord un certain plaisir dans sa solitude, car il pouvait profiter de l'absence de ses compagnons pour rédiger ses notes de voyage et de naufrage, chose qu'il n'avait pu faire depuis l'abandon du *Jason*.

Avec de la suie délayée dans de l'eau tiède, il essaya de composer de l'encre, car celle de l'encrier de Huxley était entièrement desséchée. D'une penne d'albatros, il fit une plume géante, il est vrai; mais dont il ne fut pas médiocrement fier.

Il s'occupa aussi de la bibliothèque. Ce mot est bien ambitieux pour désigner une vieille bible, un livre des Evangiles qu'il portait sur lui au moment du naufrage du *Jason*, quatre volumes de romans anglais dépareillés et deux autres spéciaux à la navigation, laissés par le capitaine Huxley ; mais enfin, c'était toujours quelque chose. Pour se distraire, il commença sur une main de papier fort, jauni par l'humidité, une description de la faune et de la flore des îles Malouines.

Le temps passa vite et quand il vit onze heures à sa montre, il se coucha et s'endormit très content de sa journée.

Les trois jours suivants, la neige tomba sans interruption, cela le mit dans une grande inquiétude relativement à ses amis ; mais, il se tranquillisa un peu en pensant à la force et à l'adresse des deux Bretons.

Ils avaient promis d'être de retour au plus tard dans la matinée du cinquième jour. Belon alla à leur rencontre jusqu'à l'ouverture du col de la Montagne ; mais, ses craintes devinrent fort vives, à l'aspect des pentes toute couvertes de neige. Sous ce blanc manteau, les rochers, les excavations, les fentes, les crevasses disparaissaient. Il tomba deux ou trois fois, heureusement sans se blesser, en revenant à la chaumière.

Le cinquième jour se passa sans l'arrivée de ses compagnons, le sixième aussi. Dès lors, il ne vécut plus. Chaque matin, il errait comme une âme en peine à travers la vallée.

La neige fondit le septième jour et fut remplacée par la pluie et le vent. Tous les matins, maintenant, Belon, dès que le jour se levait — et il se levait assez tard, — sortait de la chaumière et courait grimper sur une petite colline derrière la maison, d'où l'on découvrait toute la vallée et l'entrée des défilés. Mais ses regards se plongeaient vainement sur ces montagnes arides ; il ne découvrait que de maigres bruyères roussies par le froid, et ses oreilles ne percevaient que le sifflement du vent et le fracas de la mer.

Tout à coup, une pensée terrible traversa son esprit. Sans doute, Achille Bertrand et Yvon Carfor, n'avaient pas voulu abandonner le canot et s'étaient embarqués dans la baie des Français pour revenir par mer. Surpris par une des tempêtes des jours précédents, ils avaient péri, soit qu'ils eussent sombrés en pleine mer, soit qu'ils se fussent broyés contre les falaises.

Ce soir-là, sa pensée erra vague et lamentable dans un chaos d'amère tristesse ; et, dans sa douleur, il ne s'apercevait même pas que son foyer s'éteignait.

Tous deux allaient rapidement, page 198.

CHAPITRE XIV

Cette année-là, 1863, l'hiver fut particulièrement dur dans les contrées australes où les plus beaux mois sont novembre, décembre, janvier et février, qui représentent le printemps et l'été; mars avril et mai y sont l'automne; juin, juillet, août, septembre octobre et une partie de novembre tiennent la place de nos mois d'hiver.

On ne peut pas dire que dans ces régions, le froid soit rigoureux. Mais la continuité des jours de pluie et de vent est souvent très longue et si la neige tombe, elle est quelquefois plusieurs jours à couvrir la terre.

Achille Bertrand et Yves Carfor étaient partis fort joyeux pour la baie des Français. Le petit mobilier laissé sous la tente du premier campement les intéressait beaucoup, et ils n'étaient pas fâchés de le rapporter à la chaumière. En outre Bertrand, sans en avoir prévenu Belon, nourrissait le secret dessein de revenir par le canot en suivant les côtes de l'île. A ce sujet, il avait emporté sa boussole.

Ils étaient équipés de façon à pouvoir chasser, car Bertrand avait pris un fusil et une provision de poudre et de balles, et Yvon s'était chargé d'un revolver et d'un coutelas. Ils n'avaient pas non plus oublié la fameuse marmite remplie de cendres et de braises rouges, pour allumer du feu en route.

Ils montèrent jusqu'au Col, accompagnés de Belon. Là, on se sépara et la traversée du défilé commença. Ce passage était encore plus triste que la première fois. Sous la lumière terne de ce jour d'hiver, les montagnes avaient un aspect farouche; les teintes noires des murailles de schiste, et le gris plombé des éboulis de rocs granitiques ressortaient plus sombres sous les trainées d'un blanc éclatant des coulées de neige, dont les creux étaient remplis. Des oiseaux de proie, aigles et vautours, passaient en sifflant au-dessus de leurs têtes, et le peu de végétation qu'ils avaient trouvée quelques jours auparavant semblait détruite.

— En vérité, dit Bertrand, on dirait que nous marchons à travers un cimetière.

Yvon se serrait contre lui, pris de crainte, lorsque d'énormes avalanches s'effondraient des hauteurs. Tous deux allaient aussi rapidement que possible dans ce dédale de rocs éboulés, rasant les falaises et se garant contre les pierres qui tombaient entrainées par le vent.

Il faisait très froid, et sous leurs vêtements déchirés, transis par la pluie glacée, ils grelottaient.

Enfin, ils sortirent du défilé et commencèrent à descendre. Ce n'était pas chose facile que cette descente par ces pentes si raides où la neige recouvrait des trous et des crevasses. Un bâton à la main, ils s'aidaient mutuellement et faisaient peu de chemin.

La vallée leur apparut toute blanche, la mer semblait noire à côté de cette blancheur. Au loin, un grand objet gris, se balançait au gré des vents.

— Ah! voilà notre tente, s'écria le Malouin. La voile m'a l'air d'avoir été joliment dérangée et je doute fort que nous trouvions nos bagages en bon état.

Sur les petits lacs de la plaine, ils ne virent aucun des nombreux palmipèdes qui s'y ébattaient quelques jours auparavant; et les bords de la mer étaient aussi déserts que la terre ferme.

Eh bien! Yvon, nous n'avons pas eu tort de nous rendre dans l'autre vallée, car ici, nous ne trouverions pas grand'chose à l'heure qu'il est.

Bertrand se trompait; descendus plus bas, ils virent une petite bande de porcs sauvages poursuivis par une douzaine de chiens de Magellan.

— Voilà des chasseurs qui chassent pour nous, dit le Malouin à son compagnon. Faisons vite un détour; et, si nous arrivons à nous poster dans ce massif de bruyères, nous pourrons peut-être en tuer un au passage.

La dernière pente descendue en courant, ils prirent position dans les bruyères, assez hautes en cet endroit, et ils virent avec plaisir les chiens pousser devant eux le gibier.

Les porcs ou les sangliers, comme les appelait

Achille Bertrand, piquèrent droit dans les bruyères et
Bertrand tira dans le tas. Il eut la chance d'abattre un
jeune marcassin. Le reste de la troupe s'enfuit en
déroute, dans un concert de grognements.

Au moment où Achille voulut relever sa victime,
quatre ou cinq chiens l'entourèrent. Le chasseur les
menaça de son fusil ; mais ils étaient sans doute trop
affamés pour avoir peur, car l'un d'eux fit un bond
menaçant. Heureusement, Yvon lui tira un coup de
revolver qui lui traversa la tête. Les autres, décon-
certés, s'éloignèrent, Achille et le mousse en profitè-
rent pour prendre les meilleurs morceaux de leur
gibier.

— Dites donc, monsieur Bertrand, allons-nous
laisser ce loup sans prendre sa fourrure, m'est avis que
cela vous ferait un solide paletot.

— Tu n'as pas tort, petit. Heureusement, le bateau
est là. Nous pourrons le charger avec le reste des
bagages.

Incontinent, il dépouilla l'animal de sa fourrure
qui était fort belle, comme le sont généralement les
pelleteries en hiver, et très chargés de ce surcroit de
bagages, ils arrivèrent à la tente.

On se rappelle que Bertrand avait suspendu au
haut du mât qui supportait la voile disposée en
toiture, en prévision d'un très prochain retour, un
restant de viande. Les loups, attirés par l'odeur du
lard, s'étaient rassemblés de tous les points de la
vallée ; mais la viande était placée à plus de sept pieds
de hauteur, et pour y atteindre, il fallait à ces animaux
exécuter des bonds surprenants. Il est probable que
le plus agile de la bande avait fini par attraper la

corde qui soutenait la pièce de lard. D'autres étaient venus à la curée, si bien que tous, tirant à qui mieux mieux, le mât dérangé de son équilibre avait chaviré, entraînant la toile et les avirons à sa suite.

Aussi, au retour des naufragés, la voile était-elle étalée par terre, un bout relevé par un buisson voisin; et c'était le vent, en s'engouffrant sous la toile, qui la faisait vaciller comme un grand oiseau blessé.

— Nous arrivons à temps, dit Bertrand, regarde, Yvon, le feu brûle encore, et quelques heures de plus, il aurait incendié la toile.

En effet, le feu soufflé par un vent continuel avait cheminé tout doucement dans cette couche épaisse de tourbe qui formait le sol de la vallée.

— Et notre reste de viande, demanda Yvon.

— Mon pauvre garçon, elle est mangée depuis longtemps, tu penses bien que les loups n'en auront pas laissé une miette, une fois la tente à terre.

Ils se mirent à l'œuvre pour relever la toile et furent très étonnés de voir un énorme loup assommé par le mât, comme par un trébuchet.

— Ah! ah! voilà un des voleurs de pris. Cela nous fera deux fourrures, et voici la troisième, en comptant le premier tué par l'ami Belon. Allons, nous pourrons nous permettre le luxe d'un pardessus chacun.

Avec leur gymnastique effrénée pour atteindre la venaison, les animaux carnassiers n'avaient pas été sans mettre à mal une partie des objets restés sous la tente. La pendule sauvée par le malheureux Pitter paraissait en fort mauvais état.

— Voilà un objet parfaitement inutile, puisque

Belon et moi, nous possédons d'excellentes montres. Nous allons donc le laisser.

La malle de Belon avait été culbutée; mais, bien fermée à clef, elle n'avait que peu souffert. Quant aux couvertures qu'ils n'avaient pu emporter dans leur voyage d'exploration, elles étaient salies et déchirées.

— C'est réparable, pensa le Malouin, après un examen succinct du mobilier. La voile a quelques trous, c'est vrai; mais le mât et les avirons n'ont pas été brisés, c'est l'essentiel. Yvon, ramine le feu et fais nous cuire quelques tranches de notre gibier, pendant que je repriserai la voile. Et le canot? je n'y pensais plus. Attends-moi.

La distance jusqu'à la grève n'était pas longue. Il fut bientôt en face de l'embarcation.

Par habitude, il examina la mer complètement déserte d'ailleurs. Quelques manchots se tenaient philosophiquement alignés sur les roches. Bertrand les laissa tranquille et examina le canot. Il était en fort bon état. Ce n'était pas l'ardeur du soleil qui eut pu en disjoindre les planches.

Le soir, les deux amis redressèrent leur tente, soupèrent tranquillement, et se couchèrent avec une parfaite quiétude, enveloppés dans leurs couvertures reprisées ainsi que la voile, par l'industrieux Malouin, qui comptant sur quelque avarie, avait apporté une aiguille de voilier et du gros fil ciré trouvé dans l'un des coffres des Anglais.

Cette vie d'aventures et de périls était fort du goût de Bertrand, et Yvon s'y habituait avec une rapidité merveilleuse.

— Si j'avais une pipe et du tabac, tout serait pour le mieux dans le meilleur des mondes, disait Bertrand en s'endormant.

Le lendemain, la neige tombait et le froid était assez vif ; Bertrand laissa son jeune ami préparer le déjeuner et se borna à faire un tour sur la grève.

Elle était complètement déserte, ni phoques, ni manchots, ni pingouins ne paraissaient. Il découvrit des huitres sur un rocher à mer basse et en rapporta quelques-douzaines. Ce fut un régal pour les deux naufragés.

Vers le soir, il y eut une accalmie dans la chute de neige. Bertrand et Yvon discutèrent le retour.

— Vois-tu, mon petit, dit le premier, nous ne pouvons abandonner le canot. Si d'un côté, il nous est fort utile pour pêcher, et même pour quitter l'île si un jour nous nous y ennuyons trop ; d'un autre, il est urgent pour nous de passer la mauvaise saison dans la chaumière de la vallée du Nord. Or, comme nous ne pouvons l'emporter sur notre dos, pour passer les montagnes. C'est lui qui nous portera jusqu'à la chaumière.

— Quoi, vous croyez, monsieur Bertrand, atteindre par mer l'autre grève !

— Imbécile ! puisque nous sommes dans une île en en faisant le tour, nous sommes sûrs d'arriver.

— Oui, c'est vrai. Pardonnez-moi, monsieur Bertrand, je ne dis que des bêtises.

— En outre, j'ai soigneusement relevé la position de la baie des Anglais. Elle est au nord-est de cette pointe-là.

Et Bertrand montra l'une des extrémités des falaises qui formaient la baie.

— En admettant qu'il y ait dix ou douze lieues de distance, reprit-il, c'est tout au plus deux jours de navigation.

Bertrand se trompait fortement : certes, les deux vallées étaient accolées l'une à l'autre par un nœud montagneux. Du même point central, partaient aussi trois ou quatre autres vallées, qui allaient toutes s'évasant comme les deux qu'il connaissait, vers la mer et le pourtour des côtes était bien plus étendu qu'il ne le croyait.

— Quand partirons-nous? demanda Yvon.

— Demain, si le vent n'est pas trop fort.

Le jour suivant, au matin, le ciel était toujours gris, mais il ne neigeait pas. La marée montait; et, suivant l'estimation de Bertrand, devait être pleine vers midi. Ils préparèrent donc sans retard leur embarcation.

Ils transportèrent le mât, la voile, les avirons sur la grève, mirent les provisions et les bagages dans le canot, du feu dans la marmite, embarquèrent aussi un peu de bois à demi-sec, de l'eau douce dans un des barils de salaison, vidé et nettoyé, et partirent.

Il régnait en ce moment une assez forte brise de sud-ouest. Par prudence, Bertrand ne mit que peu de toile au vent.

— Ça va bien, dit-il. Ce soir nous serons arrivés.

— Oui, si le vent ne change pas, répondit Yvon, qui regardait le ciel s'assombrissant.

Bertrand eut un moment d'inquiétude.

— Cela passera, dit-il.

Cela ne passa pas. Bien plus, la neige se prit encore à tomber et après deux heures, ils furent dans une demi obscurité, sur une mer devenue tout à fait houleuse.

Bertrand fut saisi d'une grande inquiétude. La situation, en effet, était des plus critiques.

Tout à coup, Yvon qui avait des yeux parfaits, murmura avec un accent de terreur.

— Ah ! mon Dieu ! regardez cette masse noire là bas à vingt brasses devant nous ! Serait-ce un navire ?

Bertrand se leva, sans quitter son gouvernail. La masse noire avait disparu.

— Tu t'es trompé, dit-il au mousse ; je ne vois rien.

— Mais si, je vous l'assure. Il y en a deux, trois, quatre. Oh ! mais regardez donc. Qu'est-ce que cette eau qui sort d'elle et retombe comme un jet.

— Ah ! diable, je vois maintenant, nous sommes au milieu d'un troupeau de baleines !

Yvon était pâle : c'était la première fois qu'il rencontrait ces monstres ; quant à Bertrand il était loin d'être rassuré.

Un coup de queue de ces géants, ou seulement que l'un passant sous le canot se soulevât un peu hors de l'eau, et c'était fini !

Mais elles ne semblaient pas se soucier de cet atôme qui glissait sur l'eau, près d'elle. Elles jouaient, les plus grandes nageant paresseusement, leur dos, comme une colline à moitié sorti de la mer, rejetant par leurs évents d'énormes jets d'eau, les plus petites batifolant et se poursuivant dans un jaillissement d'écume sous le battement de leur queue.

Au lieu de s'éloigner, elles s'approchaient.

Bertrand crispa ses mains sur la barre et dit à Yvon tout bas :

— Yvon, regarde-moi bien et écoute : c'est ton salut, soit prêt à exécuter sans perdre une seconde, tous mes commandements pour la voile, tu entends? Mais ne dis rien, reste calme, nous nous en tirerons.

Il y eut de durs moments à passer. Bertrand sentait tout son sang se glacer. Par expérience, il connaissait la force de ces lourdes bêtes, qui d'un coup de queue chavirent et broient une grande baleinière.

On entendait leur grand souffle, et le bruit des jets d'eau qu'elles faisaient en nageant. Mais soit qu'elles eussent senti des hommes, soit tout autre cause, elles s'écartèrent un peu du canot; et emportés par leur voile gonflée, rasant les flots avec rapidité, les deux hommes s'éloignèrent de cet endroit périlleux.

Cet épisode de leur odyssée, avait duré cinq minutes au plus, mais Bertrand dit plus tard que ces cinq minutes étaient les plus terribles de son existence.

Quand les voyageurs se retournèrent, de vagues silhouettes grises disparaissaient dans la brume qui allait en s'épaississant. Mais, ce danger n'était pas le seul, car avec l'obscurité Bertrand ne savait où il était et pendant une heure, il regretta amèrement ce départ imprudent.

Un moment, il crut entendre la mer déferler sur la côte. Il diminua sa voilure, et bientôt Yvon aperçut une suite de hautes falaises inaccessibles; puis, il vit comme une cassure dans la falaise; et une ouverture, port, grève ou simple crique s'étala devant eux.

— Hé! demanda Bertrand, si nous tentions d'accoster par ici. Qu'en dis-tu, petit?

— Comme vous voudrez, monsieur Bertrand, s'il n'y a pas trop de rochers, ça pourra bien se faire.

— Alors, amène la voile, nous irons en douceur; prends un aviron.

Le mousse obéit. Le vent était un peu tombé, mais l'obscurité était à peu près complète. Avec cette divination des yeux et de l'oreille qui fait le vrai marin, Yvon signalait de loin les rochers; et Bertrand presqu'aussi bien doué que son compagnon, maniait le gouvernail avec habileté.

— Vois, s'il y a du fond, dit tout à coup le Malouin.

— Avec la gaffe, Yvon sonda; il trouva quatre à cinq pieds d'eau.

— Roche ou sable?

— On dirait du sable.

— C'est bon pousse, en avant.

Les deux hommes poussèrent, s'aidant de la gaffe et d'un aviron. Le fond diminuait insensiblement.

— Prenez garde, cria soudain Yvon, on dirait des rochers à bâbord.

De grosses masses noires s'entrevoyaient dans l'obscurité, mais à la grande terreur d'Yvon, elles remuèrent, poussèrent des beuglements et firent un plongeons dans la mer. D'autres beuglements s'entendirent de tous côtés.

— Bon, dit le Malouin. Ce ne sont pas des baleines, mais des lions de mer. Ça va être amusant s'ils s'avisent de vouloir nous serrer de trop près.

Yvon était de plus en plus terrifié. Mais, il reprit un peu courage en entendant les beuglements s'éloigner. Enfin, la barque râcla le fond de sable et Bertrand dit au jeune garçon :

— Yvon, prends ma place. Je vais sauter sur la grève ; mais avant, allume le fanal qui est garni d'huile.

Dans un des coffres de la cabane des Anglais, ils avaient découvert un paquet d'allumettes soufrées. Leur premier soin avait été de les faire sécher, et ayant perdu leur humidité, elles étaient redevenues très bonnes. En outre, ils avaient emporté la lanterne trouvée près du corps du capitaine Huxley. Yvon plongea une de ses allumettes soufrée dans la marmite pleine de braise et alluma le fanal.

Il pouvait être trois heures du soir à peine. Ce n'était pas tout à fait la nuit, mais une sorte de crépuscule bien assombri par la brume. La neige tombait toujours.

La lanterne donnait une pauvre lueur, mais enfin une lumière suffisante pour bien voir à quelques mètres en avant. Bertrand prit l'amarre du bateau d'une main et se laissa glisser à l'eau.

La mer était froide, mais le brave Malouin était endurci à toutes les intempéries. Il marcha donc bravement, tirant le bateau tant qu'il put.

Quand le canot ne put plus avancer avec le mouvement combiné de la gaffe d'Yvon et la traction de Bertrand, ce dernier s'arrêta et demanda le fanal.

— Pardieu ! voici un singulier endroit. On dirait un vrai puits fendu dans toute sa longueur. Je serais curieux de voir cela au jour ; mais d'abord il faut savoir jusqu'où la mer monte ici, pour ne pas être pris par elle pendant la nuit.

Il partit en avant avec le fanal, inspectant les rochers. La grève était très plate; la mer montait presqu'au pied des falaises.

— Voilà une découverte qui ne fait pas notre affaire. Tiens! qu'est-ce que cela?

Il venait de buter contre une assez grosse pièce de bois ronde : un débris de vergue ou de boute-dehors de beaupré.

— Yvon, passe-moi la hache du canot. J'ai trouvé un excellent rouleau, je vais le partager en deux; et avec cela nous roulerons la baleinière jusqu'à la falaise. Ici, il faut se défier de la mer.

Il ne fut pas long à couper le mâtereau qui était gros comme la cuisse d'un homme; et, avec l'aide de cet appoint précieux, ils roulèrent facilement jusqu'au haut de la grève leur canot assez léger d'ailleurs.

Le seul obstacle était un encombrement de bois flotté de toutes sortes : troncs d'arbres, débris et épaves de navires. Tout en haut, jusqu'à toucher les falaises, ils distinguèrent une masse assez semblable à une carcasse de cétacé ou à celle d'un petit bateau dont il ne resterait que les membrures.

— Encore un détail à examiner, dit Bertrand Yvon, tu vas tout à l'heure allumer une flambée monstre, car le bois ne manque pas ici.

Yvon, qui n'était guère rassuré sur cette grève mystérieuse, s'empressa de prendre les tisons et avec le menu bois apporté du port des Français, il alluma le feu qu'il convertit bientôt en un vrai bûcher de la Saint-Jean, en y amoncelant une énorme quantité de bois.

14

Jamais cette anse, depuis des siècles, n'avait été
si bien éclairée peut-être; et les deux amis se crurent transportés dans un monde fantastique.

A la rouge lueur du brasier, les falaises se dessinè-
rent toutes noires, droites comme des murs, mais
comme des murs de trois cents pieds de haut. La
comparaison de Bertrand ne manquait pas d'une
certaine justesse : c'était un vrai cirque, un puits
fendu du haut en bas. Presque ronde, la grève n'avait
sur la mer qu'une étroite ouverture : cent mètres au
plus, et les jours de tempête ce devait être un spectacle terrible que de voir les lames furieuses forçant
cette porte ressérée.

Bertrand examina attentivement le pied des falaises. A peu près verticales, elles n'offraient que d'é-
troites saillies distribuées inégalement à des hauteurs
diverses, et un grouillement d'objets blancs bruns
gris ou noirs. Des claquements de becs, des froisse-
ments d'ailes, des sifflements lui apprirent que toute
une population d'oiseaux les habitait. Le feu augmentant d'intensité à chaque minute, car Yvon ne
cessait d'y jeter du bois. Cette multitude d'oiseaux,
troublée par la lueur des flammes et les pétillements
des bois résineux, se mit à voltiger avec des clameurs
effrayantes. Bien plus, de tous les coins, de toutes les
anfractuosités, s'ébranlèrent des masses noires,
fuyant vers la mer, en poussant de sourds grondements. Deux ou trois faillirent culbuter le Malouin
dans leur marche.

— Ah! ah! voilà les locataires dérangés! s'écria
Achille.

Cinq minutes après, la grève ne contenait plus un

seul des centaines de lions de mer qui chaque soir venaient s'y reposer.

— Allons, Yvon, il faut souper mon garçon; est-ce que les baleines et les lions de mer t'ont ôté l'appétit?

— Non, monsieur Bertrand, surtout maintenant qu'ils sont partis.

— Eh bien! veux-tu être tranquille toute la nuit? J'ai une idée : Puisque le bois ne coûte ici que la peine de le prendre, allumons un cercle de feu autour de nous. Cela aura le double avantage de nous chauffer, ce qui n'est pas de trop à cette heure, et d'empêcher le retour des phoques.

Yvon ne se fit pas répéter deux fois ce conseil; et, une heure après, les deux amis soupaient tranquillement entourés de cinq feux.

Il faisait une chaleur presque suffocante sur cette étroite grève, Achille et son mousse eurent la singulière sensation d'avoir trop chaud bien que la neige tombât sur eux à gros flacons.

— Voilà un fameux éclairage, dit Yvon à Bertrand.

— Et qui doit bien étonner les navires qui passent en mer près de cette île, si toutefois, il en passe, dit ce dernier en soupirant.

Leur repas terminé, Achille retira de la barque les trois fourrures de chiens sauvages et les étendit par terre, le poil en dessus; il prit comme matelas les couvertures et se couvrit de la voile en guise d'édredon. Il avait eu la précaution de poser à sa portée son fusil chargé et son coutelas dégainé. Yvon Carfor, se glissa près de lui, mais ne s'endormit pas tout de suite comme Bertrand, car les cris des oiseaux et les grondements irrités des lions de mer le tinrent éveillé jusque près de minuit.

Enfin, brisé de fatigue, il se laissa aller au sommeil contre lequel il luttait depuis quelques heures. Les bûchers s'amoindrirent peu à peu et devinrent des monceaux de braises rouges; les oiseaux regagnèrent leurs abris, et un grand silence, troublé seulement par le bruit du vent et le frémissement des flots sur le sable, envahit cette plage mystérieuse.

Bertrand jetait des poignées de pièces d'or, page 223.

CHAPITRE XV

Au petit jour, Bertrand fut réveillé par un sentiment de froid et de pesanteur sur tout le corps. Il
n'eut pas de peine à se rendre compte de l'origine de
ce poids inusité. La neige qui n'avait cessé de tomber
toute la nuit, couvrait entièrement la toile à voile,
et fondant lentement les baignait d'une humidité
glacée.

— Hum! voilà un réveil peu agréable. Tiens! et
Yvon qui dort. Il peut se vanter d'avoir le sommeil
dur celui-là.

Il secoua le mousse et se coula hors de ce blanc
linceul. Yvon fut aussi vite sur pied que lui; mais
tous les deux étaient trempés.

— Diable, mon garçon tâche de refaire du feu, cette
fois pour nous sécher, car il nous serait facile dans

l'état où nous sommes de pincer du mal ; et tu sais, le docteur Belon n'est pas là pour nous soigner.

Avec beaucoup de peine, les deux hommes réussirent à rallumer le feu ; mais dès que les flammes s'élevèrent, ils firent sécher alternativement chaque partie de leurs vêtements. Courant sur le sable pour ne point attraper froid ; puis, comme ils s'étaient munis de viande de bœuf, Yvon fit du bouillon et ce potage primitif, acheva de leur rendre leur chaleur naturelle. Ni l'un, ni l'autre n'étaient douillets. Souvent le mousse avait passé des nuits plus mauvaises à la pêche en Bretagne, et Bertrand aurait été fort embarrassé de dire le nombre de fois où il avait couché dans de pires conditions.

Vers neuf heures, ils étaient prêts à partir. Mais avant de rejoindre leur canot, Bertrand voulut une dernière fois examiner en détail l'étrange lieu où le hasard les avait jetés.

Sous la clarté assez terne de ce matin d'hiver, les falaises étaient comme grandies, et leur cime disparaissait sous une épaisse couche de neige. Des files de grands manchots alignés aux étages inférieurs, contemplaient stupidement les nouveaux venus. Plus haut, des labbes, des cormorans, des mouettes s'agitaient avec leurs piaillements habituels. Les lions de mer réunis sur les écueils, à l'entrée de la plage, se livraient à toutes sortes d'ébats bruyants, poursuivant les poissons entre deux eaux, se battant et vociférant avec des cris de ruminants. Mais, ils se tenaient à distance des nouveaux venus, et aucun n'eut l'envie de prendre pied sur la grève, ce qui est une façon de parler assez peu exacte, car ces animaux se traînent lourdement à terre sur leurs pattes, en forme de nageoires.

— J'ai vu beaucoup de choses dans mes courses à travers le monde, dit Achille, mais je déclare que je ne connais aucun endroit aussi curieux.

Yvon trouva ce crique encore plus sauvage que curieux ; et deux grandes ouvertures, des entrées de grottes sans doute, qui trouaient le pied de la falaise, ne lui inspiraient pas une médiocre crainte. A chaque instant, il s'attendait à voir sortir des monstres de ces noires cavernes.

Bertrand, piqué par une curiosité assez inexplicable, s'apprêtait à les visiter, quand Yvon avec des yeux terrifiés, le prit par le bras en suppliant :

— Non, non, vous n'entrerez pas là ! Vous allez tomber dans un précipice ou être dévoré par une de ces abominables bêtes Non ! non ! vous n'entrerez pas !

— Laisses-moi tranquille poltron, riposta le Malouin. Il faut que j'explore ces trous. Donne-moi la lanterne et reste-là, puisque la peur te trouble la cervelle.

Sa lanterne d'une main, son revolver de l'autre, Achille entra bravement dans la première grotte. Elle était peu profonde : vingt-cinq à trente pas à peine, et allait en s'abaissant jusqu'à terre.

Le sol était de sable fin et portait les empreintes de nombreux lions de mer. La seconde, beaucoup plus spacieuse, s'étendait fort loin ; et Achille ne crut pas prudent de s'avancer au-delà de vingt mètres. En revenant sur ses pas, il vit par terre un morceau de fer rouillé, ayant la vague forme d'un poignard. Plus loin, dans un creux de la muraille, il découvrit deux autres armes rongées par le temps, avec poignées ouvragées où il reconnut de vieilles épées.

— C'est assez singulier, se disait-il, que des hommes aient choisi cette grotte pour demeure, car dans les tempêtes d'équinoxe, le flot doit monter presqu'à l'entrée.

Il s'attachait à deviner qui pouvaient avoir été les propriétaires de ces armes, lorsque la lumière de sa lanterne tomba sur des caractères gravés profondément dans le rocher. Il s'approcha et lut :

PEDRO VASQUEZ

1605

— Que diable les Espagnols ont-ils pu faire par ici? se demanda-t-il.

Et tout à coup, il se souvint de la vieille carcasse de bateau entrevue la veille. C'était probablement le reste du galion monté par ce Pedro Vasquez, qui avait fait naufrage dans cette crique inconnue, et l'équipage avait sans doute séjourné dans la plus grande des grottes.

Il pensait à cela, quand soudain Yvon l'appela avec des cris perçants. Achille se précipita, croyant à une attaque des lions de mer ou à un accident; mais, il ne vit que le jeune mousse engagé à mi corps dans le sable près de la carcasse du vaisseau espagnol et fouillant avec ardeur.

— Pourquoi m'appelles-tu? demanda le Malouin.

— Oh! venez voir, monsieur Bertrand ; venez voir la belle pièce d'or que j'ai découverte.

Et se relevant, il lui montra une large pièce d'or.

— Tiens! tiens! s'écria Bertrand, après quelques minutes d'examen; mais, c'est un quadruple d'Espagne, une pièce rare. Et comment as-tu trouvé cela?

— Je voulais prendre quelques morceaux de bois à ce débris de bateau. Avec la hache, je frappai dessus et déjà j'avais détaché un certain nombre de poutrelles. Elles ne tiennent guère, car le temps et l'humidité les ont pourries et les chevilles de fer sont tellement rongées par l'eau de mer qu'elles cassent au moindre effort. Tout en travaillant, j'ai vu un grand trou dans le sable, et c'est sans doute le fond de la coque qui, vous le voyez est plus qu'à demi enterrée et pleine de toutes sortes de détritus et de galets. En fouillant avec le manche de la hache, j'ai vu quelque chose briller entre deux cailloux, je l'ai ramassé et voilà.

— Mais, Yvon, tu viens de faire une découverte merveilleuse; car sans doute, elle n'est pas seule ici ta pièce d'or.

— Nous n'avons qu'à entrer dans le trou qui est assez profond; mais il faut prendre garde que tous ces vieux bois ne s'effondrent sur nous.

— Attends un peu, mon gars, nous allons retirer d'abord les moins gros et ensuite nous étançonnerons les autres.

C'était un rude travail, mais Bertrand était soutenu par l'espérance de découvrir quelque chose. Il n'aurait pu dire quoi; mais cette pièce d'or était peut-être le premier indice du chemin de la fortune.

Pendant deux heures, ils arrachèrent les membrures. Le navire n'était pas grand. C'était une de ces petites caravelles bâties au xvie siècle et sur lesquelles les Portugais et les Espagnols affrontaient les mers les plus orageuses.

Ce premier travail achevé, une large brèche se trouva pratiquée aux flancs du navire, et ils descendirent dans le trou creusé par Yvon Carfor.

— Il y a beaucoup de sable, mais tant pis nous allons en extraire une certaine quantité, et après nous verrons si le travail mérite d'être continué.

Les deux amis travaillaient avec une ardeur sans égale. Tout à coup, Yvon s'écria :

— Je sens des planches sous le sable. On dirait un coffre !

Et le jeune garçon ayant plongé le bras amena au jour, un lourd morceau de planche couvert de ferrures rouillées.

— Prends garde, dit Bertrand, si nous continuons ainsi à rejeter le sable derrière nous, sans regarder où nous le jetons, il finira par s'ébouler et nous ensevelir.....

Il n'eut pas le temps d'achever. Un craquement résonna lugubrement, et une énorme quantité de sable et de galets s'écroula sur eux.

Pendant quelques secondes, il y eut des cris étouffés ; puis, la tête de Bertrand apparut en dehors du trou.

Le Malouin, les yeux, la bouche, les oreilles pleins de sable, fit de grands gestes avec ses bras.

Enfin, après avoir craché une bouchée de sable et s'être frotté les yeux, il commença à reprendre possession de ses sens.

Yvon avait disparu.

— Yvon! Yvon! mon pauvre enfant! où est-il? le malheureux; réponds-moi donc?

Mais Yvon, enterré sous une triple couche de madriers, de sable et de galets, ne répondit rien.

Agité par une inquiétude extrême, Bertrand arracha convulsivement les lourdes pièces de bois, puis fit voler les galets et le sable qu'il jetait à poignée hors du trou.

Des cheveux, puis le haut du front, le nez la bouche et le reste du visage du pauvre mousse émergèrent successivement. Il était d'une pâleur livide et ne remuait plus. Avec une force décuplée par le désespoir, Bertrand le prit par les épaules et l'arracha de cette tombe.

Il eut bien du mal à remonter hors de l'excavation, mais il y parvint avec son fardeau. Il étendit Yvon sur une couverture, courut au canot, emplit d'eau leur quart de fer-blanc et le répandit sur le front et les yeux du jeune garçon.

Au contact du liquide glacé, Yvon tressaillit, puis rouvrit les yeux.

— Qu'est-ce que c'est? où suis-je? murmura-t-il.

— Tu es près de moi, mon pauvre garçon. Comment te sens-tu?

— Heu! je me sens... je me sens : comme si quelqu'un s'était amusé à un *piler* sur les épaules.

— Dame! ce n'est pas extraordinaire vu les quantité de choses qui nous sont tombées sur le dos. Peux-tu te lever?

— Je vais essayer.

Et il voulut se lever.

— Oh! j'ai les reins meurtris. Cela me fait mal.

Donnez-moi la main, monsieur Bertrand. Houp! ça
y est!...

— Tu es un solide gars. Allons, marche un peu.
Rien de cassé?... Non. Allons tant mieux. Ce ne sera
rien : une simple courbature ; tu l'as échappé belle.

Il y eut un moment de silence. Peu à peu Yvon re-
prenait ses couleurs naturelles. Après avoir bu une
gorgée d'eau, il dit essuyant le sable humide qui le
couvrait :

— Savez-vous monsieur Bertrand, ce que j'ai vu au
moment de l'éboulement.

— Non.

— Eh bien! je venais de plonger ma main dans une
sorte de coffre, et j'ai entrevu quelque chose de brillant et de jaune. Si c'était d'autres pièces d'or?

— Il n'y a rien d'impossible, mais par suite de cet
éboulement, nos recherches vont devenir bien difficiles.

— Oui, et notre temps est limité, car monsieur
Belon nous attend pour après-demain, au plus tard.

Bertrand ne répondit pas. Évidemment, il désirait
connaître ce que renfermait les cales de la caravelle.
Cette pièce d'or découverte par Yvon devait sans
doute avoir pas mal de ses pareilles enfouies dans le
sable.

— Belon attendra un peu. Je ne partirai pas d'ici
avant d'avoir vu ce que cette épave contient dans ses
flancs.

Yvon ne fit aucune objection. Comme Bertrand, la
curiosité d'en savoir plus long le tenait.

— Je me sens bien maintenant. Nous pouvons recommencer.

— Une minute, mon gars, agissons avec prudence.
Tu as été assez puni, comme cela, de ta maladresse.
Nous allons d'abord dégager toute la carcasse jusqu'à
la quille.

— Ce sera long; et ne craignez-vous pas la marée?

— Non, ni hier, ni ce matin, elle n'est montée jusqu'ici. D'abord tu vas prendre la marmite : elle nous
servira de seau pour enlever le sable. Tu restera en
dehors du trou. Je vais déblayer en premier les abords;
et ensuite, tu descendras et remonteras la marmite
pleine de sable avec une corde.

— Ah! si nous avions les pelles et pioches de monsieur Belon ce serait vite fait.

— Ce sont des regrets inutiles, Yvon Il faut savoir
s'en passer. Nous travaillerons plus longtemps; mais
j'en suis sûr, nous arriverons au fond; avant tout,
mangeons pour prendre des forces.

Le feu ne manquait pas; le temps s'était remis au
beau, c'est-à-dire que la neige ne tombait plus.

Le repas ne fut pas long, tant ils avaient hâte de
recommencer le travail.

Prudemment, Bertrand ramassait le sable, et remplissait la marmite qu'Yvon jetait au dehors. Arrivé
à la profondeur de six pieds, le Malouin, avec des bois
flottés, étaya fortement les deux bords, le faux-pont
de la caravelle était presque entièrement découvert, lorsque la nuit vint les surprendre dans leur
travail.

— Nous pourrions encore travailler avec la lanterne, mais ce ne serait pas prudent. Aussi, je propose
de remettre à demain la suite des travaux.

Ils rallumèrent les feux, s'entourèrent comme la

veille de trois grands brasiers et établirent le même système de couchette.

Les lions de mer désappointés, mais n'osant se risquer à reprendre leurs quartiers de nuit à terre, avaient disparu un à un, cherchant sans doute une plage plus hospitalière. Seul un vieux mâle s'efforça de remonter, mais Bertrand, qui connaissait la lourdeur et la maladresse de ces bêtes hors de l'eau lui appliqua de tels coups de griffe sur le dos qu'il s'enfuit en poussant des clameurs épouvantables. Les oiseaux de mer, voyant que les étrangers ne leur faisaient aucun mal, étaient moins effarouchés, et la nuit se passa tranquillement.

Dès que le jour fut assez clair pour reprendre les travaux, Bertrand se dirigea vers la caravelle, laissant à Yvon le soin de préparer leur repas du matin. A dix heures tout le faux-pont était déblayé, et Achille avec la hache attaqua à petits coups le plancher de la cale.

Ce n'était pas une besogne difficile, l'éboulement de la veille, l'avait à moitié crevé, et les bois étaient entièrement pourris. En quelques minutes, il eut arraché une bonne portion des planches.

Un singulier spectacle s'offrit alors à ses regards. Rangés côte à côte, une douzaine de petits coffres, bardés de fers étaient alignés, noyés à moitié dans le sable durci qui avaient filtré par les trous des bordages. Un d'eux était défoncé : c'était celui dont Yvon avait arraché un fragment; et dans l'effort qu'il avait fait pour retirer ce bout de planche, l'étage supérieur vermoulu s'était effondré, entraînant une quantité de galets et de sables.

Avec une ardeur fébrile, Bertrand retirait du coffre le sable par poignées. Soudain, il sentit des objets plats, ronds, minces, glisser entre ses doigts. Vite, il retira la main. Cinq ou six pièces d'or se trouvaient mêlées au sable.

— Yvon, cria-t-il, descends ici avec une couverture; mais fais bien attention de ne pas renouveler l'accident d'hier.

Le mousse descendit avec précaution, une couverture roulée sous le bras.

— Etends ta couverture; là sur les autres coffres tu vas voir quelque chose de drôle.

Il faillit tomber à la renverse de surprise en voyant Bertrand jeter des poignées de pièces d'or sur le tissu de laine.

— Sainte Vierge! mais c'est un trésor!

— Mais oui, Yvon, et un trésor dont tu auras ta part. N'aies pas peur, car sans toi nous serions repartis d'ici sans nous soucier de cette épave plus que d'un des morceaux de bois flottés de la grève.

— Mais à qui appartient cet or?

— A nous parbleu; c'est de l'or du Pérou, embarqué pour l'Espagne. Le navire aura été jeté par quelque tempête furieuse sur la plage. Démoli à moitié, l'équipage s'est enfui sur les embarcations. C'est un peu l'histoire du *Jason* avec l'or en plus. Allons, Yvon, plie la couverture, charge la sur tes épaules et va en chercher une autre. Je suis sûr que tu as ta charge.

— Que c'est lourd, grand Dieu! Y en a-t-il pour une grande valeur? demanda le mousse.

— Je n'en sais rien. On te le dira plus tard.

Le coffre n'était pas grand, c'était même le plus petit de tous. Il mesurait à peine deux pieds de long sur un de profondeur et un de largeur; mais son contenu devait se monter à une grosse somme.

Yvon remonta avec son précieux fardeau et déposa cette charge d'or près du feu. Les voleurs n'existant pas sur cette plage solitaire, il n'y avait donc pas de crainte à avoir. Bertrand, fou de joie, défonça un autre coffre. Il s'attendait à trouver des pièces d'or; il eut une déception. Des objets carrés, assez semblables comme forme à des barres de savons, étaient rangés méthodiquement. C'était très lourd et noir comme du charbon. Il frappa une de ces barres du tranchant de sa hache. La barre rendit un son clair, argentin et l'acier produisit une coupure brillante.

— Dieu! ce sont des lingots d'argent!

Gâté par sa première découverte, le Malouin fit la grimace.

Il ouvrit successivement le troisième, le quatrième et le cinquième coffre : tous étaient pleins de lingots d'argent.

Yvon était revenu.

— Qu'est-ce que cela? demanda-t-il.

— C'est de l'argent, répondit Bertrand.

— Pas possible, c'est tout noir.

— C'est l'action prolongée du temps et de l'eau de mer qui a produit cette couleur.

— Allons-nous emporter tout cela?

— Non; car notre canot coulerait sous cette charge. Une autre fois, nous reviendrons

Tous les coffres furent ouverts. Ils ne contenaient que de l'argent.

Yvon vit une grande contrariété apparaître sur la figure de Bertrand.

— On dirait monsieur Bertrand que vous n'êtes pas satisfait, et cependant nous avons de l'or, une pleine charge. A quoi l'emploierons-nous, puisque nous sommes prisonniers dans une île déserte?

Bertrand reconnut malgré lui, la justesse du raisonnement d'Yvon et rougit.

— Tu as raison, garçon; mais, si nous retournons en France, — et j'espère bien la revoir cette France bien aimée, — tu ne seras pas le dernier à regretter la découverte.

— Alors, c'est fini, il n'y a plus rien?

— Oui, c'est tout. Tu peux remonter avec la couverture. Prends cette demi-douzaine de barres d'argent, nous les montrerons comme échantillon à Belon.

— Ce n'est pas tout, ajouta le Malouin, nous allons reboucher le trou, pour que rien ne soit dérangé pendant notre absence.

Yvon prit les meilleures poutrelles qu'il put trouver et les passa à Bertrand qui recouvrit les coffres. Le sable fut rejeté dans le trou et quelques heures après, rien n'indiquait le précieux chargement de la caravelle.

— C'est singulier, dit Yvon, en regardant les pièces d'or, on dirait qu'elles sont toutes neuves; elles portent toutes la même figure de roi. Quel roi est-ce?

— Un roi d'Espagne . Philippe II.

— Comme je suis content, répétait le mousse. Ma vieille grand'mère pourra s'acheter ce qu'elle voudra.

15

Oh! mais, fit-il avec tristesse, nous ne sortirons jamais de l'île!... Dites, monsieur Bertrand?

— Mon pauvre garçon, Dieu seul le sait.

— Et si nous faisions un vœu?

— Oui, tu peux faire un vœu.

— Eh bien! dit timidement, le jeune Breton, quand nous serons de retour en France, si nous allions tous trois à Sainte-Anne la Palue la remercier; nous donnerions chacun une poignée de pièces d'or.

— C'est ça; et Belon se fera comme moi, une fête d'y aller. Mais quand?

Et le Malouin soupira.

C'était un squelette! page 229.

CHAPITRE XVI

Il était trop tard pour partir ce jour-là. Le vent soufflait du large. Par la porte ouverte sur l'Océan, les
flots se ruaient furieusement sur la plage. Bertrand
vérifia les amarres du canot. Il était hors de l'atteinte
de la mer. Rassuré, le Malouin prit la lanterne : une
idée lui était venue. Peut-être, dans la plus grande
des deux grottes, trouverait-il d'autre or. Il ne l'avait
pas explorée dans toute sa longueur; au fond, il
découvrirait sans doute quelque chose.

Il s'enfonça donc dans le souterrain, relut l'inscription et marcha en avant. Un sol raboteux succédait à
la couche de sable de l'entrée. Aux premiers âges du
monde, une convulsion de la nature avait dû percer
cette caverne. Il allait doucement, son coutelas dé-

227

gaîné en cas de rencontre de quelque lion de mer, car
nul autre être vivant ne pouvait habiter cet antre.

Après une centaine de pas, il crut s'apercevoir qu'il
montait une pente légère. En même temps, le couloir
s'abaissait. Tout autre qu'Achille Bertrand se fût
arrêté-là ; mais le Malouin voyait pour la première
fois la fortune lui sourire, et il voulait épuiser cette
heureuse veine.

Il était à peu près cinq heures du soir.

— Je reviendrai dans un quart d'heure, pensa-t-il.

Il marchait lentement scrutant le terrain ; mais rien
n'apparaissait qui pût faire croire que Pedro Vasquez
et ses compagnons se fussent avancés aussi loin. L'atmosphère était chaude, comparativement à celle qui
régnait au dehors ; ses pas soulevaient une fine poussière.

La lanterne lui procurait tout juste une lumière
suffisante pour se conduire.

L'espèce de corridor tourna brusquement presque
à angle droit, et la voûte, si basse qu'elle l'obligeait à
se baisser pour ne pas se cogner la tête contre les
aspérités des rocs, s'éleva progressivement, en même
temps que les deux murs latéraux, s'évasaient en
forme de V.

— Oh ! pensa-t-il, si je ne me trompe, je vais tout à
l'heure déboucher dans une salle ; et il leva la tête
pour examiner la voûte.

Il faillit tomber tout à coup, le sol manquait subitement. Il fit quelques pas en arrière et traîna la lanterne.

Le terrain, jusqu'alors assez uni, était coupé par
une fente étroite, mais fort profonde. La nature de la

roche changeait. Ce n'était plus du schiste; mais une sorte de tuf friable et de couleur jaunâtre.

Il s'arrêta sur le bord de la fente, mais sa lumière donnait trop peu de clarté pour en sonder la profondeur. Il se consulta donc pour savoir s'il irait plus avant.

La curiosité, et surtout un sentiment qu'il ne pouvait définir, le porta à continuer son exploration. Il franchit la coupure qui ne mesurait pas deux pas de largeur et descendit ensuite une pente rapide. La grotte allait s'élargissant dans des profondeurs que sa lumière ne pouvait sonder.

C'était une immense salle, très haute, et dont le sol était couvert de débris tombés des voûtes. De petites flaques d'eau s'étaient formées par suite d'infiltrations venant d'en haut.

Incertain de ses pas, il essaya de faire le tour de cette salle, mais il la trouva tellement grande qu'il allait y renoncer, lorsque les rayons de sa lanterne, tombèrent sur un objet blanchâtre, qui gisait adossé à une grosse pierre. Il eut un frisson, car il crut distinguer une forme humaine.

Maîtrisant son émotion, il s'avança lentement: c'était un squelette! A côté, il y avait un débris d'épée à grosse coquille, pareille aux deux qu'il avait trouvées à l'entrée de la grotte.

— Ah! pensa Achille, c'est sans doute un des Espagnols de la caravelle.

Mais, dix pas plus loin, trois autres squelettes étaient étendus dans des poses torturées, comme s'ils avaient succombé au milieu des souffrances de la faim ou de la soif. Près d'eux, il y avait un tas de cendres et de charbons et des ossements de grands animaux.

Achille recula d'effroi.

— Décidément, se dit-il, ces îles Malouines sont les demeures des morts. Dessus ou dessous, on ne rencontre que des squelettes. Que s'est-il passé ici? Comment ces hommes ont-ils succombé? Ils ont fait du feu, car voici des cendres. Ils ne sont pas morts de faim, car il y a encore des restes provenant d'un repas. Je m'y perds décidément.

Un vase de terre rouge était placé près de l'ancien foyer. C'était une sorte d'alcarazas à long goulot comme ceux, encore en usage en Espagne.

— Ils avaient de l'eau à leur portée, car de la voûte, il en suinte suffisamment, continua Achille dans ses déductions. Je ne comprends rien à la présence de ces pauvres restes humains.

Près de l'alcarazas se voyait un objet carré de la dimension d'un volume in-quarto. Il était à moitié recouvert de concrétions calcaires et de couleur indéfinissable. Bertrand se baissa pour le saisir. Tout à coup, il lui sembla entendre comme un grondement furieux près de lui. Cette fois, il eut vraiment peur et il dirigea ses regards vers le côté de la caverne d'où provenait ce grondement.

Deux points ronds et luisants brillaient dans l'obscurité.

— Oh! oh! qu'est-ce ceci?

Le grondement se renouvela plus furieux.

Bertrand tira son revolver et fit feu.

La détonation retentit comme un coup de tonnerre et le Malouin vit un animal gros comme un chien de

forte taille passer en bondissant dans la région éclairée
et se perdre dans les ténèbres. Il reconnut un des
chiens sauvages des Malouines.

En même temps des glapissements plaintifs se
firent entendre.

— Je sais maintenant ce que c'est, dit-il rassuré,
c'est une louve qui a sa nichée ici. Mais par où
a-t-elle pu passer pour pénétrer dans cette caverne ?

Ne voyant aucune autre ouverture que celle qu'il
avait prise lui-même, il supposa que l'animal avait
dû pénétrer par la grève.

— Ma foi, je n'ai plus rien à faire ici, je vais toujours prendre cet objet et m'en aller.

L'espèce de boîte adhérait au sol, scellée par un
siècle et demi dans sa gangue terreuse, avec effort il
l'arracha C'était fort lourd et en métal. A la lumière
de la lanterne, il l'examina ; c'était un coffret sans
ferrure, ni même d'ouverture apparente.

Quelque chose de dur bruissait dans l'intérieur
lorsqu'il le remuait.

— Je ne sais trop ce que c'est. Je verrai plus tard ;
mais Yvon doit être inquiet à mon sujet. Retournons
donc sur la grève.

Sa lanterne baissait. Il se hâta. Dans le couloir,
cependant, il regarda cherchant dans la poussière des
traces de la louve. Il ne découvrit que l'empreinte de
ses pas ; et, près de l'entrée quelques trainées de lions
de mer.

Yvon l'attendait avec impatience. Cette visite prolongée de Bertrand à la grotte l'inquiétait fort.

La nuit était close, le temps fort mauvais ; il pleuvait à verse. Une tempête terrible s'abattait sur la

côte. Achille proposa à son compagnon de se réfugier
à l'entrée de la plus petite des grottes; Yvon n'y consentit qu'avec répugnance. Ce *trou*, comme il l'appelait lui inspirait une certaine crainte. Mais Bertrand anéantit ses terreurs en allumant un grand feu
à l'entrée, et quand le mousse vit le peu de profondeur de la grotte, il se rassura. Il entassa une quantité de bois à sa portée, dressa les peaux de chiens
sauvages en lit, ainsi que la voile, et s'endormit avec
son compagnon très fatigué d'une journée aussi bien
remplie. Naturellement la couverture remplie de
pièces d'or, quelques lingots d'argent étaient placés à
côté de Bertrand, ainsi que la boîte mystérieuse.

Dans la nuit leur sommeil fut un instant troublé
par le bruit de la mer battant les écueils de la plage;
mais épuisés de fatigues et chaudement couchés dans
cette grotte abritée des vents, ils se rendormirent bien
vite.

Le lendemain, un événement terrible survenu
tandis qu'ils dormaient devait les réduire presqu'au
désespoir et les conduire aux portes de la mort. . .

      .   .   .   .

Vers les huit heures du matin, le mousse s'éveilla
le premier; et les yeux gros de sommeil, il se traîna
courbaturé des fatigues des journées précédentes à
l'entrée de leur gîte.

Une aube terne et grise se levait à peine. De sa
place, il n'aperçut que les deux grands écueils de
l'entrée pareils à de fantastiques décors de théâtre.
Une pluie fine et froide tombait. Un brouillard épais
couvrait la mer.

La première pensée d'Yvon fut de voir si le feu de

la nuit n'était pas éteint. Quelle ne fut pas sa déception et sa surprise en ne retrouvant aucune trace du gigantesque bucher qui flambait si bien la veille au soir à cinq pas de l'entrée. Cendres, charbons, bois, tout avait été balayé; et à la place, il ne restait que le sable nu du rivage.

La mer furieuse avait passé par-là.

— Et le canot? pensa-t-il avec terreur.

Il fit quelques pas et poussa un cri d'angoisse. Le canot avait disparu. Il courut à l'endroit où ils l'avaient tiré trois jours avant; il ne vit rien qu'un sillon à peine tracé dans la grève : sans doute, pendant la nuit, la marée poussée par un vent violent était venu le soulever. La corde qui l'amarrait, usée par le frottement, avait cassé. Un bout restait encore pendant à la roche qui servait d'ancre et que la violence des flots avait déplacée de plus de dix mètres.

Un instant, il resta immobile, écrasé par ce désastre; puis, d'un bond, il entra dans la grotte appelant son compagnon à grands cris.

Le Malouin dormait profondément. Cependant, il se réveilla et demanda d'un air maussade :

— Pourquoi cries-tu comme cela, Yvon?

— Ah! monsieur Bertrand, si vous saviez le malheur qui est arrivé! la corde du canot a cassé et il est parti en dérive.

— En dérive! Et Achille sauta en l'air et se cogna fortement la tête à la voûte basse de la grotte.

— En dérive! dis-tu. C'est une plaisanterie que je trouve mauvaise.

— Venez voir vous-même, monsieur Bertrand. Ah!

je vous assure, je n'ai guère le cœur de plaisanter en ce moment.

Bertrand eut beau écarquiller les yeux, chercher sur tous les points de la plage, le canot emporté à la marée descendante était bien perdu.

— Ah! nous sommes propres maintenant, dit-il avec colère. Il ne nous manque plus que d'aller rejoindre notre canot en faisant un plongeon dans la mer.

— Et dire qu'il contenait notre provision d'eau, ajouta Yvon, la malle de monsieur Belon, le *tafia*, le sucre et bien d'autres bonnes choses!

Et Yvon eut bien envie de pleurer.

Mais Bertrand était une de ces natures énergiques chez qui le découragement ne peut s'implanter.

— Que veux-tu, mon pauvre garçon, c'est de ma faute, j'aurais du prévoir la possibilité d'une marée plus forte que les autres. Mais cet or, cet argent, m'ont ôté toute prévoyance. C'est un grand malheur, point irréparable cependant. Nous pourrons peut-être grimper en haut des falaises

Yvon le regarda avec incrédulité :

— En haut des falaises! vous n'y pensez pas, monsieur Bertrand. Il n'y a ni chemin, ni sentier, ni même de quoi s'accrocher les mains. C'est pis qu'une muraille cimentée; et, avec la pluie, c'est plus glissant qu'un mât fraîchement *suivé*.

Pendant quelques minutes, Achille promena ses regards sur cette enceinte de rochers lisses. Les oiseaux de mer semblaient les considérer d'un œil narquois.

— Et puis, ajouta le mousse, plus de feu; la mer a

tout emporté. Un peu plus, elle nous emportait ainsi.

La position des deux amis était loin d'être gaie. Il leur restait leurs armes, c'est vrai; et avec cela un monceau d'or inutile; mais pas le moyen d'allumer du feu, ni surtout la facilité de quitter cette plage maudite.

— Ah! dit le Malouin avec accablement, je comprends pourquoi j'ai trouvé les squelettes de ces Espagnols dans la grotte. Les malheureux n'avaient, comme nous aucune embarcation; leur navire avait été fracassé. Ils ont dû vivre quelques temps de lions de mer et d'oiseaux. Puis la misère, le désespoir, la maladie les a fait disparaître. Sera-ce aussi notre sort? Oh! si j'étais seul encore, peu m'importerait la fin; mais cet enfant, cet Yvon si dévoué, et que j'aime comme un fils. Et Belon, notre ami qui nous attend et se désespère!... Oh! mon Dieu, à quel prix m'avez-vous cédé cet or inutile?

Yvon était revenu à la grotte, et dans le coin le plus sombre, il s'était accroupi et pleurait silencieusement, la tête entre ses mains.

— Monsieur Bertrand, dit-il au bout de quelque temps, je le vois maintenant, le bon Dieu me châtie d'avoir tué Owen. Je suis maudit.

Et il se prit à sangloter.

Mais Achille Bertrand le prit rudement par le bras et le secouant :

— Ecoute Yvon, ce n'est pas le moment de pleurer et de se lamenter, ce qui est indigne d'un Breton et d'un marin. Rien n'est encore perdu : nous ne sommes pas des criminels et Dieu ne peut nous laisser périr. D'abord, va me ramasser du bois.

— Et pourquoi faire, monsieur Bertrand, puisqu'il n'y a pas moyen de l'allumer.

— N'avons-nous pas des capsules et de la poudre, du linge sec sur le corps. Allons ramasse ton bois, te dis-je, et je veux bien que tous ces lions de mer me croquent, si je ne parviens pas à allumer du feu.

Yvon, subjugué par cette volonté impérieuse se mit à glaner quelques petits morceaux de bois. Le luxe de chauffage des deux journées précédentes avait fort diminué le stock de bois flotté. Cependant, après une demi-heure de recherches, il en eut une provision suffisante.

De son côté, Achille Bertrand, n'était pas resté inactif. Il avait déchiré une moitié de son mouchoir, avait répandu une partie de sa poudrière dessus, et choisissant un endroit bien sec de la grotte, il prit deux pierres, installa le chiffon roulé entre les deux; puis, il coupa en menu fragments les plus secs des débris de planches et leur adjoignit quelques poignées de varechs desséchés.

Yvon suivait attentivement cette manœuvre. Il ne comprenait pas encore.

Bertrand tira de sa poche une capsule et l'ayant approché du petit foyer, la couvrit d'une pincée de poudre et frappa dessus avec le dos de la hachette.

La capsule éclata; la poudre fuma avec un grésillement de bon augure et bientôt le linge et les gostères secs s'allumèrent. Avec une adresse infinie, il fit flamber quelques-unes des petites bûchettes et enfin le feu fut allumé.

— Victoire ! criait Yvon en battant des mains.

— C'est bon, répondit Bertrand, mais cette fois, veillons à ce qu'il ne s'éteigne pas. Tu vas me récolter le plus que tu pourras de bois, car je ne veux pas renouveler souvent cette expérience coûteuse. La poudre est trop rare ici.

— Mais de l'eau douce, demanda Yvon ; je ne vois que de l'eau de mer.

Bertrand leva les yeux vers les falaises. Des parois de la plus haute et de la plus unie, découlait un ruisselet provenant d'un amas d'eau pluviale.

— Place la bouilloire là-dessous. Tu la retrouveras bientôt remplie. De mon côté, je vais chercher le dîner.

Il prit son fusil. Les manchots, les *gorfous* ne manquaient pas sur les saillies des falaises ; il tira dans le tas et fit feu. Deux énormes oiseaux tombèrent, l'un tué, l'autre blessé.

C'étaient deux magnifiques spécimens de ces manchots de la Patagonie qui, adultes, pèsent jusqu'à trente livres.

— Ce n'est pas fameux, dit le chasseur; mais cela vaut mieux que rien.

Yvon qui était de retour de sa récolte de bois, examina la capture de Bertrand.

— Ne dirait-on pas que ces oiseaux ont des écailles au lieu de plumes ? Mais qu'ils sont lourds.

Il écorcha le plus gros. La chair noirâtre était recouverte d'une énorme quantité de graisse jaune.

— Voilà, dit le Malouin, un fameux appoint pour notre lanterne. On prétend que cette graisse fondue donne une merveilleuse huile d'éclairage.

La chair grillée de l'oiseau fut trouvée détestable, avec un goût de poisson avarié des plus caractérisés ; mais, vu la pénurie de vivres, les naufragés s'efforcèrent de la manger.

Leur repas terminé, Bertrand dit à son compagnon :

— Maintenant que nous voilà restaurés, il faut sortir d'ici.

— Et comment? demanda Yvon.

— Nous allons voir.

Après une minutieuse inspection des falaises, Achille demeura convaincu que toute escalade était impossible. Il revint vers la petite grotte, la mine sombre et s'assit silencieusement. La pluie et le vent faisaient rage. La marée montait.

— Cependant, dit enfin Bertrand, nous ne pouvons rester ici, car si la mer monte aussi haut que l'autre nuit, nous finirons par être bloqués dans ce trou, et ou nous serons noyés ou nous mourrons de faim.

Yvon se contenta de répondre :

— Et l'autre grotte? vous l'avez explorée?

Ce fut un trait de lumière pour Bertrand. Il se rappela soudain la disparition mystérieuse du chien sauvage. Cette bête connaissait un passage souterrain, car ni Bertrand ni Yvon ne l'avaient vue sur la grève.

— Oui, tu as raison et je crois avoir trouvé le moyen de sortir de cette infernale plage.

Et il lui raconta son exploration de la veille, la découverte des squelettes des Espagnols et le chien sauvage qui avait fui, il ne savait par où.

Yvon répondit :

— Monsieur Bertrand, nous devons tout tenter pour quitter cet endroit. Ces deux oiseaux vont nous fournir une grande quantité d'huile. Donc nous ne manquerons pas de luminaire, je suis prêt à vous suivre.

— Bien parlé, garçon. Allons! à l'ouvrage!...

Une heure après, la graisse des manchots était fondue, la lampe allumée. Bertrand et Yvon se distribuèrent les colis à porter. S'ils n'étaient pas nombreux, il y avait un certain poids très lourd, c'était l'or monnayé et les lingots d'argent, sans compter la cassette mystérieuse.

Achille, comme le plus fort, s'attacha derrière les épaules une des fourrures de chien sauvage avec l'or et deux lingots d'argent. Son fardeau pesait plus de soixante livres. Il se chargea ensuite des munitions et de la lanterne.

Yvon prit la hache, la cassette enveloppée d'une couverture et des deux autres fourrures; puis, la bouilloire pleine d'huile d'une main, le fusil de Bertrand en bandouillère, un reste de pingouin cuit, roulé dans la seconde couverture et soutenu par des ficelles formant hâvresac, il s'engagea dans la longue galerie de la deuxième grotte à la suite de l'intrépide Malouin.

Des chiens sauvages rôdèrent, page 247.

CHAPITRE XVII

Achille avait averti Yvon de la présence des squelettes dans la grande salle et lui avait dit de ne point
s'effrayer des yeux luisants du chien sauvage. Cependant, le mousse fut vivement impressionné par les
restes des Espagnols. Quant au chien sauvage, comme
il avait décampé emportant ses petits, il ne put apercevoir ses yeux ardents dans l'obscurité de la caverne.

— J'aurais préféré qu'il fut là, murmura le Malouin,
car il nous aurait montré le passage. Enfin, cherchons.

Pendant deux heures, ils cherchèrent vainement.
Cette salle servait de rond-point à l'embouchure de
trois galères. Laquelle conduisait au monde exté-
rieur? Ni Bertrand, ni son compagnon ne pouvaient

se prononcer. Achille se résigna à s'en remettre au hasard.

Il prit le premier couloir qui s'ouvrait sur la droite. Malheureusement, au bout de dix pas, il fut arrêté par une fente beaucoup plus large que celle qu'il venait de franchir pour parvenir à la grande salle : c'était un abîme insondable. Rien n'indiquait que la bête sauvage eût passé par-là.

— Monsieur Bertrand, ne nous décourageons pas, dit Yvon. Je vais remettre de l'huile dans le fanal et nous essayerons d'un autre couloir.

La seconde galerie était fort longue et descendait en une pente sensible ; mais après une demi heure de chemin, un éboulement de la montagne paraissait l'avoir comblée. En vain, les deux naufragés promenèrent-ils leur fanal sur toutes les parois. C'était un entassement de blocs de schiste compacts et laissant des vides si étroits qu'il était impossible à un animal de forte taille, comme un chien de Magellan, d'y passer.

Ils revinrent à la salle centrale très fatigués, car ces deux galeries qu'ils venaient d'explorer étaient fort raboteuses et pleines de pierres.

Bertrand surtout sentait maintenant ses épaules ployer sous le lourd fardeau du trésor, et Yvon suait à grosses gouttes, écrasé par tout ce qu'il portait ; mais le brave enfant ne voulait pas se plaindre.

Evidemment, pour eux, l'exploration de la troisième galerie était une question de vie ou de mort.

La lanterne répandait une clarté funèbre sur cette immense salle, dont les profondeurs se perdaient dans les ténèbres. Ils s'assirent quelques instants pour reprendre haleine, silencieux, n'osant se communiquer leurs tristes pensées.

Enfin Bertrand se leva. Il était pâle, une sueur froide lui coulait du front. Yvon avec une volonté au-dessus de son âge, reprit sa marche, chancelant, s'appuyant sur la crosse de son fusil.

Ils entrèrent dans le troisième couloir. La première chose qui les frappa fut une bouffée d'air humide. Ce n'était plus l'atmosphère étouffée des autres galeries.

— Sens-tu cet air, Yvon? demanda avidement Bertrand; on dirait que ce n'est plus le même.

Yvon ne répondit pas. Il n'osait espérer.

Bertrand baissa le fanal et s'écria avec joie.

— Regarde Yvon, regarde ces traces encore fraîches. Le chien sauvage a passé ici!

— Ça, c'est vrai, Monsieur, il faut croire que ce couloir donne sur le dehors.

Ils précipitèrent leur marche.

— Hélas! leur joie fut de courte durée. Un mur de roche pareil à celui qui obstruait la seconde galerie, fermait complètement cette dernière.

— Ah! c'est par trop de malheurs, s'écria le Malouin. C'est à se briser le front contre cette pierre stupide.

Yvon prit la lanterne des mains d'Achille et l'éleva en l'air, et tout à coup il poussa un cri de joie. Une ouverture ronde, large à peine de deux pieds en tous sens, offrait l'entrée d'une sorte de boyau ténébreux. C'était à six pieds du sol à peu près. Au-dessous, de nombreuses traces de griffes prouvaient que c'était le passage habituel des bêtes fauves.

Monsieur Bertrand, voici l'ouverture que nous

cherchons, c'est bien étroit, je ne pense pas que nous puissions passer là-dedans.

Il y était, en effet, fort difficile de ramper dans ce terrier, sans compter la gêne produite par leurs *impedimenta*.

— Tant pis, gronda Bertrand, étroit ou large, je passerai.

— Mais comment faire pour ne pas chavirer la lampe de la lanterne?

Le Malouin ne chercha pas à répondre à cette question, il se contenta de dire seulement :

— Yvon, je vais essayer de passer ; mais avant, il faut que je me débarrasse de ce fardeau, si je trouve un passage je reviendrai ensuite le chercher.

Il mit bas sa charge d'or, ne gardant que son revolver et son couteau dans sa gaîne, à sa ceinture ; et, d'un bond vigoureux, il réussit à passer les épaules par l'étroite ouverture.

A sa grande terreur et à celle d'Yvon, un gros morceau de la voûte se détacha et manqua de l'écraser. Il redescendit précipitamment.

— Peste! ce n'est pas solide, ce plafond-là.

Quelques fragments des débris avaient roulé près d'Yvon, heureusement leur fanal en cuivre solide résista au choc; sa lampe ne s'était pas éteinte. Bertrand ramassa une poignée de débris et s'écria :

— Mais ce n'est plus du rocher, c'est de la tourbe cela. Ah! nous sommes sauvés! Yvon, ta hache et mets la lumière à l'abri.

L'intrépide Achille remonta dans le terrier et prudemment retira par poignées, les morceaux de tourbe provenant de l'éboulement; puis, s'amincissant, s'allongeant comme un reptile, il poussa d'un mètre plus avant. Il était dans une obscurité complète. La lueur de leur lanterne ne pouvait parvenir dans cet étroit boyau. A droite et à gauche, c'était humide et l'air était rempli de l'odeur forte des carnassiers. Le naufragé se trouvait être en pleine couche de tourbe. Le terrier montait selon une inclinaison très raide.

— Tant mieux, se dit-il, je suis sûr d'arriver.

Ses larges épaules passaient avec peine, et une pluie de parcelles tourbeuses l'aveuglaient. Enfin, après dix minutes d'efforts inouïs, ils vit un filet de lumière briller dans l'obscurité. C'était le jour! c'était le salut!

Il précipita son allure, et une incomparable sensation d'ivresse l'envahit : ses mains venaient de saisir les branches d'un épais buisson qui masquait l'entrée du terrier!

Une minute après, il émergeait des entrailles de la terre.

Ebloui par la lumière du jour, étourdi par la sensation d'air froid, il sentit tout tourner autour de lui et s'évanouit! . . . .

. . . .

Quand Achille revint à lui, il fut bien étonné de trouver Yvon Carfor agenouillé à son côté.

— Tiens, qu'est-ce que j'ai donc, je saigne ?

— Cela n'a rien d'étonnant, vous avez une grande coupure au front.

— Ah! et comment l'ai-je attrapé cette coupure?

— Je ne sais pas, monsieur Bertrand : quand vous avez disparu dans le terrier, je vous ai attendu patiemment au moins dix minutes après, je vous ai appelé

n'entendant aucune réponse, j'ai eu peur, je vous ai
cru écrasé sous un éboulement. Alors, j'ai laissé la
lanterne près de notre trésor. Comme je ne suis ni
aussi gros ni aussi large d'épaules que vous, j'ai
passé facilement et en débouchant à l'entrée je vous
ai vu la face contre terre ne bougeant pas. Sans doute,
en tombant, votre front a porté sur un caillou pointu.

— Allons, c'est fini, Dieu merci, fit Achille en
tamponnant son front saignant. Où sommes-nous
donc?

Ils regardèrent. Ils se trouvaient dans une vallée
profonde entourée de tous côtés de hautes montagnes.
La pluie et le vent continuaient toujours. Il pouvait
être quatre heures de l'après-midi.

— Ce n'est pas tout, dit Bertrand, il va falloir retourner dans le souterrain prendre nos bagages, en
attendant je vais bien déboucher l'entrée.

— Laissez-moi faire, interrompit Yvon.

Et il se mit à couper avec sa hache les buissons qui
marquaient la bouche du terrier.

— De cette façon, nous aurons un peu de jour, je
vais passer le premier.

Yvon passa le premier; et, en trois voyages, les
deux naufragés déménagèrent tous les bagages,
même le fanal que le mousse, par des prodiges d'a-
dresse, put tenir allumé.

C'était une rude journée, aussi Bertrand proposa
immédiatement de s'arrêter à l'abri d'une roche et d'y
passer la nuit. Ils étaient trop fatigués pour poursuivre une route d'ailleurs inconnue.

— Je vote pour qu'on remette à demain la discussion de la route à suivre, dit Bertrand.

— Pour ça oui, car les jambes me rentrent dans le corps, répondit Yvon.

Un rocher surplombait, offrant un toit protecteur. Les buissons d'arbousiers, les joncs secs, la tourbe ne manquaient pas. Les deux amis ramassèrent de quoi faire du feu, soupèrent joyeusement d'un lapin tué par Bertrand, et roulés dans leurs couvertures, ils s'endormirent d'un lourd sommeil.

Le plus bel exploit de cette journée si bien remplie, c'est qu'à son dernier voyage à travers le terrier le mousse réussit à faire passer la provision d'huile par l'étroit couloir sans en répandre une trop grande quantité ; et la lampe du capitaine Huxley brilla toute la nuit dans l'obscurité de la vallée solitaire.

Le matin suivant, par un de ces changements brusques si communs dans les terres antartiques, le vent soufflait du sud, c'est-à-dire glacial ; la neige tombait par flocons épais ; le sol de la vallée était entièrement blanc.

C'était fort malheureux pour les deux amis, car il leur était impossible de se diriger dans cette vallée tourbeuse, encombrée de rochers, et d'essayer de gravir les montagnes qui la cernaient.

Ce fut une vraie journée d'agonie : serrés l'un contre l'autre, près d'un petit feu, ils passèrent des heures à grelotter. L'obscurité produite par cette chute de neige était telle qu'ils se seraient cru en pleine nuit, si une lueur jaunâtre ne brillait par instants fugitifs, se cachant promptement derrière un voile de nuages plombés.

Cette nuit-là, plusieurs chiens sauvages affamés, rôdèrent, cherchant à mordre dans leurs provisions de viande de pingouins, dont l'odeur forte les attirait.

— Nous ne pouvons demeurer ici plus longtemps, dit Bertrand à Yvon. Notre chaumière est au nord-est de cette vallée. Demain matin, nous repartirons, boussole en main.

Vers neuf heures du soir, le temps se radoucit; mais la pluie remplaça la neige. Ce fut encore une triste nuit.

Jamais, ils n'avaient campé dans d'aussi mauvaises conditions : jusque-là, la voile du canot servait de tente ou une grotte les protégeait contre la rigueur de la saison. Cette nuit-là, ils furent à peine abrités par les trois malheureuses peaux de loups de Magellan, qui non tannées, exhalaient une senteur repoussante. Enfin, pour comble de malheur, le froid, une nourriture exclusivement composée de viande huileuse, les fatigues excessives des trois derniers jours, commençaient une action désastreuse sur la santé des deux amis.

Il faut se hâter de rejoindre Belon et de nous abriter sous son toit : si dans quelques jours, nous ne l'avons rejoint, pensait Bertrand, il se pourrait que nous succombions dans cet affreux désert.

De toutes parts l'eau provenant de la fonte des neiges, ruisselait en cascades dans la vallée et menaçait de l'inonder.

Grelottant sous leurs vêtements mouillés, élimés, salis; les chaussures sans talons et presque sans semelles, les épaules écrasées par leurs lourds fardeaux, ils quittèrent cette vallée inconnue pour s'engager dans un dédale de montagnes.

Il serait trop long de raconter les péripéties de cette étrange odyssée : dix fois Bertrand fut sur le point de jeter son sac de pièces d'or. Mais cette fortune qu'il venait de conquérir, il ne la croyait pas entièrement à lui ; et, en se débarrassant de ce surcroît de bagages si lourd à porter dans ces escalades et ces descentes, il pensait commettre un vol vis-à-vis de ses deux compagnons.

Enfin, après s'être égarés vingt fois, mourant de faim et de fatigues, sans chaussures presque, sans vêtements, les pieds saignants, une après-midi, ils virent flotter un pavillon tricolore au haut du mât, sur la falaise de la baie des Anglais. Ils distinguèrent leur ami Belon, qui sur le seuil de la chaumière, inspectait les crètes de la montagne. Leur cœur bondit d'allégresse ; et, sans s'arrêter aux dangers de la descente, oubliant leur fatigue, ils dégringolèrent les pentes en agitant leurs bonnets de marins et en criant comme des forcenés.

C'était le quinzième jour depuis le départ de Bertrand et du mousse. Belon commençait à désespérer de revoir ses amis.

Pour employer le temps, il s'était livré à divers travaux utiles comme la capture de deux lions de mer, qui fournirent de l'huile, de la viande et d'excellentes fourrures. Il s'empara aussi d'un jeune bœuf sauvage ; et, pour conserver ces viandes, il entreprit de fabriquer du sel. C'était peu difficile, mais assez long. Cependant, à force de faire bouillir de l'eau de mer, il réussit à en obtenir quelques livres. Puis, il se livra aussi à la récolte du bois flotté fort abondant sur la grève, dont il avait déjà retiré une grande quantité de la mer et qui serait une précieuse ressource pour les mois d'hiver.

Ces mois d'hiver l'inquiétaient un peu, car on était à la fin de mai, c'est-à-dire à la fin de l'automne austral. La pluie, le vent, la neige étaient à peu près journaliers. Que seraient donc juin, juillet, août qui remplacent nos mois de décembre, janvier, et février sous ces latitudes ? Les soirées, fort longues, il les employait à prendre des notes sur la faune et la flore des îles Malouines, et il rédigeait le journal des occupations et des événements quotidiens.

Ce jour-là, il avait tué un jeune marcassin dont il faisait bouillir les jambons, quand il vit descendre ses deux amis.

Il courut à leur rencontre et les embrassa avec effusion.

— Ah ! mes pauvres amis, je commençais à désespérer de vous revoir. Quelle mine vous avez ! vous avez dû bien souffrir ?

— Belon, je vous raconterais plus tard nos aventures. C'est long et cela vous intéressera. En attendant, si vous avez quelque chose à nous donner à manger, nous vous bénirons, car nous mourons de faim.

Le savant voulut décharger son ami du lourd paquet qui pesait sur ses épaules.

— Dieu que c'est lourd, Bertrand ! sont ce des pierres de taille que vous rapportez de votre voyage ?

— Vous verrez tout à l'heure.

En arrivant à la chaumière, Bertrand et le mousse s'empressèrent de quitter les loques informes qui les couvraient pour des pantalons et des vareuses de matelots que contenaient les coffres de la chaumière, et Belon dressa leur couvert.

— Ah! que c'est bon, disait Bertrand, de s'asseoir devant une table, sous un toit solide, et de sentir des vêtements secs et chauds sur le corps! Alors, vraiment, on sent la joie de vivre.

— Ça, demanda le savant, apprenez-moi donc pourquoi vous revenez après quinze jours d'absence, éreintés, sales comme si vous vous étiez vautrés dans une des tourbières de la vallée et ne portant aucun des objets laissés à la baie des Français.

— Belon, mon ami, apprenez que l'homme propose et que Dieu dispose. Nous avons, pendant ces quinze jours, affronté tant de dangers, que maintenant nous avons contracté une fière dette de reconnaissance envers Dieu. Demandez plutôt à Yvon si nous n'avons pas, comme première péripétie manqué d'être engloutis par des baleines comme Jonas.

— C'est vrai, monsieur Belon, un moment j'ai pensé que c'en était fait de nous deux. Nous étions au milieu d'un troupeau de baleines qui n'auraient fait qu'une bouchée de notre canot.

— A propos, et le canot demanda Belon?

— Oh! pour le canot, répondit Bertrand avec une nuance de tristesse, il est loin s'il navigue encore. Il est perdu.

Et il raconta comment une nuit, sur la grève de la caravelle, l'amarre du canot s'était rompue.

— Nous n'avons pas tout raconté à monsieur Belon, demanda le mousse, faut-il lui parler du trésor des Espagnols?

— Oui, va; ouvre ton sac et le mien.

Et Belon ébloui vit rutiler cette masse d'or et soupesa les lingots d'argent.

— J'ai encore autre chose, je ne sais quoi, fit Bertrand, et il lui montra la cassette mystérieuse.

— C'est un coffret d'argent, dit le savant, après examen; il me parait merveilleusement soudé. Voulez-vous que je l'ouvre?

— Je vous donne toute permission.

Le savant prit une petite scie à métaux trouvée dans l'outillage de la chaumière, et commença à scier la boîte dans le sens de l'épaisseur.

Après quelques minutes de travail, il l'eut séparée en deux parties égales. Un flot de petits cailloux s'en échappa, les uns gros comme des grains de chênevis, d'autre comme des pois, quelques-uns comme des noisettes.

— Ciel! s'écria Belon, ce sont des pierreries.

Et l'on vit alors un étrange spectacle.

Hâletant, d'un revers de main, Bertrand, les éparpilla sur la table.

Les rubis lancèrent des rayons rouges, l'or des topazes s'illumina; les feux verts des émeraudes brillaient et par-dessus tout, de gros diamants répandirent leur éblouissante clarté.

— Quelle richesse! quelle eau! Regardez donc Belon.

Mais le savant resta froid. Le contraste de leur misère, de leur abandon dans cette vallée déserte au milieu de l'Océan austral, sous ce ciel éternellement gris et lugubre, avec ces vaines richesses, ces joyaux

à la fois sans prix et sans utilité était plutôt doulou-
reux.

Ils regorgeaient d'or, possédaient des diamants à
monter la couronne d'un roi, et avaient à peine assez
de poudre pour se procurer une misérable nourriture. Ces richesses centuplées, ne pourraient remplacer leur canot perdu, ni même leur donner un
morceau de pain.

Ils avaient de quoi s'acheter un hôtel, et ils cou-
cheraient ce soir-là sur leurs lits de mousse et de fougère ; et demain, ils n'auraient pas de souliers à se
mettre.

Jamais Belon, à l'esprit rêveur et méditatif, ne com-
prit aussi bien l'ironie terrible de l'or et l'inanité de
la richesse.

Bertrand, dit-il au Malouin qui s'amusait à faire
scintiller une à une chacune des pierres précieuses
— ramassez ces cailloux moins utiles dans notre position que les mottes de tourbe que j'ai coupées ce
matin. Serrez cet or dont la vue ne vous procurera que
de vains regrets et le désespoir d'être enfermé dans
une île déserte.

Belon, vous êtes injuste. Vous allez sans doute me
reprocher la perte du canot.

— Non, je ne vous reprocherai rien. Vous êtes victime de la fatalité, et cette fatalité s'est acharnée sur
vous juste au moment où cette coquille de noix allait
devenir précieuse. Savez-vous qu'à trente lieues de
nous, dans l'île de l'Est, existe une colonie anglaise
de fondation récente, une ville toute petite encore :
Stanley.

— Je l'ignorais, mais vous Belon, pourquoi ne pas

nous l'avoir dit à notre arrivée à la baie des Français !

— A ce moment, je ne le savais pas. C'est en lisant le livre de bord du capitaine Huxley que je l'ai appris. Il se proposait de s'y rendre quand son compagnon a péri, et lui-même miné par la maladie et le chagrin s'est éteint sur ce grabat où nous l'avons trouvé.

Bertrand devenu sombre, jeta avec colère les pierreries dans leur boîte d'argent ; et, ayant enveloppé cette dernière dans un morceau de toile à voile, il la serra dans l'armoire.

Yvon était demeuré muet devant cette scène. Trop jeune pour comprendre Belon, il s'était imaginé voir ce dernier tomber en extase, comme lui, devant les belles pièces d'or si reluisantes.

La soirée, qui aurait dû être si joyeuse, s'écoula morne. Les trois amis ne se parlaient point. Enfin, Belon posant la main sur le bras de son ami, dit :

— Ayant acquis une fortune, vous devez sans doute avoir l'envie plus grande de quitter cette île ?

Le Malouin le regarda d'un air mécontent.

— Belon, je crois que vous m'enviez ma fortune. Mais sachez donc que tout cela est à vous comme à moi, comme à Yvon.

— Mon ami, repartit le savant, je n'ai jamais méconnu votre excellent cœur, et aujourd'hui encore moins que jamais. Cette fortune est à vous deux puisque vous l'avez conquise au péril de vos jours, et je n'y ai aucun droit. En France, si jamais nous y retournons, je retrouverai amplement de quoi vivre. Mais vous vous méprenez sur mes intentions.

Vous devez, comme moi, comme Yvon, songer chaque heure du jour à quitter ces rivages maudits. Eh
bien! pendant votre absence, j'ai pensé à la perte
éventuelle de notre embarcation; j'ai songé aux
moyens d'y suppléer et j'ai trouvé.

— Vous avez trouvé? s'écria Bertrand, lui saisissant vivement la main.

— Oui, j'ai trouvé. Avez-vous vu les indigènes de
la terre de Feu qu'on appelle les *Picherais?*

— Non; et je ne sais à quoi vous voulez en
venir.

— Eh bien! ce sont les derniers êtres de l'échelle
humaine, sans industrie et sans arts, sans aucun
rudiment de civilisation. Ces misérables sauvages
doivent par une vie errante chercher leur pain quoti-
dien. La chasse leur est interdite, car leur froide et
humide patrie ne contient aucun gibier. Toute leur
subsistance, il la tire de la mer. Voyageant sans cesse
dans ces archipels et ces canaux aux mille détours
qui terminent le sud de la Patagonie, ils ont créé un
type de barque que l'on peut considérer comme un
modèle. C'est à la fois léger, solide et spacieux. Ce
que de misérables Indiens font journellement, nous
pourrons le faire aussi, car attendre le salut de bâtiments qui passent près de ces îles, c'est ronger son
frein inutilement.

— Comment sont donc leurs barques?

— Bien simple, en cuir de phoque tendu sur une
carcasse de bois. Et avec cela, ils traversent des bras
de mer de vingt-cinq à trente lieues de large.

— Ah! Belon, vous serez notre sauveur, s'écria

Achille en lui serrant vigoureusement la main ; et,
une fois en France, nous partagerons le trésor.

— Ah ! laissons ce détail pour plus tard, et con-
tentons-nous de réunir toute notre attention sur la
construction de notre future barque. Mais avant,
souhaitons-nous le bonsoir. La journée a été rude et
vous avez besoin de repos.

La besogne avança rapidement, page 261.

CHAPITRE XVIII

Les trois mois suivants furent employés à divers travaux. Les naufragés profitaient des quelques heures de temps passable, assez rares chaque jour, pour recouvrir le toit de la cabane : chasser, ramasser du bois, pêcher des coquillages ; en un mot, vacant aux occupations les plus pressantes.

Belon avec les fourrures de chiens sauvages, confectionna des espèces de surtout très chauds et excellents contre la pluie et la neige. Bertrand s'essaya à l'art difficile du tanneur ; et, après onze semaines d'efforts, parvint à donner aux peaux de phoques une résistance suffisante pour braver l'humidité perpétuelle du climat austral.

Enfin, un soir du mois d'août, les trois amis se

258 LES NAUFRAGÉS DU JASON

posèrent résolument la question du canot à construire.

Il s'agissait de trouver, non pas l'enveloppe; mais
une charpente à la fois légère et résistante.

Or, dans la vallée qu'ils habitaient, il n'y avait en
fait d'arbres que des saules nains de la grosseur du
petit doigt et rampant sur le sol marécageux, ou des
arbousiers de quatre à cinq pieds au plus, noueux et
difformes, qui croissaient sur les pentes des collines.

Certes, ils ramassaient chaque jour du bois flotté,
des épaves, des troncs d'arbres descendus des rivières
paraguayennes et poussés par les courants sur leur
grève, mais tout ce bois était mort depuis longtemps.
Vermoulu, souvent troué par les tarels et dépourvu
de flexibilité et de légèreté.

— Attendons, disait le patient Belon, nous ne con-
naissons pas toutes les ressources du pays. Au printemps nous serons peut être plus heureux.

Mais Bertrand s'irritait de ces délais. Il lui tardait
de jouir de sa fortune et de quitter cette île maudite.

Un matin du mois de septembre, au moment où le
ciel redevenait moins gris, l'air moins froid, il profita
d'une journée sans pluie pour explorer soigneusement la partie de la vallée la plus éloignée de leur
chaumière et où se retirait le bétail sauvage.

C'était une succession de prairies et de taillis de
bruyères, de genêts et de grandes herbes dures et cou-
pantes. Toute la vie animale de cette partie de l'île,
s'était concentrée dans ce canton. Les bœufs sauvages, les chevaux descendants de ceux que les Espagnols y avaient laissés au siècle dernier, paissaient
tranquillement. Des troupeaux de porcs sauvages,

labouraient le sol, défonçant les prairies. Quelques chiens de Magellan nichaient dans les premières pentes des collines, et les rares espèces d'oiseaux terrestres : vautours, faucons, passereaux volaient sans cesse au-dessus de ces terres incultes.

C'était moins triste, moins âpre à l'œil que les immenses falaises de la *Concordia* ou que la plaine marécageuse et nue de la *Baie des Français*. Il y régnait un air mélancolique, quelque chose de paisible qui rappelait certains coins de la Bretagne ou de la Marche. Avec un peu d'imagination, et ce bétail sauvage errant à l'aventure, on pouvait se croire dans une province reculée de France. Mais si l'on détournait les yeux de ce cadre rustique, de ce maquis d'arbustes entrecoupant les vertes prairies, les rochers noirs de la baie, le grondement des flots, les rugissements des lions de mer, le sifflement des mouettes et des albatros, tourbillonnant dans le ciel gris, au-dessus de la mer sauvage, reportaient la pensée des naufragés à un éternel exil, aux confins du monde où les saisons sont toutes les mêmes, grises et brumeuses.

Belon craignait pour ses compagnons les effets de l'ennui, de ce chancre rongeur des nostalgiques. Il trouvait Yvon changé, moins gai, moins dispos au travail; Bertrand farouche, concentré, prêt, à chaque instant, à s'irriter contre son sort.

En vain, multipliait-il les excursions, les chasses, les escalades, la pêche des huîtres, des moules, la recherche des terriers de lapins, les massacres de manchots et de pingouins, un incommensurable ennui, mettait son masque d'indifférence sur les traits de ses compagnons. Ils accomplissaient toute besogne avec nonchalance, sans goût, sans y apporter l'activité des premiers jours. A table, Bertrand se révoltait contre la viande salée ou fumée; et Yvon ne pouvait s'empêcher de regretter le pain de seigle de son pays.

Belon employa les longues soirées de l'hiver austral à des causeries sur la géographie, l'histoire et les mœurs des peuples de l'Amérique du Sud. C'était les meilleurs moments de la journée. Bertrand l'écoutait attentivement, les mains occupées à tailler quelques morceaux de bois; et Yvon les yeux fixés sur ceux du savant, buvait littéralement ses paroles.

On ne reparlait plus ni de l'or, ni des diamants : comme des objets inutiles ou sans valeur, ils avaient été relégués dans un coin de la salle, enfermés au fond d'une caisse que Bertrand avait faite à cette intention.

Ainsi s'écoulèrent ces journées de pluie et de tempêtes affreuses, où tout craquait dans la cabane; où la nuit, de leurs lits, les naufragés entendaient les coups sourds des vagues furieuses battant les falaises.

Plusieurs fois par semaine, Belon prenait un petit livre de prières, qui ne le quittait jamais dans ses voyages, et leur lisait des passages choisis avec intention.

Un soir, Bertrand était plus sombre que d'ordinaire; l'air résigné d'Yvon faisait mal. Le souper avait été silencieux. La veillée commença par une discussion entre Belon et Bertrand, au sujet de la construction de leur pirogue. Le savant objectait le mauvais temps, l'état de la mer et surtout le manque absolu de bois convenable pour la charpente de l'embarcation.

— Oh! vous resteriez bien toujours ici, vous, avec vos idées de moine. Moi, je veux m'en aller, conclut rageusement le Malouin.

Belon ne fit aucune réponse : avec certaines natures emportées, mais bonnes, pourtant, il faut gagner du temps, laisser les bouillons de la colère s'apaiser.

Il était neuf heures; avant le coucher, Belon disait une petite prière et souvent faisait une courte lecture spirituelle.

Ce soir-là, Belon commença l'Evangile par la recommandation touchante :

— Venez à moi, vous qui souffrez et je vous soulagerai.

Et il finit par cette adjuration :

— Aimez-vous les uns les autres.

Bertrand tressaillit violemment, et se levant de son escabeau, alla à Belon :

— Mon ami, dit-il simplement, je vous ai froissé ; je vous ai fait de la peine. Pardonnez-moi.

Pour toute réponse, Belon le serra dans ses bras, en disant :

— Ayons confiance en Dieu. J'ai le ferme espoir que nous ne périrons pas ici.

Dès ce jour, commença pour Bertrand une période d'activité fiévreuse. Il s'ingéniait à trouver ce fameux bois souple et résistant dont il avait besoin.

Un matin, Yvon qui était allé voir si un piège tendu pour prendre des porcs sauvages avait réussi, revint avec un jeune animal de cette espèce, et une gaule de bois dur et souple.

— Où as-tu trouvé cela? demanda le Malouin très surpris.

— Tout à fait au fond de la vallée.

— Et il y en a beaucoup?

— Non, quelques touffes, sept ou huit au plus.

— Tu as fait là une merveilleuse découverte, garçon. Il faut me servir de guide et retourner à la vallée.

— Volontiers, monsieur Bertrand.

Ils traversèrent la vallée dans toute sa longueur, et arrivés à la source de la petite rivière, sur un monticule, Yvon montra au Malouin, croissant au milieu des rochers, une trentaine de baliveaux très droits, à l'écorce grisâtre, avec un panache de feuilles à leur sommet.

Achille les examina et reconnut le sorbier des oiseaux.

— Je n'en ai point vu ailleurs, dit-il; c'est étonnant que ces arbustes poussent dans une contrée aussi froide et aussi stérile.

Ils les coupèrent au ras du tronc et les lièrent en fagot.

— C'est dommage de ne pas en rapporter un plus grand nombre. Enfin, nous tâcherons d'en faire quelque chose.

Le soir, à la veillée, les trois naufragés s'occupèrent de les écorcer et de couper les menues branches.

Un moment où Yvon s'absenta, Belon se baissant vers Achille Bertrand, lui dit à mi-voix :

— Douterez-vous encore de la Providence, mon ami? Hier, vous désespériez de vous procurer la charpente de notre future pirogue; et ce jeune garçon, guidé j'en suis sûr par la main de Dieu, à trouvé ce qui manquait. Il a été choisi comme le meilleur de nous trois; et n'en doutez pas, fit-il, en voyant un sourire ironique sur les lèvres de Bertrand, nous aurions peut-être cherché longtemps sans lui. Ah! je vous le dis, Bertrand, Dieu ne veut pas que nous périssions ici comme les deux pauvres naufragés de l'*Augusta*. Ce trésor qu'il vous a fait connaître doit être employé à son heure. Cet or, ces pierreries qui sont peut-être le fruit des misères, des souffrances de plusieurs milliers d'hommes, qui ont été je n'en doute pas l'objet de désirs et d'attentats criminels, — nous sont légués pour que nous en fassions un bon usage, notre exil sur ce rocher est une étape de notre vie, — une épuration nécessaire à notre passé.

— Décidément, Belon, vous êtes un étrange philosophe. Vous ne sembliez pas si convaincu de l'utilité de ce trésor des Espagnols, il y a quatre mois, le soir où je l'ai apporté.

— Non je ne parle pas en philosophe, mais comme un chrétien qui croit discerner la main de Dieu, dans les étranges événements qui ont traversé notre vie depuis bientôt sept mois.

Bertrand médita un moment les paroles de Belon; enfin, hochant la tête :

— Vous dites que nous ne sommes que les dépositaires de ce trésor? Nous ne pouvons donc en disposer à notre gré?

— Oui, nous n'en sommes que les dépositaires. A notre mort, si nous avons mal employé ces valeurs, il

nous en sera demandé un terrible compte. C'est pour
cela que j'ai refusé la part que vous m'offriez.

— Bien; mais Yvon Carfor aura sa part.

— Que fera ce pauvre enfant de seize ans à peine,
devenu subitement riche? n'est-ce pas un mauvais
service à lui rendre que de lui remettre une somme
énorme, car j'estime la masse d'or à plus de cent mille
francs. Vous dites que les pierreries valent plus d'un
million. Ma part jointe à la sienne : que voulez-vous
que ce pauvre fils de pêcheur fasse de près de six cents
mille francs?

— Mais qui l'empêchera de préparer, à notre retour
en France, des examens pour les Ménageries ou le
long Cours? Ne vaut-il pas mieux qu'il soit capitaine
d'un bon bâtiment que simple pêcheur ou matelot
toute sa vie? D'ici là, vous me croyez assez fidèle
dépositaire?

— Pour cela je n'en doute pas.

Le mousse en rentrant interrompit leur conversation et ils reprirent leur travail en silence.

La besogne avança rapidement. Les peaux de lions
de mer, tannées par un procédé primitif de l'invention
de Belon, ne manquaient pas. La carcasse du canot
fut construite en bois de sorbier, dur et résistant,
bien que léger. Les attaches furent solidement fixées
par des nerfs de bœufs frais qui, en séchant, acqui-
rent la dureté du métal. Il n'y eut plus bientôt qu'à
tendre sur ce chassis l'enveloppe de cuir.

La pirogue eut seize pieds de long, quatre de large
et trois de profondeur. L'avant et l'arrière légèrement
relevés, furent pontés, c'est-à-dire qu'une voûte de
cuir remplaça les planches. Bertrand installa deux

bancs, toujours en cuir très tendu, et Belon suggéra de faire à l'avant et à l'arrière, deux compartiments étanches.

Le travail était difficile, mais non impossible. Les coutures lissées avec de la graisse de manchot, ne laissaient à l'eau aucune pénétration; et ces deux réduits pleins d'air, rendaient le canot insubmersible.

Il fallait aussi donner à cet esquif un degré de stabilité suffisant.

Belon et Bertrand s'ingénièrent à garnir le fond d'un plancher de pierres plates et minces, maintenues par de légères traverses.

Ce fut le plus difficile, car il fallait calculer avec soin le poids des passagers, des provisions et du lest.

Enfin, ils dotèrent la pirogue d'un mât et d'une voile.

Le mât fut fabriqué avec un espar de sapin solide, trouvé sur la plage. La voile et sa vergue furent plus faciles à installer, et tout fut près vers le milieu de novembre.

C'était le premier mois de la belle saison dans les contrées australes. Les oiseaux de mer commençaient leurs nids sur les falaises. Les lions marins, en plus grand nombre, s'ébattaient dans les eaux de la baie; et la pauvre végétation de ce pays, se prenait à poindre à travers les rochers gris et dans ce sol couleur de cendre.

Chaque jour on découvrait un peu de soleil. Le ciel se chargeait de moins lourds nuages, et il y avait un semblant de chaleur.

Ils songèrent aux provisions.

— Le voyage ne sera point long, disait Bertrand. Quatre ou cinq jours à peine.

Belon opina pour qu'on prêt au moins quinze jours de vivres. Il fallait mettre en ligne de compte l'action des courants et des vents contraires.

Ils embarquèrent donc du bœuf fumé, des tranches de porcs sauvage salées, et une provision d'huile pour le fanal. Si en mer, ils rencontraient un navire, le fanal leur servirait pour attirer l'attention. Ils n'oublièrent pas un baril d'eau douce et quelques armes.

Bertrand et le mousse avaient façonné deux paires d'avirons et une gaffe.

Le 25 novembre, — après avoir essayé leur pirogue qui manœuvrait parfaitement, — ils s'embarquèrent. Belon, avant de quitter la vallée, alla avec ses deux compagnons prendre congé des tombes des deux Anglais, sur lesquelles ils s'agenouillèrent. Ils rangèrent tout leur mobilier dans la chaumière comme s'ils ne devaient faire qu'une courte absence. La porte fut laissée fermée au loquet seulement. Sur la table, Belon déposa le livre de bord du capitaine Huxley dont ils emportaient un double avec ces lignes au bas de leur propre journal.

« Aujourd'hui, 25 novembre 1863, trois Français, Stanislas Belon, naturaliste de Tours ; Achille Bertrand, ancien capitaine au long cours, de Saint-Mâlo, et Yvon Carfor, mousse ; tous trois échappés au naufrage du trois mâts, le *Jason*, sabordé et abandonné par son équipage près des côtes de la Patagonie, prisonniers dans cette île depuis sept mois, s'embarquent sur une pirogue construite par eux pour rejoin-

dre la colonie anglaise de Stanley, dans l'East-Fal-
kland. A la grâce de Dieu !

» A tous, naufragés ou marins forcés de résider
dans cette vallée, ils confient le soin d'entretenir les
tombes de Huxley, capitaine de l'*Augusta* et de
Patrick Mac-Carthy naufragés, le 19 juillet 1860, sur
cette côte, et morts depuis dans l'île, ainsi que l'at-
teste le livre de bord de l'*Augusta*.

» S. Belon, A. Bertrand, Y. Carfor. »

Ce fut un instant solennel que cet embarquement.
Belon regarda longtemps la chaumière si hospitalière
pour lui et ses deux amis. Bertrand arrivé sur le
milieu du petit pont, se retourna pour jeter les yeux
une dernière fois sur les tombes des Anglais, et Yvon
demanda aux deux autres, s'il ne devait pas amener
le pavillon qui flottait au mât du signal,

Cette cabane placée dans une vallée inconnue, où
ils avaient vécu sept mois, occupait maintenant une
place dans leur mémoire : c'était là où leurs cœurs
s'étaient unis, fortifiés dans une admirable entente
contre la détresse commune ; c'était là où certains
soirs, au bruit des flots, aux hurlements de la tempête, Belon appelait sur eux la miséricorde du
Seigneur et leur délivrance.

Il était environ midi. Une douce chaleur tiédissait
l'air ; la petite rivière coulait ses flots limpides sur les
cailloux d'ardoises polis. Les albatros, les labbes, les
pétrels ranimés par cette belle journée, criaient en
planant au-dessus des vagues de la baie. Le ciel était
d'un bleu pâle.

— Courage, dit Belon, le temps nous favorise, ayons bon espoir.

La voile hissée et le petit gouvernail, chef-d'œuvre de Bertrand, fonctionnant bien, le canot prit la direction du nord-est. Le vent était bon ; la mer douce pour ces parages.

Bientôt, ils dépassèrent la pointe du signal et derrière cette falaise, disparut d'abord l'entrée de la rivière, la colline de la chaumière ; et, enfin, les montagnes qui cernaient la vallée.

Ils cotoyèrent le rivage, page 269.

CHAPITRE XIX

Rien ne vint contrarier la navigation de cette première journée. La mer se maintint assez calme, le vent pas trop fort. Ils cotoyèrent le rivage à un mille de distance et virent défiler une succession de falaises et de côtes rocheuses analogue à celles de la partie sud de l'île.

— Où se trouve cette ville de Stanley? demanda le Malouin à Belon.

— Je vous l'ai déjà dit : sur le rivage oriental de l'autre île que nous n'allons pas tarder à apercevoir, en face d'un îlot qu'on appel *soledad*.

— Avec cette mer et ce temps, nous pourrons être arrivés demain au soir, après-demain dans la journée au plus tard.

Quelques heures après, ils entrevirent dans la

pénombre du crépuscule, des montagnes qui semblaient surgir de l'eau

— C'est la Malouine de l'Est, des Français. L'East-
Falkland des Anglais, dit Belon.

— Elle me paraît tout aussi aride et déserte que
sa sœur, fit observer Bertrand.

— Cela ne doit pas être, apparemment, fit Belon,
puisque les Anglais s'y sont établis. L'île de l'Ouest
l'abrite un peu des vents froids du cap Horn et de la
Patagonie. Sa végétation doit être supérieure à celle
de sa voisine. Mais allons-nous voyager toute la
nuit? demanda le savant, ou nous arrêter dans une
baie ou une crique.

— Essayons donc d'atterrir quelque part plutôt. Je
me méfie des courants et du vent pendant la nuit,
dans ce sabot là.

— Ce *sabot* là est fort supérieur à bien des pirogues
de peuples barbares, qui accomplissent cependant
des voyages bien autrement longs que le nôtre.

Le crépuscule, très long sous cette latitude traînait
sur la mer ses lueurs indécises; leur fanal allumé,
les trois amis pouvaient sans trop de crainte essayer
d'aborder un refuge pour la nuit. Mait cet espoir fut
déçu : Partout la côte était abrupte, hérissée de
rochers à fleur d'eau et les vagues s'y brisaient avec
fureur. C'était aussi une côte fort recherchée des
oiseaux de mer, car ils virent jusqu'à la nuit des
nuées de mouettes, de fous, d'albatros, des manchots
tourbillonner et nager autour d'eux.

Enfin la nuit se fit sur l'Océan. Dans le ciel sans
nuages, les constellations apparurent une à une et le
magnifique groupe d'étoiles, appelées *croix du sud*,

montèrent dans le firmament d'un bleu sombre.

— Ne vous semble-t-il pas que le temps fraîchit, dit Belon, vers minuit, en s'enveloppant de sa couverture ?

— Je partage votre opinion, mon cher Belon, et cette nuit me rappelle les nuits du printemps en France : presque froides et balayées par une forte brise.

Personne ne dormait à bord, Silencieux, ils concentraient toute leur attention sur la marche de leur pirogue. Sa voilure était d'un grand secours, s'il leur avait fallu ramer, jamais ils ne seraient parvenus à doubler les premières pointes à cause des courants. Mais il allait bien, le frêle esquif. Son gouvernail était une vraie merveille, ses coutures si bien faites qu'elles ne laissaient passer aucune goutte d'eau. Très stable, la pirogue plongeait son avant dans la lame et le relevait dans un mouvement régulier.

Vers les trois heures du matin, Yvon qui avait les meilleurs yeux de la bande signala devant eux une grande pointe.

— Attention, dit Bertrand, il va falloir aller au large ; je serrerai la côte le plus possible après, pour regagner le temps perdu.

Malheureusement le vent fraîchissait toujours ; la mer devenait plus houleuse ; et en s'écartant de la côte, il commença à ne plus bien la distinguer. Le ciel demeurait cependant assez clair.

— Voilà quelque chose de bien ennuyeux, dit-il au savant. Si l'atmosphère s'obscurcit, nous ne verrons bientôt plus rien, et il faudra aller à la boussole. Puis voyez cette brise qui est très forte. Je vais prendre un ris; si par malheur nous trouvons encore des courants, ou que le temps se gâte, demain matin au lever du jour, nous serons jetés en dehors de notre route.

Les prévisions de Bertrand se réalisèrent de point en point : de gros nuages noirs coururent dans le ciel, éteignant les étoiles; le vent souffla en tempête et quand le jour se leva, ils fuyaient loin de toute terre devant une bourrasque qui augmentait d'heure en heure.

— Ah! la déveine. Je l'aurais donc toute ma vie, jusqu'à ce que je boive un coup dans l'Océan, dit Bertrand en frappant du pied, les pierres qui servaient de lest.

Indépendamment de la perte de leur route, leur situation était devenue fort périlleuse. Bertrand au gouvernail regardait en grinçant des dents cette mer aux flots verts qui se creusait en larges vallées où ils descendaient avec une vitesse vertigineuse.

Belon, lors de la construction de la pirogue avait eu l'idée de la recouvrir entièrement d'une sorte de tablier de cuir de phoque qui ne laissait que juste la place pour passer le corps à trois endroits différents. Cela faisait comme un pont et ressemblait beaucoup au *lagack* des Esquimaux. Ils durent à cette précaution de ne pas être enlevés dans cette funeste nuit. En outre, leur pirogue était protégée par un cordon de vessies gonflées d'air qui formaient bouées et l'empêchaient de couler. Mais pendant la journée et la nuit suivante, ils furent le jouet des vagues et ne purent goûter un seul moment de repos.

Trempés d'eau de mer, malades, mourants de faim

et de soif, le quatrième jour de leur navigation se leva sur un triste spectacle.

Belon, la tête entre les mains, ne soufflait pas un mot ainsi que le mousse. Bertrand jurait à chaque instant, regrettant de n'être pas mort dans son expédition à la baie de la *Caravelle*. La lanterne s'était éteinte, personne ne songea à la rallumer, ce qui aurait été d'ailleurs bien difficile avec le mouvement désordonné de la mer.

Où se trouvaient-ils, maintenant? ils n'en savaient rien. A midi, le temps devenu moins mauvais, Bertrand consulta la boussole de l'*Augusta* qu'il avait emportée, ainsi qu'un sextant.

Leur embarcation suivait une direction nord-nord-est. Pour retrouver les îles Malouines, il eut fallu virer de bord et prendre la route du sud-ouest; mais ils étaient tellement accablés que personne n'y pensa.

A midi juste, Bertrand voulut faire le point; Belon avait conservé l'heure à sa montre. Son calcul fait, il trouva la position approximative suivante : 55°25' de longitude et 49°30' de latitude.

— Pas de terre dans cette direction, fit-il découragé. Ils étaient bien loin de la colonie de Stanley et voguaient maintenant à l'aventure.

Quelques albatros et quelques pétrels se jouaient dans les vagues, et l'espèce de ces oiseaux leur indiquait suffisamment l'éloignement des terres.

Bertrand demanda conseil à Belon : Fallait-il pousser plus avant vers le nord, ou essayer de gagner Port-Stanley?

Belon rejeta le projet de se diriger vers les Malouines et c'était d'ailleurs l'opinion du Malouin. Ce dernier mit donc le cap vers les rivages de la Plata.

La tempête était calmée. La mer encore fort houleuse n'avait plus les violences des trois jours précédents. Ils purent donc, sans danger, déficeler leur pont de cuir et se mettre à manger.

Avant de partir, Belon qui pensait à tout, s'était ingénié à confectionner un briquet. Une plaque d'acier provenant d'un fer de rabot et des silex trouvés sur la grève, présentèrent aux naufragés les conditions requises. Parmi les vêtements découverts dans les coffres de la chaumière, il y avait des cotonnades très propres à servir de mèches. Yvon, sur la demande du savant, tressa avec des fils étirés un long cordon. Quelques vieux papiers anglais sans valeur, avaient été emportés ainsi qu'une masse de petites bûchettes coupées d'égales longueur et fendues.

Un chaudron servit d'âtre, et les trois errants de la mer purent se réchauffer et se rassasier d'aliments chauds.

— Savez-vous Belon, disait le Malouin en mangeant un morceau de bœuf salé, que votre pirogue est une vraie merveille? Avec tout autre embarcation, comme, par exemple, notre ancien canot perdu dans la baie de *la Caravelle,* nous serions engloutis à cette heure. Celle-ci est légère, insubmersible, et assez vaste pour offrir place à cinq hommes avec des provisions.

— C'est vrai; mais vous rappelez-vous Bertrand nos essais infructueux, avant qu'Yvon eut découvert ces plans de sorbier si résistants et si légers.

— Enfin, Belon, pourvu que le temps se main-

tienne, nous pouvons espérer atteindre les côtes
d'Amérique. Voyez comme nous sommes bien maintenant : du feu, des aliments chauds, une bonne pirogue. Vous rappelez-vous le canot du *Jason* ?

— Comment pourrait-on l'oublier avec ses scènes
de carnage et.. ..

Mais Belon s'arrêta : Yvon devenu pâle regardait
avec des yeux pleins de larmes. Le pauvre garçon se
souvenait du moment où pour sauver son ami Bertrand, il avait assommé l'Irlandais Owen avec la
barre du gouvernail.

Trois jours se passèrent ainsi tranquilles. La mer
était assez calme; mais la terre était encore bien loin
et ils ne voyaient aucune voile sur la surface mouvante des vagues.

Le 4 décembre, ils eurent encore à subir un coup de
vent venu de l'ouest et durent fuir devant la tempête.
Cet ouragan dura presque deux jours, deux journées
d'horribles souffrances. L'eau de mer qui trempait
leurs vêtements exerçait son action corrosive sur tout
leur corps et leur occasionnait un malaise général.

Cette nouvelle bourrasque passée, Bertrand vit
avec stupeur que la tempête les avait rejetés en plein
Atlantique, à plus de quatre-vingt milles des côtes de
la République Argentine, dans des régions seulement
fréquentées par de rares baleiniers.

Il communiqua à Belon le résultat de ses observations et le savant ne put s'empêcher de frémir à cette
perspective.

Ils étaient condamnés à errer sur les mers, jusqu'à
la rencontre miraculeuse d'un navire, sinon leurs
vivres épuisés, ils succomberaient à la faim et au

désespoir, et leurs corps portés par la pirogue comme
sur un cercueil flottant, serviraient de pâture aux
albatros de l'Océan.

— Virons de bord, dit après un long silence, le
savant. Piquons droit dans l'ouest si notre voile ne
nous sert pas, abattons là et prenons les avirons.

Bertrand obéit. Le vent soufflant assez fort de
l'ouest, il était inutile d'essayer d'aller contre avec
leur petite voile ; ils la carguèrent et se mirent à
ramer.

Au bout de trois heures, Belon moins robuste commença à donner des signes de fatigue.

— Prenez ma place au gouvernail, dit Achille, je
vais vous remplacer.

Une heure après, Belon voyant le mousse à bout
de force, se déclara tout à fait remis et l'envoya tenir
le gouvernail. Bertrand était le plus solide ; il s'entêta
sur sa rame jusqu'au soir.

Quel chemin avaient-ils fait dans ces six heures de
nage ?... Quelques milles au plus ; mais ils avaient
l'illusion d'avancer.

La nuit vint. Le fanal allumé, Bertrand prit la
barre et les deux autres ramèrent encore un peu ; mais
vers les deux heures du matin, Achille déclara qu'on
remettrait à la voile, le vent ayant un peu changé.

C'était une nuit claire, très fraîche, bien qu'on fût
dans l'été austral. Le savant et Yvon se couchèrent
au fond de la pirogue et s'endormirent rompus de
fatigue. Ils n'y eut rien de particulier, Bertrand n'eut
pas besoin de changer la voile ; le vent se maintenait
au sud-sud-ouest.

Au matin, ils mangèrent un peu. Leurs provisions,

bien abritées, pouvaient durer trois ou quatre jours encore, et l'eau du baril un peu plus. Ils ne possédaient aucun spiritueux ; le canot perdu dans l'anse de la *Caravelle* contenait leur petite réserve de rhum. A midi, Bertrand fit le point ; ils avaient un peu monté vers le nord ; mais dans l'est, la distance où ils se trouvaient des côtes d'Amérique était peu diminuée. La journée se passa monotone. Le soleil brillait, mais sans donner beaucoup de chaleur.

Vers le soir, il y eut un instant d'espoir : Bertrand et Yvon crurent distinguer une voile à l'horizon ; mais, après mûr examen, ils virent leur erreur.

Au fond, chacun regrettait la vallée perdue des Malouines, avec sa chaumière ; mais personne n'osa en parler. Ces trois abandonnés se chérissaient trop pour récriminer.

Avant de se reposer, Belon proposa de prier. Jamais prière ne s'éleva plus éloquente et plus émue de ses lèvres. Yvon retint ses larmes à grand'peine. Bertrand, plus dur, plus stoïque, garda son masque d'indifférence. La nuit suivante, Belon au gouvernail, fut obsédé par l'idée de la longue agonie qui les attendait. A moins d'événement improbable comme une déchirure dans le cuir de la pirogue, ils ne mourraient pas noyés ; mais la faim et la soif allaient bientôt commencer leur œuvre.

— Dès demain, se dit-il, il faudra nous mettre à la demi-ration,

Au réveil, il proposa cette mesure à Bertrand et à Yvon qui l'acceptèrent en silence comme une nécessité inéluctable. D'ailleurs ni l'un, ni l'autre n'avait faim. Le Malouin surmené par sa journée de cano-

tage de l'avant-veille, se sentait indisposé; et les
traits tirés, les yeux cernés du mousse annonçaient
un état maladif. Depuis trois mois, ils ne vivaient
que de viande le plus souvent salée ou fumée, sans
pain et sans légumes verts. Depuis plusieurs jours,
ils étaient trempés d'eau de mer, et n'avaient point de
vêtements de rechange.

Belon fut épouvanté de ces symptômes.

— Ah! mon Dieu, pensa-t-il, si la maladie se joint
à la faim et à la soif, ce sera bientôt fini de nous.

Ce fut encore une plus triste journée que les précédentes; et, quand le soleil revint une fois de plus à
l'horizon, Belon eut un terrible spectacle. Le mousse
délirait en proie à une fièvre terrible; et Bertrand, les
yeux atônes, les bras croisés, accroupi au fond de la
pirogue ne répondait plus aux questions de son ami.

.   .   .   .

La mer était houleuse, le ciel gris; de grands albatros d'un blanc sale tourbillonnaient en criant autour
de la pirogue qui allait maintenant au gré des flots.
Belon, après une dernière prière, s'était attaché à son
banc avec une lanière de cuir, et fermant les yeux,
attendait la mort avec résignation.

Pendant deux jours, il avait prodigué ses soins à
ses deux amis.

Yvon, dépouillé de ses vêtements et roulé dans une
couverture à peu près sèche, gisait inerte au milieu
du canot. Achille, grelottant la fièvre et sans connaissance, était étendu à l'avant, d'où il appelait Belon
pour chasser un ennemi invisible. Parfois loquace, il
débitait un flux de paroles confuses où l'or, les
diamants, la *Caravelle,* les squelettes des Espagnols

tenaient une grande place. Tantôt il se figurait être dans les couloirs de la caverne où le poids d'une montagne l'écrasait; tantôt, il restait sans paroles, n'interrompant sa prostration que pour demander à boire. La provision d'eau était épuisée, et les quelques médicaments, trouvés dans les coffres anglais et emportés par Belon, étaient trop vieux pour agir.

Pendant deux jours et deux nuits, Belon s'était multiplié près d'eux; mais tous ses soins étaient inutiles maintenant. Encore quelques heures peut-être, et Yvon serait mort. Bertrand le suivrait de peu; et lui, Belon, sans eau, avec des restes de nourriture avariée, n'irait pas bien loin non plus.

Il ne s'occupait plus de la marche du canot. Peu lui importait la direction donnée par le vent et la mer. A bout de fatigue, n'ayant plus une goutte d'eau, il s'était agenouillé sur les dalles du lest et les bras en croix, s'était écrié :

— Dieu tout-puissant, Vierge sainte! A notre secours! . . . .

. . . .

C'était tout ce qu'il avait trouvé à dire. Il était arrivé à ce point de faiblesse où la raison succombe, et où l'instinct même de la conservation s'obscurcit, où toute la machine se détraque et part à la dérive.

— Au secours! au secours! page 281.

CHAPITRE XX

Combien d'heures se passèrent ainsi? Il n'aurait pu le dire; mais tout à coup, les oreilles bourdonnantes du malheureux savant crurent percevoir un son de voix humaine. Il leva ses yeux affaiblis, et vit devant lui un grand navire.

— Dieu! serait-ce possible? n'est-ce pas un songe?

Non ce n'est pas un songe, car de l'avant une voix forte criait, en bon français, avec une légère intonation méridionale :

— Ohé! là-bas du canot, rangez-vous où nous vous passons sur le corps!

Ni Yvon, ni Bertrand ne paraissaient avoir entendu; mais Belon se souleva; et d'une voix faible, agita les bras, en criant :

— Au secours! au secours!

Il se fit un grand remue-ménage sur le pont. Un cordage fut lancé et tomba dans la pirogue. Belon, les jambes flageolantes le saisit avec peine et l'attacha à son avant.

— Pouvez-vous monter avec l'échelle, lui cria-t-on ?

— Je ne puis pas, je suis trop faible et mes deux amis sont mourants.

Le capitaine Carvaillac, du brick *les deux Frères* de Bordeaux, donna l'ordre de mettre en panne. La manœuvre se fit rapidement; le navire courut quelques instants sur son aire, et une chaloupe descendue vint accoster la pirogue.

— Diable! s'écria le patrons — un gros marin court à épais favoris noirs, bronzé et tanné, — voilà des particuliers bien mal accommodés. Mais d'où peuvent-ils donc venir dans ce sabot, et habillés en sauvages?

Nos trois amis, avec leur pirogue de cuir et leur surtout de peau de loup, donnaient assurément l'idée de représentants de quelque tribu peu civilisée.

Et maître Gratien, sans s'arrêter à approfondir ces probabilités, aida Belon à passer dans la chaloupe.

— Mes amis! dit-il, mes amis!...

Et il s'assit épuisé sur un banc.

De bras en bras, on se passa le mousse ainsi qu'une masse inerte. Bertrand criait et se débattait.

— C'est tout, dit le patron, pousse avant partout.

— Non, non! dit une voix faible, celle de Belon. Nous avons des choses précieuses dans notre pirogue: deux lourds paquets entourés de cuir et un autre plus léger. C'est à l'arrière.

Le patron retourna sur la pirogue en gromellant. Le digne homme se demandait ce que les naufragés pouvaient avoir de si précieux à garder, en dehors de leur peau. Mais, il n'en transborda pas moins les diamants, l'or et les lingots d'argent.

Arrivés sous le navire, ils manœuvrèrent de façon à se trouver sous les portemanteaux; et quelques minutes après, Belon, Bertrand et Yvon étaient hissés sur le pont.

— D'où venez-vous? demanda le capitaine Carvaillac.

— Nous sommes des naufragés, venus des îles Malouines, répondit Belon. Mais avant tout, capitaine, faites-moi donner quelque chose à boire; je meurs de soif et de faim; et je vais essayer de sauver mes compagnons qui paraissent bien malades.

Le capitaine Carvaillac était plein d'humanité. Il envoya un homme à la cuisine chercher du bouillon; et Belon, avec une suprême volupté, but quelques gorgées de liquide chaud. Pendant qu'il se restaurait, le capitaine faisait dresser deux couchettes dans la batterie; deux matelots et maître Gratien déshabillaient et couchaient bientôt Bertrand et Yvon.

Belon, très faible, la tête étourdie, fut bien heureux de pouvoir se débarrasser de ses vêtements trempés d'eau de mer, et d'endosser un tricot de laine et un pantalon prêté par le second.

Puis il descendit dans le faux-pont, où l'on venait de coucher ses deux amis.

Yvon, le nez pincé, les yeux clos, semblait près d'expirer. Mais le second qui avait quelques connaissances en médecine, lui donna un cordial, et le pauvre garçon remua et ouvrit les yeux.

— Ah! monsieur Belon, dit-il en voyant le savant penché sur lui, je vous dois encore la vie.

— Non, mon ami, c'est monsieur qui nous a aperçu et qui a fait gouverner droit sur nous, fit-il en désignant le second, un homme jeune encore, à figure sympathique encadrée d'un collier de barbe noire.

— Oh! merci, merci! murmura Yvon Carfor.

Et il referma les yeux, laissant sa tête aller sur l'oreiller.

Bertrand continuait toujours à délirer depuis son sauvetage; le second lui fit prendre une forte dose de quinine et le laissa sous la garde d'un vieux matelot, avec ordre de le prévenir si le mal empirait.

Le capitaine, très aimablement, offrit sa cabine à Belon, pour se reposer pendant la journée en attendant le cadre qu'il lui faisait préparer. Ce marin perspicace devinait en Belon un homme de condition supérieure.

Le savant accepta sans se faire prier, promettant de raconter le soir même leurs aventures au capitaine Carvaillac et à son second.

Vers sept heures, Belon se réveilla, un peu courbaturé encore, mais avec un grand appétit. Son premier soin fut de visiter ses malades. Bertrand dormait d'un sommeil encore agité, mais la fièvre était moins intense. Yvon venait de s'éveiller et avait bu un grand bol de bouillon; quelques couleurs revenaient à ses joues pâlies et amaigries. En somme, avec du repos et une bonne nourriture, les deux amis, seraient sur pied dans une semaine et le savant vit ses craintes s'envoler. Belon remonta sur le pont où il trouva le second, qui s'informa avec sollicitude de sa santé. Tout l'équipage s'enquit des naufragés, et le savant fut vivement touché des sentiments de ces braves gens.

Mais le capitaine Carvaillac ne lui laissa pas le temps de serrer toutes les mains et l'emmena dîner avec lui.

La vue du pain faillit faire perdre la tête à Belon.

— Du pain! du pain! voilà sept mois que je n'en ai goûté. Mais vous venez de quitter un port?

Il y a douze jours que nous étions encore à Buenos-Ayres; et, sans un coup de vent qui a rejeté le brick dans le sud, nous serions bien loin d'ici. Aussi ce pain vient de Buenos-Ayres et commence à être fortement rassis.

— Vous retournez en France, Messieurs?

— Oui, à Bordeaux. Nous étions chargés de vins pour Buenos-Ayres; et nos tonneaux débarqués, nous ramenons des peaux de bœufs et des ballots de laine à Bordeaux.

— Alors, Messieurs, je remercie la Providence d'être tombé en aussi bonnes mains; et, comme je vous l'ai promis, je vais vous raconter notre histoire.

« Je me nomme Stanislas Belon; je suis de Touraine, et naturaliste par goût. L'un de mes compagnons s'appelle Achille Bertrand; il est Malouin et a fait toutes sortes de métiers; il allait à Rio-Grande, comme moi à Pernambuco. Nous nous sommes rencontrés sur le même steamer la *Concordia* de Liverpool. »

Puis le savant raconta l'histoire d'Yvon, le seul

survivant d'une barque de pêcheurs coulée par le steamer *Concordia*.. Il fit ensuite les éloges de Bertrand à propos du sauvetage du steamer, et narra aux deux marins indignés, l'épisode du *Jason* sabordé par ordre de son capitaine, leur fuite dans un canot, leur vie aux îles Malouines. Il tut prudemment l'expédition de la Caravelle. Il n'oublia pas d'expliquer la façon dont ils s'étaient pris pour construire leur pirogue, et comment jetés et rejetés alternativement de l'est à l'ouest, par le vent et la mer, ils allaient périr sans l'arrivée du brick *les Deux Frères*.

— Mais, ajouta-t-il, dites-moi à votre tour, Messieurs, comment vous nous avez aperçus?

— C'est Grisier, dit le capitaine en désignant le second. Ce matin-là, vers sept heures, il se promenait sur le pont, et il vit très loin, dans le sud-est quelque chose de blanc et de noir qui dansait sur l'eau. Saisissant sa longue-vue, il distingua nettement un canot d'aspect étrange avec une forme humaine immobile à l'arrière. C'était vous. Nous fîmes des signaux : personne n'y répondit. Cela nous intrigua beaucoup; et comme le temps n'était pas trop mauvais, je donnai l'ordre de mettre le cap sur cette extraordinaire barque. Voilà comment nous sommes arrivés à temps.

Le lendemain, les deux malades allaient beaucoup mieux. Bertrand fit demander à Belon, s'il pouvait lui parler confidentiellement.

— Oui, mon cher Achille, nous sommes seuls, vous pouvez aller.

— Eh bien! Belon, ne croyez-vous point qu'il serait bon de récompenser ces braves gens qui se sont dérangés de leur route pour nous sauver? Des Anglais ou des Américains n'auraient peut-être pas agi ainsi.

— J'approuve entièrement votre proposition ; mais, je doute qu'ils veuillent accepter quelque chose de nous. Ils ont sauvé des compatriotes, des Français ; et en leur offrant une rémunération quelconque, on les froisserait certainement.

— Je n'ai pas voulu dire cela. Nous garderons ce que nous avons acquis au prix de tant de dangers et de fatigues. Seulement, si nous leur révélions le secret du précieux chargement de la *Caravelle* ? Il reste assez de lingots d'argent pour donner une petite fortune à chacun d'eux.

Belon demeura quelques instants pensif.

— Oui, vous avez raison. Cet argent doit avoir son usage et nul ne peut être plus charitable que celui auquel nous le destinons. J'en parlerai au capitaine dès ce soir.

— Je n'espérais pas moins de vous, mon cher Belon.

Le soir, au dîner, après une conversation qui roula sur les îles Malouines, le capitaine se plaignit vivement de la crise que subissait la marine de commerce française.

— Voyez-vous, Messieurs, j'ai cinq enfants. Je gagne bon an, mal an dans les quatre mille à quatre mille cinq cents francs. Ce n'est pas le Pérou ; et cependant, je ne peux me plaindre de mes armateurs qui sont de braves gens, mais vraiment *bourlinguer* toute sa vie sans obtenir de retraite pour ses vieux jours, c'est dur. Et j'ai le pressentiment que plus tard, nos affaires iront plus mal encore. Cette marine américaine qui prend chaque jour d'énormes développe-

ments nous coupe l'herbe sous le pied. Bientôt, il
n'y aura plus rien à faire avec ces gens-là. Et l'Anglais donc? C'est bien autre chose. Moi, je commence
à être vieux; mais Grisier qui est jeune en verra de
plus dures que moi.

Belon répondit en souriant :

— Je vais vous faire une proposition qui vous pa-
raitra bien étrange. Allez donc, si le temps ne vous
presse pas trop, faire un tour aux îles Malouines.

Les deux marins le regardèrent étonnés.

— Oui, je vois que cela vous étonne. Mais mon
ami Bertrand veut, ainsi que moi, vous récompenser
de votre dévouement.

— Oh! Messieurs, il n'y a pas besoin de récompense pour un acte de pure humanité. Si au lieu de
vous c'eût été des Espagnols ou même des Anglais,
nous les aurions recueillis. C'est une chose si simple
que de sauver la vie des autres, qu'on ne peut appeler
cela un service.

— N'importe, pouvez-vous retarder votre arrivée à
Bordeaux de quinze jours à trois semaines.

— Non, répondit le capitaine, nos armateurs seraient fort inquiets; et d'ailleurs que nous proposez-
vous d'aller faire en ces îles?

— Une petite opération commerciale, dit Belon.

— Peuh! tuer des phoques? cela ne rapporte plus
gros; et d'ailleurs nous ne sommes pas montés pour
cette pêche-là.

— C'est bien autre chose que d'assommer quelques
lions de mer. C'est de visiter une petite baie inconnue.

Pour le coup, les deux interlocuteurs de Belon n'y

tinrent plus et partirent d'un grand éclat de rire.

Mais celui-ci sans se déconcerter, continua :

— Oui, une petite baie inconnue de vous, mais très connue de Bertrand et du mousse Yvon. Il y a un bon coup de commerce à faire.

— Mais quel commerce enfin? nous ne comprenons rien à vos paroles.

— Messieurs, donnez-moi deux minutes; le temps de fouiller dans nos bagages et de vous montrer un échantillon du produit à exploiter.

Belon s'en fut à sa cabine et prit un lingot d'argent. Il était tout noirci par l'eau de mer, et paraissait plutôt être un bloc d'ardoise, qu'un morceau de métal précieux.

Il revint, et déposa son lingot sur la table.

— Voilà l'échantillon.

— Des pierres! merci, fit le capitaine d'un air mécontent.

Le second, plus perspicace saisit le lingot et le soupesa.

— C'est joliment lourd pour une pierre ; on dirait du plomb.

— Examinez tout à votre aise, dit Belon. Quand vous aurez vu, vous déciderez de votre conduite.

Carvaillac et Grisier soupesèrent alternativement le lingot.

— Ce n'est pas du plomb, dit le premier, car il est trop léger pour le volume.

Et il le frappa avec le dos de son couteau. Le lingot rendit un son argentin.

— Tiens! tiens! regardez donc Grisier. Ça sonne comme de l'argent.

Grisier le prit à son tour et se mit à le gratter. La nuance éclatante du métal reparut immédiatement.

— Hum! on dirait vraiment *du vrai argent*.

— Et ça en est, ajouta Belon.

— Et où avez-vous trouvé cela, Monsieur?

— Dans cette baie dont je vous parlais, capitaine.

— Et il y en a beaucoup?

— Ce n'est pas moi qui l'ai découvert, mais mes deux amis. Ils prétendent que la cale d'un navire très vieux, naufragé il y a plus d'un siècle et demi, en est pleine.

Les deux hommes hochèrent la tête.

— Qu'en dites-vous, Grisier?

— Je ne dis rien, capitaine.

— Et si c'est vraiment de l'argent?

— Je le crois.

— Et moi, je vous l'affirme, s'écria Belon. Lavez le soigneusement, grattez le même et vous verrez.

— Il pèse plus de six livres, dit avec admiration le capitaine et la livre d'argent vaut?

— Environ quatre-vingts francs actuellement, répondit le savant.

— Ce qui équivaut à plus de cinq cents francs pour ce seul lingot; et vous dites qu'il y en a beaucoup?

— Mon ami Bertrand vous édifiera là-dessus. Puisqu'il peut parler maintenant sans danger, allons le voir.

Les deux marins ne se le firent pas répéter, et Bertrand leur donna, sur sa découverte, tous les détails possibles. Il passa néanmoins sous silence l'or et la trouvaille de la cassette pleine de diamants.

Carvaillac et Grisier remontèrent sur le pont et là, dans un coin de l'arrière, ils se parlèrent bas pendant une heure.

Le résultat de leur conférence fut celui-ci : Le timonier reçut, à son grand ébahissement, l'ordre de gouverner vers le sud.

On venait de déterrer les premières caisses, page 297.

CHAPITRE XXI

Ce n'étaient pas deux égoïstes que le capitaine et son second; et le soir ils instruisirent leur équipage du magnifique cadeau des naufragés.

Des acclamations de joie répondirent à cette communication inattendue; et jamais équipage ne travailla si ardemment à seconder la marche du brick. *les Deux Frères*.

— Si par hasard, dit le soir Belon à Bertrand, l'épave avait été entraînée par la tempête hors du sable où elle est enlizée, ce serait une terrible déconvenue!

— Non, ne craignez rien, il faudrait un tremblement de terre ou un raz de marée effroyable pour la dégager.

Le temps marchait trop lentement au gré de tous. Belon n'aspirait plus qu'à revoir sa belle propriété de Savonnières, Bertrand à faire estimer ses pierreries, et Yvon à embrasser sa grand'mère.

Quant au capitaine et à tout l'équipage du brick *les Deux Frères,* leur impatience prenait des proportions formidables, et Bertrand se repentit presque d'avoir révélé le secret de ce trésor perdu; car chaque jour Yvon et lui étaient accablés de questions, et chacun voulait savoir déjà quelle serait la part qui lui reviendrait.

Enfin, le brick arriva un soir en vue des formidables falaises; mais Bertrand conseilla au capitaine de se tenir prudemment au large et d'attendre au lendemain matin pour envoyer un canot.

Pendant toute la nuit personne ne put dormir, si ce n'est nos trois amis, qui réparaient par de longs sommes leurs fatigues passées.

Le jour vint, et une baleinière montée par six hommes et le capitaine fit force de rames vers l'anse de la *Caravelle.* Belon, Bertrand et Yvon les accompagnaient naturellement; Belon, non pour le trésor, mais par curiosité, pour voir ce site étrange dont ses deux amis lui avaient fait de si nombreuses descriptions.

Une fois l'énorme portail de rochers franchi, quand la baleinière râcla avec sa quille le sable de la grève, tous ceux qui la montaient, à l'exception du Malouin et d'Yvon, ne purent retenir un cri d'étonnement.

Même à la clarté du soleil levant, ce cirque était vraiment lugubre. Les falaises toutes droites, presque noires ressemblaient aux murs d'un puits. Sur de

petites corniches à une grande hauteur, des pingouins
et des mouettes s'ébattaient avec leurs habituelles
clameurs ; pendant que sur le sable de la grève, dormait une troupe nombreuse de lions de mer, de tous
âges et de toutes tailles.

Sans prendre garde aux cris assourdissants des
oiseaux et aux rugissements des grands phoques,
Bertrand s'élança sur le sable le premier, et courut
vers l'endroit où étaient encore les restes mutilés du
vaisseau espagnol.

— C'est ici, dit-il, en montrant un amoncellement
de bois tordus.

Les tempêtes des jours précédents avaient achevé
l'œuvre commencée par Bertrand et Yvon ; et, de la
Caravelle, il ne restait plus que quelques portions
de la membrure. En revanche, le flot avait apporté
beaucoup de nouvelles épaves et des quantités de
varechs. Cela faisait une vraie colline où le sable
s'était accumulé dans des proportions inouïes.

— Vous aurez à piocher dur avant d'arriver à
l'endroit où se trouvent les coffres contenant les
lingots.

Mais le capitaine et ses six hommes ne l'écou-
taient guère, et déjà les uns pelletaient le sable d'un
côté, tandis que les autres dégageaient les pièces de
bois.

— Faites attention aux éboulements, avertit Bertrand ; ils sont dangereux, Yvon en sait quelque
chose.

Belon qui n'était pas fort curieux d'assister à ce
travail, voulut visiter la grande grotte que ses compagnons avaient parcouru lorsqu'ils cherchaient un

passage pour sortir de ce cirque, exposé aux envahissements de la mer. Il demanda à Yvon de l'accompagner. Le mousse n'y consentit qu'avec répugnance. Le souvenir de ces ténèbres où Bertrand et lui avaient passé des heures d'angoisses était encore trop profondément gravé dans son esprit.

— Tu as peur, Yvon? dit le savant avec un sourire.

— Non, répondit le mousse en rougissant.

— Si, avoue que tu as peur. Cependant, dans ton pays, on n'a pas peur des morts. Nous dirons une prière pour ces pauvres gens, et tu peux être sûr qu'ils ne nous chercherons pas noise.

— Alors, je vais avec vous, monsieur Belon.

— C'est bien, mon enfant; prends dans le canot les deux fanaux et la provision de bougies et d'allumettes, et en route.

Comme le dégagement des caisses de lingots devait durer plusieurs heures, Belon avait tout le temps nécessaire pour parcourir ces souterrains.

Yvon lui fit remarquer l'inscription de Pedro-Vasquez et les poignards rouillés trouvés dans l'entrée. Belon reconnut une miséricorde du xvi⁰ siècle, mais si oxydée qu'on ne pouvait plus discerner les belles gravures dont elle avait été ornée.

Il s'arrêta près de la faille étroite et si profonde qui coupait le souterrain. Un essai de sondage ne lui donna pas le fond.

Dans la grande salle du milieu, il vit les squelettes des Espagnols, leurs armes et le vase de terre rouge.

— Yvon, disons une prière pour l'âme de ces abandonnés, morts peut-être dans le désespoir, et remercions le ciel de nous avoir secouru au moment où tout paraissait perdu.

— Oh! oui, Monsieur! et nous irons ensemble, revenus en France à Sainte-Anne-la-Palue, n'est-ce pas? J'ai fait un vœu, et je pourrai mettre un gros cierge.

— C'est une chose réglée depuis longtemps. Pauvres gens! dit le savant en regardant les squelettes sur qui il promena un moment la lumière de la lanterne. Quelle fin horrible!

— Maintenant, tu vas me montrer, dit-il à son compagnon, le chemin qui vous a conduits hors de ces grottes.

Yvon se trompa tout d'abord et conduisit Belon dans le couloir obstrué par un éboulement de rochers. Puis, après avoir cherché quelque temps, il découvrit enfin le couloir sauveur; et le savant put examiner tout à son aise, l'espèce de terrier par où ils avaient dû passer.

L'exploration des grottes terminée, ils revinrent sur la grève.

Un curieux spectacle les attendait. On venait à grand peine de déterrer les premières caisses et elles étaient à la fois, si lourdes et si vermoulues que les matelots éprouvèrent beaucoup de difficultés pour les remonter au-dehors de l'excavation.

Le capitaine Carvaillac était aussi joyeux que ses matelots. Cependant, ils ne pouvaient se persuader que les trois amis leur abandonnaient une si belle fortune. Bertrand et Belon les rassurèrent, et ce fut dans un concert de remerciements et de cris de joie qu'on chargea les lingots dans la baleinière.

— N'en mettez pas trop à la fois, ou vous coulerez, dit Bertrand.

On l'écouta, et on fit deux voyages.

Au coucher du soleil, le dernier chargement quitta la grève, et Bertrand regarda une dernière fois cette plage inhospitalière, où après avoir trouvé la fortune, il avait failli rencontrer la mort.

A la lueur des fanaux de veille, devant tout l'équipage assemblé, on ouvrit les précieux coffres. Chacun renfermait dix-huit lingots d'un poids à peu près uniforme de six livres, ce qui donnait six cent quarante-huit kilos d'argent pour tout le chargement; et en comptant la valeur actuelle du kilo à cent cinquante francs, on arrivait au total de quatre-vingt-dix-sept mille deux cents francs.

On agita la question de savoir, si les armateurs du navire seraient compris dans le partage; mais Belon et Bertrand annoncèrent qu'ils les désintéresseraient avec leurs ressources personnelles, ce qui leur attira des remerciements sans fin; et le partage se termina sans débat ni contestation.

Belon et Bertrand, après avoir récompensé ainsi magnifiquement leurs sauveurs, ne s'occupèrent plus que de leur prochaine arrivée en France.

Le 15 février suivant, les trois amis débarquèrent à Bordeaux, après une belle traversée. Ils firent une visite aux armateurs du brick *les Deux Frères*, à qui Bertrand offrit un beau diamant à titre de souvenir. Enfin, après de chaleureux adieux au capitaine Carvaillac et à son équipage, ils prirent le train pour Paris.

Bertrand porta sa fameuse cassette de pierreries chez un grand joaillier de la rue de la Paix, et fut très satisfait des huit cents mille francs, qu'il lui en offrit, contenant et contenu.

Le soir de cette vente, il y eut une scène émouvante entre Bertrand et Belon. Bertrand voulait absolument partager avec le savant; mais, ce dernier résista opiniâtrement, disant qu'il avait assez pour vivre. Ce qu'il regrettait surtout de son voyage, ce n'était ni le naufrage du *Jason*, ni leur vie de Robinson dans l'île, ni les souffrances endurées à bord de la pirogue; mais son voyage manqué au Brésil et l'ouvrage qu'il se proposait de publier à la suite de son exploration des rives de l'Amazone.

— Maintenant, nous avons un devoir à remplir, fit-il en finissant. Yvon a fait un vœu, pour nous trois, d'aller porter chacun un cierge à Sainte-Anne-la-Palue. Vous nous accompagnerez, Bertrand?

— Certainement, d'autant plus que j'ai à remercier la Providence de m'avoir, en me sauvant la vie, procuré une magnifique fortune.

Yvon ne se tenait plus de joie de revoir son pays et sa vieille grand'mère.

Hélas! une terrible douleur attendait le mousse. A la nouvelle de la disparition du *Saint-Jean,* la pauvre vieille avait été tellement saisie, qu'après avoir traîné quelques semaines, les voisins la trouvèrent un matin morte dans son lit.

Rien ne retenait plus le jeune Carfor, à Tréboul. Belon, après entente avec Bertrand, offrit aux familles des disparus du *Saint-Jean* des secours considérables qui furent acceptées avec des larmes de reconnaissance par les veuves et les orphelins. Tout le monde se pressait sur leurs pas, ne pouvant croire que le grand jeune homme si bien mis, au teint bronzé, qui allait avec deux *Messieurs*, fut Yvon Carfor, le petit-fils de la vieille Soizic.

Bertrand n'oublia pas la promesse faite à son protégé dans la chaumière de la baie des Anglais, de le faire étudier pour la marine au long cours, si plus tard ils revoyaient la France. Yvon, n'ayant plus de proches parents à Tréboul, acquiesça pleinement aux propositions de celui qu'il chérissait comme un père, et partit avec lui pour Saint-Mâlo.   .   .   .   .

.   .   .   .

Maintenant, chers lecteurs, que sont-ils devenus, nos trois héros? me demanderez-vous.

Achille Bertrand, disant adieu aux aventures, s'établit dans sa ville natale et devint l'un des plus grands armateurs pour la pêche de Terre-Neuve.

Yvon Carfor, après de brillants examens et plusieurs voyages, commanda le plus beau trois-mâts de la flotille de son protecteur, baptisé spécialement *les Trois Amis*, et lui succéda quand l'armateur quitta les affaires.

Notre savant Belon n'a jamais effectué son voyage au Brésil. Sa propriété de Touraine est pour lui l'idéal rêvé sur la terre; mais ses sympathies pour l'Angleterre se sont encore refroidies considérablement.

Un jour, il s'est avisé d'écrire le récit de ses aventures, depuis son départ de Liverpool sur la *Concordia* jusqu'à son rappatriement en France. Bien mal lui en a prit; car à propos de l'abordage où le bateau de pêche le *Saint-Jean* fut coulé et de l'épisode relatant les projets criminels du capitaine du *Jason*, la presse britannique indignée souleva un tapage effroyable, et menaça d'intenter à la France des réclamations diplomatiques pour calomnie et diffamation envers d'honorables citoyens de la vertueuse Angleterre.

FIN

TABLE

—

FIN DE LA TABLE.

Limoges. — Imp. E. Ardant et Cie.